U0606147

山东省社会科学规划研究项目文丛·一般项目

象征主义戏剧的认知隐喻研究(18DWWJ03)

COGNITIVE STUDY OF METAPHORS
IN SYMBOLIST DRAMA

象征主义戏剧的
认知隐喻研究

马 慧◎著

人 民 出 版 社

目　录

绪　论

一

　　19 世纪末 20 世纪初，在世界范围内产生重要影响的象征主义戏剧流派开创了现代主义戏剧的先河。学术界对其内涵和外延的界定已比较清晰，研究比较充分，但认知隐喻角度的探讨尚有很大的探索空间。基于认知的隐喻观认为，隐喻是人的思维方式，是认识、理解和表达世界的途径。从此角度切入可以发现，象征主义剧作中那些时时处处存在的极具主观性和独特性的象征与约定俗成的隐喻密切相关。晦涩难懂的戏剧语言与人们的日常语言一样都是来自隐喻，都是人们惯常认知习惯的体现。单独的体验的隐喻聚合起来，形成了象征主义戏剧中整体的抽象的象征。这种构成关系不能从隐喻的修辞意义上理解，只能从隐喻的认知意义上阐释。在这个意义上说，象征主义戏剧是认知的，是隐喻思维的体现。

　　隐喻是文学领域的一个重要范畴。亚里士多德《诗学》在语词层面对其进行了论述，认为隐喻是用一个词来替代另一个词，以达到修饰语言的目的。这主要是在修辞学范围内做的阐释。因为亚氏理论影响深远，之后对于隐喻的认识和运用基本还是在其体系内进行的。1936年理查兹《修辞哲学》对隐喻的理解突破了修辞学的范围，把隐喻的运用和人类对世界认识的发展联系起来，强调隐喻意义是一个词语原有的意义和新的用途之间进行互动的产物。此后，布莱克、里科尔、郝斯曼等人都不同程度地将隐喻由修辞领域向一个更宽阔的认识领域推进。

在当代，对隐喻的研究热点在认知层面。莱考夫与约翰逊的《我们赖以生存的隐喻》的出版标志着认知隐喻理论产生。此专著空前提高了隐喻的地位，扩展了它的应用范围，认为它是人类的思维方式。人们进行思维的概念系统在本质上就是隐喻的。这一提法具有里程碑意义，隐喻由此进入认知领域。本书对于隐喻的理解和应用即是在认知范畴内进行——将隐喻视为人类思维的方式，反映了人的认知习惯，是人类用来认识世界的关键途径。

以认知隐喻理论进行戏剧研究还有很大空间。目前国内外的相关研究基本是针对某个作家或者某个作家的某部作品来进行，关注的重点是戏剧语言与日常语言中隐喻使用的一致性，对戏剧语言具有的主观性和独特性的一面关注还不够。国内的已有成果主要以戏剧文本作为语料库来研究概念隐喻存在的普遍性，着力点较少在文学问题。所以，进一步扩大研究对象的范围，可以更好地检验隐喻是人的思维方式这一论断的适用性，更重要的是可以为文学作品的解读带来新的视角。对戏剧的认知隐喻研究，应该可以在目前的成果基础上得到进一步的深化。

研究的对象为象征主义戏剧。在戏剧这个大范畴中，本书将讨论对象聚焦于 19 世纪末到 20 世纪 30 年代的象征主义流派。象征主义戏剧秉承神秘主义，在对现实持悲观态度的同时又对未来体现出执着的理想主义的色彩。象征主义戏剧作为现代主义戏剧的开创流派，从思想内容到艺术手法再到舞台表演对其后的戏剧发展都有着重要影响。以认知隐喻理论来分析象征主义戏剧文本对于探讨象征主义戏剧这一流派应该有一定价值。

认知隐喻的角度为象征主义戏剧的思想和风格分析提供新的思路。如果忽略了隐喻中蕴含的思维方式，我们就不能真正理解戏剧的产生过程和运行机制，就不能把握其作为人的一种行为的本质。由此，文学批评方法由文本分析转为认知批评，从传统的文本层面的分析改变为人的思维模式的探讨。象征主义戏剧的认知隐喻研究，立足于文本之上，既通过文本解读来探寻人们共同的思维模式，又探讨象征主义戏剧是如何在共同思维模式的基础上以象征体现出自身倾向性，在研究中努力做到一般性与特殊性的统一、认知功能和审美功能的兼顾。

二

　　本书的研究对象是戏剧，戏剧并不能从文学中截然被分离出来。有许多学术成果是针对整体文学创作的隐喻研究而言，所以有必要先进行一个整体性梳理。具体到戏剧隐喻的认知研究，起步比较晚，其他文体的研究成果为戏剧的隐喻研究提供了很好的借鉴。如果只把关注对象集中在戏剧上，就不能看出发展的脉络，会有割裂之感。所以，对文学研究和戏剧研究的学术现状分别进行梳理，既能够顾及此领域研究的整体情况，也能对戏剧研究在其中的位置和前景有一个较清晰的定位。

　　首先是认知隐喻视角下的文学研究。隐喻的认知转向以莱考夫和约翰逊合著的《我们赖以生存的隐喻》（*Metaphors We Live By*，1980）为标志。与之共同形成认知隐喻学基础的还有几本专著：约翰逊《具身心智：意义、想象和反应的身体基础》（*The Body in the Mind: The Bodily Basis of Meaning, Imagination, and Reaction*，1987）；莱考夫《女性、火和危险事情：范畴关于心智的揭示》（*Women, Fire, and Dangerous Things: What Categories Reveal about the Mind*，1987）；莱考夫和特纳合著的《不止是冷静思考：诗性隐喻的指南》（*More than Cool Reason:A Field Guide to Poetic Metaphor*，1989）；特纳《死亡是美人之母：心智、隐喻和批评》（*Death is the Mother of Beauty: Mind, Metaphor, Criticism*，1987）；特纳《阅读心灵：认知科学时代的英语研究》（*Reading Minds: the Study of English in the Age of Cognitive Science*，

1991）；莱考夫和约翰逊合著的《体验哲学——具身心智及其对西方思想的挑战》（*Philosophy in the Flesh: The Embodied Mind and Its Challenge to Western Thought*，1999）等。以上专著的核心观点均认为隐喻是人的思维方式，隐喻反映了最基本的认知行为，人们对隐喻的形成和理解都是建立在具身经验的基础上。

　　涉及文学作品中隐喻的认知研究的主要是《死亡是美人之母：心智、隐喻和批评》《不止是冷静思考：诗性隐喻的指南》和《阅读心灵：认知科学时代的英语研究》。《死亡是美人之母：心智、隐喻和批评》强调的是在诗歌中隐喻存在的普遍性。诗歌看似是无穷无尽的表达，但实际上总是一些固定而有限的隐喻的变形。《不止是冷静思考：诗性隐喻的指南》和《阅读心灵：认知科学时代的英语研究》则是具体探讨了文学中隐喻的存在，通过文学作品中基本隐喻和诗性隐喻的分析，认为两者的认知机制是相同的，强调的是两者之间的等同性。诗性隐喻可以被看作是基本隐喻加工后的产物，所以更加丰富生动，更加有创造性。作者运用隐喻来表达，读者也依靠隐喻来理解。隐喻是作者和读者能够沟通的媒介。这几部著作中，作者都强调了文学作品中基本隐喻和诗性隐喻的"相同"及"相通"。

　　依据此理论的文学批评成果以诗歌研究最多。有代表性的是玛格丽特·弗里德曼对艾米莉·狄金森诗歌的研究。下面讨论其两篇论文《隐喻生成意义：狄金森的概念世界》（*Metaphor Making Meaning: Dickinson's Conceptual Universe*，1995）和《诗歌与隐喻的范围：走向认知文学理论》（*Poetry and the Scope of Metaphor: Toward a Cognitive Theory of Literature*，2000）。

《隐喻生成意义：狄金森的概念世界》中，弗里德曼认同并采用了莱考夫和约翰逊的认知隐喻理论对狄金森的诗歌进行分析，认为诗歌是人们理解和解释世界的方式的见证者。弗里德曼重点分析了狄金森诗歌中非常符合现代认知科学发现的常用隐喻"生活是空间中的旅行"。此外，弗里德曼还指出了在狄金森诗歌中，路径图式和循环图式以及"空气是海洋"的图式共同构成了一个系统的模型，而这个模型构建了狄金森的概念世界。"我试图在论文中证明的是，隐喻的建构性力量如何让狄金森的诗歌不仅是描述了更是创造了她的个人世界的真实，而这真实是植根于一个具身世界。"[①] 如果说《隐喻生成意义：狄金森的概念世界》的立意是以认知隐喻理论进行狄金森诗歌的文本分析，是典型的作品研究，那么弗里德曼几年后的论文《诗歌与隐喻的范围：走向认知文学理论》则意在理论建设，想解决的是认知理论通过什么样的方式来为文学理论的丰富做出贡献。文学文本是认知思维的产物，与人在物理和文化世界中的认知思维密切相关。这一认知诗学的理论，既能够阐释清楚我们的思维过程，又能阐明文学文本的结构和内容。"它（认知诗学）提供了这样的一种文学理论：它的基础既来源于文学文本的语言，也来自读者用来理解文本语言的认知语言策

---

① Margaret Freeman. "Metaphor Making Meaning: Dickinson's Conceptual Universe." *Journal of Pragmatics* 24(1995) : 666.

略。"① 并研究了投射如何形成了创造和理解隐喻的认知能力，接下来以认知隐喻理论观照一般文学理论的优点和缺点。最后一部分，弗里德曼显示了认知诗学怎样确定文学风格，并比较了认知诗学与其他认知方法，充分肯定了认知诗学对解答文学问题的作用。弗里德曼对认知隐喻的思考是一个深入的过程，虽然《诗歌与隐喻的范围：走向认知文学理论》依然是以狄金森的诗歌为对象，但落脚点是论证认知诗学理论的合理性，对认知隐喻理论进入文学批评提供了良好的借鉴。需要指出的，弗里德曼的认知诗学的概念和楚尔的认知诗学概念并不完全一致。弗里德曼指出，楚尔在 1983 年首次提出了认知诗学这一概念，是针对以认知方法对文学文本的研究，而自己是在更普遍的意义上运用的，包括了近年来的认知语言学的成果，特别是与混合、隐喻相关的成果。

在认知方面对文体进行研究的代表性著作有斯托克维尔《认知诗学导读》（*Cognitive Poetics:An Introduction*，2002）和塞米农与卡帕珀合编的《认知文体学：文本分析中的语言和认知》（*Cognitive Stylistics: Language and Cognition in Text Analysis*，2002）。前者奠定了认知文体学的理论基础，对这一学科的理论前提，研究领域以及前景都进行了比较深入和全面的研究，将文学问题与认知模式相结合。后者则是从认知语言学理论入

---

① 　Margaret Freeman. "Poetry and the Scope of Metaphor: Toward a Cognitive Theory of Literature. " *Metaphor and Metonymy at the Crossroads: A Cognitive Perspective*. Ed. Antonio Barcelona. Berlin and New York: Mouton de Gruyter, 2000: 253.

手来分析文学作品，具体分析了小说、诗歌、戏剧等文体。

总体来说，以认知隐喻学的相关理论来观照文学作品，总体的结论是指出了文学作品中隐喻的认知机制，指出基本隐喻和诗性隐喻的贯通之处，由此，强调了隐喻在文学理解中的基础性作用。

随着国外认知隐喻理论的快速发展，国内在 20 世纪 90 年代开始有了陆续的译介。2000 年束定芳《隐喻学研究》出版，是第一部以隐喻学为对象的专著，奠定了这一领域的理论基础。自此之后，这方面的成果逐渐增多，有的着力于理论建设，有的着力于以此理论为指导做文学批评研究。在理论建设方面，突出的成果有胡壮麟《认知隐喻学》（2004），刘正光《隐喻的认知研究：理论与实践》（2007），孙毅《认知隐喻学多维跨域研究》（2013）等。胡壮麟的专著开篇即明确，今天人们对隐喻的认识已不再是一种修辞手段，而是认识世界的手段之一。这一主旨一直贯穿于全书的论述，对于理查兹、布莱克、郝斯曼、雷迪、莱考夫、特纳、罗西克等人的理论都在章节中次第介绍和评论。刘正光的专著更加突出了隐喻映射理论的分量，还强调了隐喻认知的神经学基础。何辉斌教授成体系地介绍了特纳的《文学的心灵》，理查德森的《神经系统中的崇高》，楚尔的《走向认知诗学理论》等重要著作，紧紧抓住了国外最新的发展趋势。

此外，还有朱全国、蓝纯、张沛、吴念阳、谢之君、胡俊等学者也取得了坚实的成果。如张沛《隐喻的生命》（2004）以宽广的视野、扎实的功底全方位地分析了隐喻的实质和特点，其中部分涉及认知隐喻内容。陈庆勋《艾略特诗歌隐喻研究》（2008）虽然不是全部以认知隐喻理论来贯穿，但用了相当的篇幅对艾略特的诗歌进行了结合认知的文本阐述。由此，这部著作的意义并不仅仅是一个文学批评的成功尝试，更是隐喻理论的扎实推进。

其次是认知隐喻视角下的戏剧研究。在针对戏剧的隐喻研究上，一部重要的专著是汤普森《莎士比亚：意义与隐喻》（*Shakespeare: Meaning and Metaphor*，1987），因为这是用认知隐喻理论进行戏剧文学批评的首个成果。沿着汤普森开创的道路，在戏剧的认知隐喻研究上取得突出成果的学者是唐纳德·弗里德曼。从 20 世纪 90 年代开始，他以莎士比亚的悲剧为对象，结合具体的文本，令人信服地指出将这一语言学的概念置于文学批评的适应性，同时，更为莎士比亚戏剧的研究提供了认知角度，取得了有价值的学术成果。弗里德曼研讨的剧作包括《李尔王》《奥赛罗》《麦克白》《安东尼与克里奥佩特拉》等，其思路都是运用意象图式解读作品的隐喻模式，以及这种隐喻模式后面的认知机制。意象图式不仅可以解读作品的语言含义，更为解读作品提供了全方位的理论框架。因为弗里德曼从认知隐喻角度对戏剧的解读具有示范和开创意义，下面较为详细地论述其研究。

论文《"把握最近的路途"——〈麦克白〉与认知隐喻》（*"Catch[ing]the Nearest Way" Macbeth and Cognitve Metaphor*，1996）对《麦克白》做了基于认知隐喻的解读。弗里德曼开宗

明义："研究比喻丰富的语言的新方法——认知隐喻——是对《麦克白》分析的基础。"① 关于容器图式，他采用了莱考夫的解释，容器图式区分了来自里和外的根本差别。人们把身体作为一个容器，并在这种最早的身体体验中抽象出容器的根本特征，抽象出一个意象图式去创造隐喻。关于路径图式，弗里德曼是采用约翰逊的观点，即由起点、终点和顺序经过连续的点的一条路线所组成的。走完一段路程，就是实现了一个物理目标。所以，人们经常会说，成功就是坚持走到路的终点。这就是路径图式的隐喻。

作者认为《麦克白》里充满了容器隐喻，对全剧起着全方位的作用。容器图式的目标域表现为语言、主题、人物、物理环境和心理环境各个方面。女巫的沸釜是一个容器，里面装满了各种各样恶心且有毒的东西，它投射的是麦克白的城堡，城堡也是这样的一个充满罪恶且肮脏的容器。在这个城堡里，麦克白违背了做臣子的忠诚，杀死了国王邓肯，同时掩饰罪行，狂暴弑杀，强行登位。也是在这个城堡里，麦克白色厉内荏，饱受煎熬，永失安宁。女巫的沸釜是一个带有图像性的戏剧意象，作为一个极为重要的源域，它的元素和结构投射到这部戏剧的每一个要素中，是一个核心隐喻。接下来，作者以容器隐喻为视角分析了主要人物。麦克白夫人多次将品质表述为液体，比如仁慈是一种液体，残忍是一种液体等，这都是容器隐

---

① Donald Freeman. "Catch [ing] the Nearest Way: Macbeth and Cognitive Metaphor." *Journal of Pragmatics.* 24(1995): 689.

喻，是将自己和丈夫的身体视为盛着某种液体的容器。邓肯也
是容器，容器之内是健康的自然秩序，邓肯被杀掉，他的身体
不复完整，他体内的自然秩序也随之被砍斫。此外，一些次要
人物的身体也被视为装有不同内容的容器，包括马尔康、麦克
德夫等。除了人物，物理环境也被用来投射成为容器隐喻，如
麦克白充满明显界限感的城堡等。接下来，作者又探讨了《麦
克白》中另一重要图式——路径图式。"职业是路径""人生是
旅程"这样的路径隐喻贯穿全剧。围绕这些隐喻，《麦克白》的
很多语言成为一个系统，如职业上的困难是路上的障碍，跳跃
是为了越过路上的障碍，更是隐喻着超过职业上的困难等。在
此基础上，弗里德曼指出，容器隐喻和路径隐喻可以交错使用，
路线和时间都是路径图式的要素，由此来理解《麦克白》的语言、
人物、背景、事件以及情节等。意象图式中所包含的具身经验
是如此普遍，为解读《麦克白》提供了一个可行的角度。

　　1999 年，弗里德曼又发表了以《安东尼与克里奥佩特拉》
为研究对象的戏剧分析《〈安东尼与克里奥佩特拉〉中的图式
和隐喻模式》(*The Rack Dislimns: Schema and Metaphorical Pattern
in Antony and Cleopatra*)。弗里德曼在这篇论文里除了容器图式
和路径图式，还探讨了联系图式。三种意象图式结合在一起，
形成了这部剧作的隐喻体系。安东尼的身体被视为一个容器，
他的勇敢和忧郁就如同容器里的液体。而路径图式主要体现在
安东尼的活动路线，他跟随克里奥佩特拉而去而偏离了原有的
进攻线路，形成了影响了个人命运的路径隐喻。

2002 年，弗里德曼主要探讨了莱考夫的"理解是看见"这个隐喻在《奥赛罗》中的运用，分析了剧中反复出现的"黑暗"和"光明"的亮度隐喻。黑暗会让人感觉未知和恐惧，光明则会带来温暖和希望，这共同的人类经验使人们在语言表达中将黑暗和坏的情绪或事情相关，将光明和好的情绪或事情相关。这样，隐喻就将本能的感知和价值判断结合起来了。《奥赛罗》反复出现的"黑暗"和"光明"的亮度隐喻正是基于日常生活中的普遍经验和判断定式。

弗里德曼的研究之所以值得重视，与他扎实的研究质量分不开。弗里德曼擅长理论评述与文本解读相结合。理论评述抓住重点，提纲挈领。文本解读既具体细致，又有系统性。他让我们看到莎士比亚的悲剧是怎样由最具普遍性的意象图式来构建的，表达和接受的依据都是人们的具身经验。弗里德曼对莎士比亚的研究还在持续。以其为代表的西方学者用认知隐喻理论去阐释经典作品的思路为我们提供了启发和借鉴。

国内戏剧的认知隐喻研究方面的专著，代表性的有黄立华《贝克特戏剧文本中隐喻的认知研究》（2012）和司建国《认知隐喻、转喻视角下的曹禺戏剧研究》（2014）。黄立华专著分为两个部分——贝克特戏剧中的言语隐喻和非言语隐喻。言语隐喻包括以《等待戈多》和《快乐的日子》等为对象的情感隐喻，以《快乐的日子》和《残局》为对象的时间和空间隐喻，以及《残局》的意象图式研究。非言语隐喻主要涉及了音乐隐喻和视觉隐喻。贝克特的戏剧以荒诞、不合逻辑为特征，而以认知隐喻的理论来观照，可以发现表面的晦涩难懂在隐喻的统筹下彰显了深刻的意义。对贝克特戏剧的隐喻解读让我们更深地体会到荒诞的意义。司建国专著的着重点是曹禺戏剧语言使用的隐喻，包括以《北京人》和《雷雨》为分析对象的"空间隐喻"、以《雷雨》和《日出》为分析对象的"人体隐喻"、以《原野》为分析对象的"温度和亮度隐喻"以及"转喻机制"等分析。这部专著以详尽的语料分析揭示了作者创作和观众观看过程中的认知过程，拓展了认知语言学的应用范畴，明确了戏剧交流中认知机制的基础性作用。此专著关注的是基本隐喻也就是常规隐喻，认为分析常规隐喻有着重要的意义，即"能够更生动、准确、直接地反映隐喻和转喻的运作模式"①。

　　论文方面，还有黄辉辉、邹智勇等进行文本阐释的努力。黄辉辉《贝克特戏剧中的存在图式与隐喻建构》分析了贝克特戏剧的结构隐喻，着重于四个结构隐喻如何将"存在"这个本体形象化，并展开意象图式构建的认知机制探讨。最后作者强调："如果说贝克特是为了追求革新而采用'荒诞'的言说形式，不如说贝克特运用的是人类最原始、最具诗性的思维和言说方式——隐喻来展现存在图式，激发读者参与性想象，增加对存在本体图式的认识和体验性把握。"②

---

① 司建国：《认知隐喻、转喻视角下的曹禺戏剧研究》，中山大学出版社 2014 年版，第 259 页。

② 黄辉辉：《贝克特戏剧中的存在图式与隐喻建构》，《江西社会科学》2014 年第 11 期。

总体来说，国内的以戏剧为对象的认知隐喻批评正在兴起，这为后来的研究者打下了必要的基础，同时也还有着很大的学术空间。

第一，目前的研究重视了文学文本运用基本隐喻的方面，重视了隐喻运用中认知机制的作用，但对于戏剧中的基本隐喻和诗性隐喻之间的关系较少充分的探讨。在此基础上，本书认为，文学作品与日常语言最关键的区别还是在于它诗性语言上的文学性和独特性。正是诗性语言，才使得文学作品呈现独特的面貌。所以，在分析文学文本中日常语言的基础上，有必要进一步探讨诗性语言中隐喻的特点。

第二，如何将认知隐喻理论系统地运用到戏剧研究中，并适当突破个案研究的范围，还需认真思索。

第三，文学不应只充当证明隐喻是人的思维方式这一论断的语料，更重要的是要以认知隐喻理论为文学研究提供方法，从而发现以往方法无法发现的文学魅力，解决以往方法无法解决的文学问题，这是应该努力的方向。

总之，认知隐喻研究的视角蕴含着对当下理论发展趋势的捕捉，实现了跨学科研究，从中发现其更具本质性的一些规律。戏剧作为一种综合了多种艺术元素的文学形式，看起来是一个纯粹虚构的想象世界，远离现实的象征主义戏剧更是给人以这种印象。由隐喻视角来解释象征的形成，能够将其与人的惯常认知相结合，找到其立足的根基，可以将象征与象征主义戏剧研究引向深入。

三

本书在具体章节中一般以一部戏剧为单位，研究其中涉及的基本隐喻，并从基本隐喻的变形中发现作者的主观倾向性，做到语言分析与文学文本整体研究相结合，做到一般机制与作者个性相结合。既以认知隐喻理论做指导挖掘戏剧中的认知机制，又避免无视文学的生动性和创造性。

具体来说，每章的内容如下：

第一章为象征主义戏剧的概述和认知隐喻理论的评介。象征主义戏剧作为 19 世纪末到 20 世纪初在世界形成较大声势的流派，呈现出鲜明特色。本章对其特征，象征与隐喻的关系做出概述。然后对莱考夫、约翰逊和特纳等代表性人物的认知隐喻著作做了较为详细的介绍和评价。这些为正文的展开提供了必要的基础。

第二章探讨了象征主义戏剧的开创者易卜生的部分作品，主要涉及《野鸭》中的容器隐喻和《咱们死人醒来的时候》中的基本隐喻。《野鸭》以悲剧性结局象征了易卜生对以真理唤醒他人自由人格的做法的否定态度。这一象征由一系列的容器隐喻来完成。《野鸭》充满了容器隐喻，身体视作容器，家庭视作容器，状态视作容器等。人物对容器界限的跨越以及由此导致的容器的破碎，就隐喻了对其他人人生的干涉以及灾难后果。《咱们死人醒来的时候》主人公的最后选择象征了自由的实现，这是作者认为真理乃是自我审视、自我唤醒的理念的演绎。作品以生理变化、温度变化以及方位变化等隐喻情感的变化，也相应地表达了作者由《野鸭》以对真理问题的思考。

第三章探讨了梅特林克戏剧中的隐喻运用。梅特林克认为死亡是生命的应有之义，这一点使其很多剧作中的诗性隐喻呈现出对死亡坦然接受的态度，异于平时人们普遍的畏惧情绪。《玛兰公主》中"城堡"是一个容器隐喻，进入或走出城堡这个容器，就隐喻着人物状态的变化。《佩雷阿斯和梅丽桑德》中梅丽桑德浓密的长发成为一个隐蔽的容器。佩雷阿斯将脸藏于梅丽桑德的头发之中，暗示着爱情的暂时实现，而他一旦离开这头发的范围，两人的爱情再无从谈起。《青鸟》中"光明"则运用了"光明是理解"等基本隐喻，"光明"角色在剧中对孩子们的理解、安慰、关怀和引导等，均以人们平时对于"光明"的认知理解为基础的，并串联起戏剧结构。

第四章探讨了克洛岱尔戏剧中的路径图式的隐喻。克洛岱尔是虔诚的天主教徒，认为信仰上帝是处于思想危机中的人们唯一可以得救的途径。其剧作中主题和人物的象征往往是由路径隐喻来构建的。克洛岱尔突出了"人生是旅程"基本隐喻中关于道路的方向感——追求信仰从而拯救众人，同时突出了道路上的指路人角色——上帝明确出场来指引迷途的众人。一般来说，死亡就是个人所有的结束，就是走到了人生道路的尽头，因为有了上帝的赐福，死亡不再是旅程的终点，而是一个新的开始。所以，作者花了很多笔墨来具体描写死亡之后的情形，创造了关于路径图式的诗性隐喻。走过了死亡这一关卡，将会到达永生的天国，生命的道路仍将得到延续。

第五章探讨了安德列耶夫《人的一生》中以生命为目标域而形成的隐喻系统，涉及了"生命是火焰""生命是光""死亡是对手"等基本隐喻。作者以此为基础来创造诗性隐喻，强调了生命意志不可战胜。生命如光如火，必然要熄灭，但在熄灭之前还要努力发出最后一点光，还要燃烧最后一团火。死亡是对手，必然要取得胜利，人必然被打败，但是，纵然人已千疮百孔依然可以昂然站立而死。安德列耶夫通过这样的诗性隐喻，来表达自身对于生命的理解——顽强的精神与不屈的意志，是为生命的意义——也是作者提出的人在必然命运下的自救方式。

第六章论及泰戈尔戏剧中反复出现的"人是植物"的基本隐喻。泰戈尔热爱自然，也在自然世界中体会到了最深的哲理。一般来说，"人是植物"的基本隐喻，是以植物的生长死亡规律来对应人的生长死亡规律。但泰戈尔把"人是植物"这一基本隐喻进行了延伸，加入了四季轮回的因素，植物凋落后来年还会生发，隐喻个人在死亡之后还会有新的生命不断延续。将个人有限的生命融合在四季轮回的无限中，从而实现了其人神合一的哲学思想。

第七章探讨叶芝戏剧的思路与前文略有不同。前文是基于作品语言中出现的隐喻，是以上下文为背景，以句子为分析单位。此章则是将整部作品作为投射，以一个熟悉的故事去隐喻另一个不熟悉的故事。这种不以具体句子分析为基础的隐喻研究，不是随意而为，同样必须要以意象图式为基础。此章主要探讨了《猫与月》和《炼狱》中的循环图式。循环图式是人最基本的关于经验和理解世界的图式之一，它提供给我们一种在大范围内理解事件顺序的方式。叶芝认为，最为完美的贵族文明在当前混乱而堕落的时期过去之后将会重新到来，届时整个世界就会重新恢复秩序。循环图式的隐喻表达了叶芝重建精神家园、期待灵魂救赎的情感倾向。

第二章到第七章是从作者创作的角度来研究隐喻。象征主义剧作家们以反映人们普遍认知的基本隐喻为基础，融入个人的独特认知，创造出新奇的诗性隐喻。这些个性化的诗性隐喻又共同体现了象征主义戏剧的思想特质——在崩乱的世界中致力于灵魂的救赎，执着于精神家园的重建。上文以隐喻的运用来解读剧作的象征运用，由此来理解人物形象、主题表达和结构设置等，说明隐喻对于文学元素的分析是一个可行的切入点，也证明了认知隐喻理论对戏剧文学研究的适用性。第八章则关注了读者面对隐喻的主体性。一个诗性隐喻被创作出来，来传达作者观点和情感色彩，但其本身的含义并不限于此。作者本身要传达的认知只是读者用来理解的最主要依据，而非唯一评判标准。诗性隐喻的意义是开放的，读者的理解和体悟与作者的创造和表述一样是隐喻意义生成的必要阶段。离开了读者这一向度，诗性隐喻就会成为悬置的未完成状态。同时，读者的主动性和创造性赋予了诗性隐喻强劲的生命力。

综上，本书以认知隐喻理论作为象征主义戏剧研究的手段和途径，以隐喻为解释文学问题的切入点。隐喻是最为重要的思维方式，体现着人们的具身经验以及由此形成的对世界的认知机制。那些在日常生活中总在使用着的基本隐喻反复出现于作品中，成为戏剧创作和理解的基石。象征主义戏剧中人物、主题、情节和结构的象征意义均是建立在基本隐喻的基础上，是通过基本隐喻的变形、反复出现和组合来实现的。这样从隐喻角度就探清了看似主观随意且无迹可寻的象征的构建来源，彰显了象征主义戏剧中认知动力的存在。

四

还有几个需要说明的问题：

第一，关于指称的说明。首先，关于基本隐喻和诗性隐喻的概念，本书是采用莱考夫和特纳的《不止是冷静思考》中的界定。对于相似含义的概念，有多种不同的说法，有的称之为规约性隐喻和非规约性隐喻，有的称之为常规隐喻和非常规隐喻（或者诗性隐喻），本书采用基本隐喻和诗性隐喻的指称。其次，关于概念隐喻、本体隐喻、意象隐喻、结构隐喻、基本隐喻的概念。莱考夫关于隐喻的理论称为概念隐喻理论，他把隐喻分为方位隐喻、本体隐喻和结构隐喻。而在他与特纳合写的《不止是冷静思考》中又将约定俗成的一些隐喻称之为基本隐喻，而基本隐喻涉及的又几乎都是结构隐喻。这里就有指称使用上的部分重叠。同时，此专著中还有意象隐喻的提法，与

《我们赖以生存的隐喻》中本体隐喻的含义有些接近，是分析某个具体事物如何表达了隐喻的含义。经深究，两者的区别还是很明显，而且，意象隐喻之所以能够在文学作品中出现，也是由结构隐喻尤其是基本隐喻推导而来，所以也不能单纯将意象隐喻等同于本体隐喻。较全面地来看，本体隐喻这个指称应该可以与结构隐喻有一个较为明确的区分。所以，本书在本体隐喻和意象隐喻之间选择的是本体隐喻，在结构隐喻和基本隐喻之间主要使用的是基本隐喻，而结构隐喻没有作为核心词语来使用。总之，关于隐喻的认知理论是一个不断发展的过程，体现在这些学术成果中，就是研究在不断的细化和修正。因此，指称内涵上有所变化甚至有所重复是客观存在且难以完全避免的。

第二，每一部作品里都有着多种基本隐喻，本书是选择了最为突出、最为重要的基本隐喻进行详细论述且标示在标题上，而对出现的其他基本隐喻进行了简略论述。有的作品中存在的基本隐喻可能限于篇幅或者主旨需要并没有进行讨论。

第三，隐喻与人们的认知密不可分，这是一个贯穿始终的观点。在论述每一位具体作家的隐喻使用时，先是着重突出了其运用隐喻所蕴含的普遍的认知基础，这证实了文学作品确实是隐喻的、体验的，有普遍性的一面。在此基础上，分析了作者在隐喻运用中体现的认知独特性。正是这种认知独特性，形成了每位作家在隐喻运用上的独特性，再从象征主义戏剧作家们共同的独特性中进行归纳，就可以得出象征主义戏剧中的象征都有着相似的指向——褪去现实色彩，意在营造神秘的理想天国。

第四，因为立意是文学研究，所以有的章节突出了隐喻与主题的联系，有的章节突出了隐喻与人物的联系，有的章节突出了隐喻与情节结构的联系，有的章节突出了隐喻与情感表达的关系，以期达到以认知隐喻理论来研究文学的目的，避免文学文本仅仅成为隐喻研究的语料库。

第一章　象征主义戏剧与隐喻总论

本章首先对研究对象——象征主义戏剧做简要梳理，然后对相关的认知隐喻理论进行概述。莱考夫和约翰逊等人通过《我们赖以生存的隐喻》《女性、火和危险事情》《具身心智：意义、想象和反应的身体基础》等专著建立起了认知隐喻理论。他们通过意象图式、投射、具身经验、文化习惯、认知机制等方面的分析，提出了"隐喻是人的思维方式"这一基本论断。以认知隐喻理论去研究象征主义戏剧，力图以隐喻和象征的关系为切入点来分析象征主义戏剧的特征。

第一节　象征主义戏剧概述

一般认为，象征主义戏剧是现代主义戏剧的开端。其作为一个流派存在的时间大约为 19 世纪末期到 20 世纪前 10 年，主要流行于欧洲。20 年代后落潮，但此时流行到中国、印度、日本等东方国家。"戏剧领域的现代主义由现代主义的第一个流派象征主义激荡而成。在戏剧文学上，易卜生、梅特林克、叶芝等人背离了19世纪末自现实主义、浪漫主义分别发展演变而来的自然主义、唯美主义戏剧，创作了象征主义戏剧，掀开了现代主义戏剧序幕。"①

一、关于象征主义戏剧流派

象征主义戏剧的开创者是易卜生。从《野鸭》中有象征意味的阁楼开始，易卜生逐渐将象征风格发展起来，到《咱们死人醒来的时候》中已经极少现实再现的痕迹了。易卜生是象征主义戏剧也是现代主义戏剧的先驱人物。但真正确定了这一流派创作范式的是比利时作家梅特林克。梅特林克崇尚神秘，对思考形而上的问题充满了兴趣，也对死亡有着执着的探讨。他的作品极少现实色彩，完全是精神世界的演绎。《玛兰公主》的成功演出，标志着象征主义作为一个后起之秀在与当时占据主流地位的自然主义戏剧的对抗中开始赢得主动权。梅特林克早期创作效率很高，《玛兰公主》之后，陆续发表的《佩雷阿斯和梅丽桑德》《盲人》等剧奠定了他本人的威望，也使象征主义戏剧作为一个潮流迅速发展起来。法国克洛岱尔有着丰富的人生经历和虔诚的天主信仰，他把信仰和戏剧结合，创作出寓意为追寻上帝荣光，以上帝救赎世人的象征剧，营造出向上飞升的境界。安德列耶夫受此潮流影响，也创作出了优秀的象

---

① 周宁主编：《西方戏剧理论史》，厦门大学出版社2008年版，第759页。

征剧作。20 世纪前 10 年，是象征主义戏剧在欧美流行的高潮，随后走向衰落。但传到东方后，引发了中国、印度、日本的象征主义热潮。如泰戈尔就将象征主义的风格与东方的神秘思想相结合，创作出富有东方色彩的象征剧。

象征主义戏剧流派有着明确的理论主张和优秀的代表作品，是"运用纯粹的象征意象来表现人类精神超越特别是终极关怀的戏剧范型"[①]。19 世纪末期，工业化浪潮席卷全球，科技迅速改变了人们的生活面貌，人们的价值观遭遇剧变，尼采"上帝已死"的观点进一步加剧了精神的动荡。象征主义作家们面对这一切，彰显了非常明确的拒斥态度，并以文学创作承载起以精神拯救功利社会的重任。他们充分信任艺术的自由性，认为艺术是人主体性的体现形式，所以"把人类拯救出技术理性的苦海是不能依靠革命行动的，而是要让哲学、艺术再度负起责任，通过站在救赎的立场上，按照它们自己将会呈现的那种样子去沉思一切事物，从而重新照亮世界"[②]。象征主义剧作家在痛心疾首于信仰坍塌、欲望横流的社会现状的同时，努力营造出一个虚幻、缥缈而又真诚的理想世界，寄希望于这种艺术世界能够引领人生方向和提升人生品位。如法兰克福学派的阿多尔诺的观点：必须要保持艺术的纯粹性以及超越性，

---

① 张兰阁：《戏剧范型：20 世纪戏剧诗学》［中］，北京大学出版社 2009 年版，第 253 页。
② 陈志刚：《现代性批判及其对话》，社会科学文献出版社 2012 年版，第 199页。

这样才可以突围出文化工业的包围圈。在迷失了的大众面前，艺术应将其再带回到充满自由的精神世界。

《现代欧美戏剧史》把象征主义戏剧的思想特征归纳为"主观性与内向性""模糊性与神秘性"，将其艺术特性归纳为"双层次结构""重视潜台词与停顿的运用""对作品的外在形式美的追求"①。象征主义决然断开与客观世界的表面联系，倾尽全力建造一个完全的精神世界。它的主题基本都是人的精神建构，是对人的终极关怀和对宇宙意义的彻底追问，神游于天地的无尽浩渺和人的最终归处，脱离了有着明显时间、空间等条件限制的客观世界的束缚。这种对于精神世界的执着，往往使象征主义戏剧呈现出鲜明的神秘色彩，很多重要的剧作家同时都是神秘主义者。他们对世界持不可知论，认为天地之间存在着不可捉摸和不可掌握的力量，人注定要听从这种神秘力量的召唤。对灵魂和精神的通力表达，使得剧作家的角色也发生改变。这些剧作家自觉与现实保持距离，将身心都沉浸于一个灵性世界中去，更多成为一个"通灵者"，即通过戏剧这个媒介使得读者（在大一点的范围说是人类）去倾听、领悟及崇拜宇宙间的神秘力量，产生类似于宗教的庄严肃穆的效果。同时，它还固执地保留着拯救世界、拯救人类的希望，保留着真诚的热忱，所以并没有某些流派解构的特质。

总之，象征主义戏剧很少在现实主义戏剧中对社会问题的

---

① 陈世雄：《现代欧美戏剧史》，文化艺术出版社 2010 年版，第 158—160 页。

直接涉及，而是建筑了一个超验的世界，这个超验世界充溢的是神秘主义之下的理想主义色彩。虽然表层来看，有传统的人物和情节，但深层来看，无论是人物塑造还是主题表达，都是充满想象力的象征表达。

二、象征与隐喻的关系

象征和隐喻是两个容易混淆又有联系的概念。象征在戏剧作品中古已有之，但都是分散零落的使用，直到象征主义戏剧，象征才成为一个有机的完整体系。19世纪90年代，叶芝与埃利斯合编《布莱克作品集》，"叶芝在一开始便称布莱克是'当代第一位宣传所有伟大艺术与象征有不可分割关系的作家'，而且认为布莱克是自己象征哲学的领路者"①。叶芝在《诗歌的象征主义》这篇文论中明确以布莱克的诗句为例，提出了他所认为的象征典范。叶芝将文学创作归为一种神秘的不可言说，"所有声音，所有色彩，所有形状，无论因为它们注定的感染力还是因为它们久长的心理联系，将唤起难以定义然而又清晰不过的情感。或者，我宁愿认为，我们称之为情感的踩在我们心灵上的脚步，感染我们，使我们摆脱现实的桎梏；而当声音、色彩和形状间具有一种和谐的联系，相互间一种优美的联系，它们仿佛变成一个声音，一个色彩，一个形状，从而唤起一种由它们互不相同的魅力构成的情感，合一的情感。……

---

① Ross David. *Critical Companion to William Butler Yeats*. New York: Facts On File, 2009: 445.

它愈是完美，愈是千姿百态和有更多的元素注入这个理想状态，这种情感，这个感召，这个呼唤我们的神将愈是强有力。在找到声音，或色彩，或形状，或所有这些表达之前，我们的情感便不能存在，或不可感受和充满活力"①。再如波德莱尔对真正的诗歌的认识，"只要人们愿意深入到自己的内心去，询问自己的灵魂，再现那些激起热情的回忆，就会知道，诗除了自身之外没有其他目的；它不可能有其他目的，唯有那种单纯是为了写诗的快乐而写出来的诗才会这样的伟大，这样高贵，这样真正地无愧于诗这名称。"②很多象征主义作家都是如此，将作品的完成视为心灵的开悟和神灵的启示。对世界的本质和起源的看法关乎世界观的核心，又直接关系到人生意义何在的答案。梅特林克、克洛岱尔、叶芝等人将这些问题总是与神性相连，持一种神秘主义的世界观："世界起源于神、归宿于神，世界的本质就是向往、追求那超乎一切物象之上的神的历程，宇宙和人生都是神圣的。"③它是一种直观，是对无限性宇宙的诗意概括，而不是将其视为远离世界的客观存在。神秘主义坚持要用无限的眼光看宇宙，而不是用有限的概念去固定一切。神秘不可知的力量无法直接去描绘和叙述，只能通过直觉来把握，象征主义作家们以象征为手段表达直觉，使得戏剧精神最

① 叶芝：《叶芝文集：书信·随笔·文论.卷三.随时间而来的智慧》，王家新编选，东方出版社1996年版，第151页。
② 黄晋凯、黄秉真、杨恒达主编：《象征主义·意象派》，中国人民大学出版社1989年版，第4页。
③ 毛峰：《神秘主义诗学》，三联书店1998年版，第6页。

大程度上指向形而上的空灵境界。也就是说，象征主义戏剧是通过象征对神秘主义哲学的表达。零散的象征已经不能有效地传达超自然和灵魂的神秘世界。象征必须更加普遍、精炼和彻底，遍及戏剧的每个角落。

象征和隐喻是两个关联密切的概念。韦勒克和沃伦的《文学理论》对象征是这样界定的："甲事物暗示了乙事物，但甲事物本身作为一种表现手段，也要求给予充分的注意。"① 这里，作者以"暗示"来表达象征物与被象征物的关系。由于某种关系，作者不直接说出乙事物，而是以甲事物来指代。隐喻也是以甲事物指乙事物，"暗示"一词并不能有效区分甲事物和乙事物，以及两者之间的关联。象征和隐喻都是以一个事物来指代另一个事物，但是也有区别。这里分别列举理论界和作家的相关观点。韦勒克和沃伦的《文学理论》认为隐喻的重复组成了象征，"我们认为'象征'具有重复与持续的意义。一个'意象'可以被一次转换成一个隐喻，但如果它作为呈现与再现不断重复，那就变成了一个象征，甚至是一个象征（或者神话）系统的一部分"②。再看象征主义作家叶芝所论述的隐喻和象征的关系："当隐喻还不是象征时，就不具备足以动人的深刻性。而当它们成为象征时，它们就是最完美的了。"③ 他还

---

① 韦勒克、沃伦:《文学理论》，刘象愚、邢培明、陈圣生、李哲明译，江苏教育出版社 2005 年版，第 214 页。

② 韦勒克、沃伦:《文学理论》，刘象愚、邢培明、陈圣生、李哲明译，江苏教育出版社 2005 年版，第 203 页。

③ 伍蠡甫主编:《现代西方文论选》，上海译文出版社 1983 年版，第 54 页。

认为隐喻成为象征是有条件的，需要符合两种情况，一种是"当隐喻的'工具'是具体的、可感知的时候"，另一种是"当隐喻不断复现，起着主导作用时……一般的过程是，意象变成隐喻，隐喻再变成象征"①。韦勒克和叶芝都强调了相对于象征，隐喻更为基础。隐喻在一定条件下如具体可感或者反复出现时，会成为象征。当隐喻提升到象征的位置上，才有了更大的艺术魅力。象征比隐喻更为深刻和生动，具有更高的艺术价值。韦勒克和叶芝都没有再进一步的分析，为什么隐喻会是具体可感的，以及为什么隐喻会反复出现。从认知角度去分析这个问题可以发现，具体可感是因隐喻总与人们对具体事物的切身体验相联系，日积月累的日常生活中，经验形成了隐喻。而隐喻之所以不仅在一部作品中出现，而且会在不同作品中反复出现，这正是印证了隐喻作为思维方式的认知特点。隐喻是如此普遍地存在于社会文化中，离开了隐喻，人们将无法交流。朱全国在《论隐喻与象征的关系》中认为："象征与隐喻具有密切的关系，两者联系甚密。无论是从表现手段还是最终意义的形成，隐喻都是象征的基础。……对于象征与隐喻而言最重要的是它们之间的区别，这主要体现在象征是与观念、理性、自在性及完整的主体意识有关，而隐喻则与具体形象、关联性、感性、个人体验密不可分。"② 作者强调了隐喻与具体事物

---

① 转引自柳扬：《意象·隐喻·象征·神话——中西方诗意阐释的殊途同归》，《沈阳师范大学学报》2016 年第 2 期。

② 朱全国：《论隐喻与象征的关系》，《吉首大学学报》2007 年第 4 期。

的意义相关，而象征则是表达某种观念。以一个事物来象征另一个事物，是一种主观的连接，而以一个事物来隐喻另一个事物，则是来自切身的体验，是一种普遍存在的意识。此观点很有启发性。在学界既有成果的基础上，本书认为对于象征与隐喻的关系探讨还有展开的空间。为何隐喻是象征的基础，隐喻又如何与具体体验相连，要想解决这些问题，则有必要结合人的认知机制。引入认知学科的成果，可以深化象征主义戏剧中象征与隐喻的关系研究。

象征主义戏剧最突出的特点是象征手法的普遍运用。那么象征是如何构建出来的，则是一个需要继续深入思考而目前尚未得到有效解决的课题。象征主义作家们偏重强调象征创作中的神秘和灵感，这让研究者也往往将象征视为完全主观的存在和创造。本书引入认知隐喻视角，通过作品中的大量基本隐喻的挖掘和梳理，来分析象征与来源于日常生活的那些最为普遍的隐喻之间的关系，从而发现看似极为主观的晦涩难懂的象征主义剧作中象征的根基就是约定俗成的隐喻。这些隐喻是人的认知习惯在文学中的体现，多个在基本隐喻基础上变形而成的诗性隐喻就融铸成了作品中的象征。由认知意义上的隐喻来解释象征的形成，为象征主义戏剧增加一个研究角度。

第二节　隐喻含义的流变

本书对隐喻概念的理解和运用，都是从其认知意义出发的，即贯穿的是"隐喻是人的基本思维方式"这一观点。为了全面认识这一观点的价值和研究意义，有必要对西方的隐喻研究流变做一历时性回顾。

隐喻研究在西方有着悠久的历史。亚里士多德在《诗学》中对隐喻的定义为："隐喻字是把属于别的事物的字，借来作隐喻，或借'属'作'种'，或借'种'作'属'，或借'种'作'种'，或借用类比字。"① 这个定义将隐喻视为不同种类的词语间的借用。亚里士多德认为隐喻是可以增加语言效果的修辞手段。人们会为了提升语言效果而在某种时间和场合下使用隐喻，所以隐喻的存在和使用都是有条件的。亚里士多德的隐喻观点着眼于相似性，"好的隐喻意味着在不同的事物中间直觉地感知到相同。通过相似性，隐喻将事物变得更加清楚"②。虽然其将隐喻界定为语言的修辞手段，但从认知的观点来看，也可以从中找到一些端倪。隐喻是发生在两个不同事物之间的，而在不同事物中找相同，这需要基本的认知能力，主体的感知能力成为隐喻是否建立的条件之一。

中世纪普遍观点认为，隐喻是对语言的借用，这可能会导致误用，这种误用会掩盖一些语言和文法上的错误，所以应该限制使用隐喻。但托马斯·阿奎那并不认同这一看法。他认为《圣经》中的隐喻就十分必要，因为《圣经》语言中的隐喻很好地传达了精神世界的真理，比一般的语言更适合教义的传

---

① 亚里士多德：《诗学》，罗念生译，中国戏剧出版社 1986 年版，第 2 页
② 亚里士多德：《诗学》，罗念生译，中国戏剧出版社 1986 年版，第 2 页。

播，所以隐喻不会成为传达真理的障碍。在这个角度上说，阿奎那认同并支持隐喻的修辞作用。16、17世纪，因为唯理论的盛行，隐喻使用的范围进一步缩小。如托马斯·霍布斯认为，隐喻作为词语间的借用有可能会导致与真实意义相违背，这样就不利于严谨的推理。这样一来，隐喻似乎作为一种随意的语言运用就站在了客观真实的对立面。这种观点在当时具有代表性。这种对隐喻的认识在18世纪出现了较大改变。维柯在《新科学》中对隐喻在人的语言生成和文化形成中的作用进行了极有创见的论述。维柯认为，人类最原初的语言就是隐喻。每个民族的语言起源并不是来自清晰的概念，而是来自想象。原始初民因为认知的局限性，不能正确理解周围世界的现象，便用自己的亲身体验作为理解世界的途径，也就是把对自身的认识投射到对世界的认识上。这种具有物我合一意识的投射就成为象征或隐喻。维柯还由此探讨了民族原初神话的形成，认为神话就是原始初民理解世界的方式，是人以自身为尺度对世界的隐喻性解读。所以，神话并不是一种人为的文学创造，而是人对世界的理解方式。可以看出，维柯对隐喻的认识已经突破了修辞学的范围，不是把隐喻作为一种特殊的能够提升语言效果的修辞来界定，而是看到了隐喻是人理解世界的方式，并且看到了隐喻存在的普遍性。这种理解已经包含了较多的认知因素。

20世纪30年代理查兹发表了《修辞哲学》一书。他对语言进行了语义学的研究，提出了隐喻无所不在的原则，认为隐喻不只是语言的表达途径，还是思维的工具，这大大提高了隐喻的地位。1962 年，布莱克发表了《模式与隐喻》一文，继承了理查兹的思想，以结构主义语言学为根基，从语义结构层面进行探讨。他对隐喻的研究不再局限于词语与词语之间的关系，而是延伸到了对句子的探讨，延伸到了语义的互动。从 20 世纪 30 年代到 70 年代，隐喻的研究主要是在语义学范围内。

20 世纪 70 年代至今，隐喻成为研究热点，心理学、哲学、认知科学、人类学等学科，都对隐喻提出了新的见解，大大突破了修辞学和语义学的范围，隐喻成为一个跨学科研究对象。其中，认知科学和隐喻的交叉研究形成的认知隐喻理论取得了令人瞩目的成果。进入认知范畴的隐喻研究已为学术主流接受——隐喻是以一种熟悉或具体的事物去理解另一种不熟悉或抽象事物，是人们认识新事物的有效方式。认知隐喻研究具有开创意义的专著为莱考夫和约翰逊的《我们赖以生存的隐喻》，此书开篇就指出了隐喻的重要意义："不仅是在语言上还是在思想和行动中，日常生活中隐喻无所不在，我们思想和行为所依据的概念系统本身是以隐喻为基础的。"① 它创造性地提出，隐喻是人类的思维方式。离开了隐喻思维，人类将无法正常地理解和交流。这将隐喻提升到了前所未有的高度，开辟了隐喻研究的全新境界和领域。如绪论中所介绍，这部专著与《具身心智》《女性、火和危险事情》《死亡是美人之母》等一起构成

---

① 乔治·莱考夫、马克·约翰逊《我们赖以生存的隐喻》，何文忠译，浙江大学出版社 2015 年版，第 1 页。

了对隐喻进行认知研究的经典著作。这些专著研究了人们语言中的隐喻背后的思维习惯，将看似散乱而随机的语言都归入隐喻这个大框架下，指出了隐喻与认知之间不可忽视的联系。离开了隐喻，人的认知习惯将会大受影响，离开了认知，对隐喻的理解也不可能透彻。在认知隐喻研究的大潮下，国内也开始引入相关理论。

国内研究隐喻的重要专著束定芳的《隐喻学研究》依照西方历史上隐喻研究的重心流变，系统地总结了西方隐喻研究的历史。胡壮麟的《认知隐喻学》认为："今天人们对隐喻的认知已不仅仅是修辞学中与明喻、夸张、顶针等并列的一种修辞手段，它是我们认识世界和语言发生变化的重要手段之一。因为我们要认识和描写以前未知的事物，必须依赖我们已经知道的和懂得的概念及其语言表达式，由此及彼，由表及里，有时还要发挥惊人的联想力和创新力。这个认知过程正是隐喻的核心，它把熟悉和不熟悉的事物作不寻常的并列，从而加深了我们对不熟悉事物的认识。"[1] 以上表述代表了国外和国内关于隐喻的主要观点。

理查德森具有总领意义的文章《文学与认知研究：总体概况》将目前的认知文学研究分为几个大的板块，将关于隐喻的认知研究归入了"认知修辞学和概念混合理论"板块。"认知语言学是一种理解概念系统和语言系统之间互相影响的方

---

[1] 胡壮麟：《认知隐喻学》，北京大学出版社 2004 年版，第 3 页。

法，这一方法由乔治·莱考夫、马克·约翰逊和特纳等人共同提出。"① 再具体来分也有不尽相同的研究侧面，但最核心的观点是一致的——隐喻反映了最基本的认知行为。人类的具身化形成了最为基本的概念和最为原始的意象图式。"由于意象图式的基础存在于人体最普通的活动和最基本的方向感知中，因此它提供了一个模板，在这个模板之上建立起越来越抽象的概念——甚至还能够富有想象力地进行投射。因为大脑除了具身化的基本特点之外，还普遍具备隐喻的、想象的特点，或者用特纳的话来说，具有'文学的'特性。"② "隐喻和转喻这类修辞方式远非仅仅为诗歌装点的特殊的偶然特征，还反映了最基本的认知行为，这种认知行为使意象图式投射到更广泛的概念领域，在'我们人体空间感'的'骨骼意象'的基础上逐渐建立起概念（和语言）系统。"③ 莱考夫认为隐喻主要分方位隐喻、本体隐喻和结构隐喻，主要讨论日常语言中的概念是如何通过隐喻来建立的。特纳研究的对象扩展到了文学作品，他的目的并不是为了研究文学，而是以文学作品为例证，来证明隐喻不仅存在于日常语言中，也存在文学作品中，进一步夯实了隐喻是思维方式的基础。特纳研究的主要是基本隐喻，大致相当于

---

① 艾伦·理查德森：《文学与认知研究：总体概况》，何辉斌译，《认知诗学》2017 年第四辑，第 102 页。

② 艾伦·理查德森：《文学与认知研究：总体概况》，何辉斌译，《认知诗学》2017 年第四辑，第 103 页。

③ 艾伦·理查德森：《文学与认知研究：总体概况》，何辉斌译，《认知诗学》2017 年第四辑，第 103 页。

莱考夫所划分的三种隐喻中的结构隐喻。特纳的思想再进一步完善，又提出了概念混合理论，更具有灵活性，但其具体运用还有待规范。下面分别予以介绍。

第三节　概念隐喻理论

人们不断认识新的世界，必然要产生新的概念，遵循省力原则，隐喻就成为形成新概念的有效方式。概念本质上是隐喻的，由意象图式来建构，而意象图式又来自人的具身经验。概念隐喻理论以莱考夫为代表，主要在认知语言学范围内研究。

一、意象图式

约翰逊在《具身心智：意义、想象和反应的身体基础》中详细谈及了意象图式的概念。人由身体或者生活经验出发，形成了最基本的认知方式，即为意象图式。它不是客观的，并非由客观世界的物理特性所设定，而是由人对世界体验的主观感受来构建。意象图式都是主观的存在，以人的主观体验为基础。意象图式将一个抽象的概念表达建立在一个具体的可感知的感觉和经验基础上，达成了概念表达和经验基础的统一。约翰逊总结了部分对人们生活起着关键作用的意象图式，主要有容器图式、平衡图式、强迫图式、堵塞图式、吸引图式、路径图式、联系图式、中心—边缘图式、循环图式、近—远图式、部分—整体图式、满—空图式、匹配图式、重叠图式、重复图式、接触图式、收集图式等。① 意象图式何以存在？约翰逊结合人在生活中的经验，分析了这些图式中蕴含的认知习惯。

如路径图式。我们要正常生活，必然与外面的空间世界有接触。我们从一个地点到另一个地点，都要通过或长或短的路径才能达到。有些路径是实际存在的，比如从一个房间到另一个房间。有些路径则是虚拟的，只能依靠想象。不管是实际上存在的路径，还是只能依靠想象的路径，都有一个固定的内部结构。这个内部结构的要素有："（1）一个源头或一个起点。（2）一个目标或一个终点。（3）连接源头与目标的一系列顺序安排的地点。路径就成为从一个点移动到另一个点的轨迹。"② 所以，路径图式就有了特定的特点——从起点到终点就必须经过所有中间的地点；路径具有方向性；时间具有线性特点。路径图式提供了从具体域到抽象域映射的隐喻的基础，给了我们理解事物的一个重要视角。生活中，最初的状态假设为 A，最后的目标假设为 B，那么从最初到最后目标的过程就是从 A 到 B 的移动。关于路径图式，约翰逊概括了三点：第一，路径图式是从我们持续的体验功能得来的最重要的结构之一。第二，在源域和目标域之间是经验的连接，这种连接让从源域到目标域的映射显得很自然。第三，经验连接的细节掌控了映射

---

① Mark Johnson. *The Body in the Mind:The Bodily Basis of Meaning, Imagination, and Reaction*. Chicago: University of Chicago Press, 1987: 126.

② Mark Johnson. *The Body in the Mind: The Bodily Basis of Meaning, Imagination, and Reaction.* Chicago:University of Chicago Press, 1987: 113.

的细节。① 再如联系图式。约翰逊认为，我们在母亲身体内孕育时便以脐带和母亲联系，除了这种可见的联系，人与周围的人和物还有更多无形的联系。"我们的知觉能力和我们持续感知环境的情况相结合，产生了大量的互相交织的具体和抽象的连接。"②

关于意象图式的经验基础，莱考夫在《女性、火和危险事情》中也有大量篇幅论及。"意象图式为抽象思维……提供了重要的证据，（a）思维是基于身体的经验，（b）隐喻映射是具体域到抽象域。"③ 莱考夫认为意象图式是很简单的结构，而这种结构会在我们日常的身体经验中持续体现。无论是容器图式、路径图式、连接图式、平衡图式和其他的各种方位图式（上—下，前—后，部分—整体，中心—边缘等）都是基于具身体验。莱考夫在这本书中分析了几种重要的意象图式及其隐喻原理。

（一）容器图式：它依据的身体经验是，我们既把身体本身视为容器，又把它视为容器内的内容物。容器图式的要素是里面、边界和外面。例如，视野被视为容器。在语言中的惯常用法为：东西进入或离开了视线。

---

① Mark Johnson. *The Body in the Mind: The Bodily Basis of Meaning, Imagination, and Reaction.* Chicago: University of Chicago Press, 1987: 116-117.

② Mark Johnson. *The Body in the Mind: The Bodily Basis of Meaning, Imagination, and Reaction.* Chicago: University of Chicago Press, 1987: 117.

③ George Lakoff. *Women, Fire, and Dangerous Things: What Categories Reveal about the Mind.* Chicago: The University of Chicago Press, 1987: 275.

（二）部分—整体图式：它依据的身体经验是，我们身体的整体是由部分组成的。部分—整体图式的要素是整体、部分和结构。例如，家庭被视为由部分组成的整体。在语言中的惯常用法为：结婚是由两个部分组成的一个家庭。

（三）联系图式：它依据的身体经验是，我们第一次的联系是脐带。成长的过程中，与他人和社会不断发生联系。联系图式的要素是两个实体，连接它们的是联系。例如，我们建立或打破某种社会关系。

（四）中心—边缘图式：它依据的身体经验是，我们认为身体有中心和边缘，中心是躯干和里面的器官，边缘是手指、脚趾和头发等。而中心往往比边缘更为重要。中心—边缘图式的要素是一个实体、一个中心和一个边缘。例如，重要的是理解中心思想。

（五）起点—路径—终点图式：它依据的身体经验是，我们从任何一个地方到另一个地方去，都有一个起点，终点和方向。例如，目标被理解为终点，实现一个目标就像从一个起点走到了终点。

此外，还有上—下图式，前—后图式等。

莱考夫的分析让我们清晰看到，意象图式作为人最基本的认知结构，成了人们理解世界的模板。人们将意象图式映射到周边世界，基于意象图式的由熟悉的事物向不熟悉事物的映射就形成了隐喻。意象图式正是隐喻研究的基础。只有弄清了这些意象图式，才能在看似杂乱无章的隐喻系统中找出规律。为什么特定的隐喻模式会存在，为什么特定的源域会映射到特定的目标域，是什么掌管着隐喻映射的本质。"作为隐喻基础的认知图式为我们最抽象的思想提供概念上的底层，受我们对世界体验的影响很大。它否认对世界作客观说明，因为我们感受的特性依赖于我们身体的构成（如我们身体与世界的互相作用）和文化偏见（如我们用以给这些互相作用模式化的隐喻）。"[1] 因为意象图式的基础性，所以由此而来的隐喻人们都易于理解，在交流上不会存在障碍。

二、隐喻是基本的思维方式

"至今我们最重要的观点就是：隐喻不仅仅是语言的事，也就是说，不单是词语的事。相反，我们认为人类的思维过程在很大程度上是隐喻性的。"[2] 这是《我们赖以生存的隐喻》一书的核心观点。"隐喻的本质就是通过另一种事物来理解和体验当前的事物。"[3] 人们认识世界总是由具体的事物到抽象的事物，由已知的事情到未知的事情，隐喻在其中发挥着关键作用。

莱考夫将隐喻划分为三种：方位隐喻、本体隐喻和结构隐喻。

---

[1] 胡壮麟：《认知隐喻学》，北京大学出版社 2004 年版，第 72—73 页。
[2] 乔治·莱考夫、马克·约翰逊：《我们赖以生存的隐喻》，何文忠译，浙江大学出版社 2015 年版，第 3 页。
[3] 乔治·莱考夫、马克·约翰逊：《我们赖以生存的隐喻》，何文忠译，浙江大学出版社 2015 年版，第 3 页。

方位隐喻。方位隐喻不需要以另一个概念去建构，它是一个关于概念的完整系统。这种隐喻多与空间里的方位有关，所以称之为方位隐喻。人作为一个个体处于空间之中，身体形成一个坐标，由此产生了空间认识。如头的方向为上，脚的方向为下，身体正对着的是前，身体背面是后，身体以皮肤为界限，形成里和外的区别，等等。这些空间方位形成的隐喻，在日常生活中广泛存在。莱考夫主要考察了"上""下"形成的方位隐喻。如"高兴为上，悲伤为下""有意识为上，无意识为下""健康和生命为上，疾病和死亡为下""控制或者强迫为上，被控制或者被强迫为下""更多为上，更少为下""地位高为上，地位低为下""好为上，恶为下""道德为上，堕落为下"①等。这些方位隐喻成为完整的系统，都是"好为上，坏为下"这一观念的具化。而"好为上，坏为下"则是来自我们的身体是呈直立姿态的具身经验。

本体隐喻。本体隐喻是人们惯常把非物质实体按照物质实体来理解。人们对世界的感知是从身边的物质实体开始的，无疑对此最为熟悉。人们往往把状态、情感、观念、事件、情况等看不见、摸不着的非物质实体也作为身边熟悉的物质实体来理解，把物质实体的特性映射到非物质实体上，使得抽象的东西变得容易理解。莱考夫认为，这种本体隐喻有利于人们去

---

① 乔治·莱考夫、马克·约翰逊：《我们赖以生存的隐喻》，何文忠译，浙江大学出版社 2015 年版，第 12—15 页。

"指称""量化""识别方面""识别原因""树立目标，激发行动"①。

结构隐喻。结构隐喻与前两者不同，它是以一个事物理解另一个事物，以一个概念去建构另一个概念。作为源域的事物和作为目标域的事物可以完全不相关，但两者却又有着某种相似性。莱考夫主要以"争论是战争""时间是资源"这两个结构隐喻为例来说明为何语言由隐喻来构建。"争论"和"战争"本是两个独立的事件，其中并没有事实上的关联。但是因为经验相似性，人们往往将两者连接在一起，以"战争"的概念去理解"争论"的概念。人们以"战争"中的结果（输或者赢），手段（攻击或者反击）等来理解"争论"这个抽象状况。"争论"是人们借助隐喻思维完成的，将源域映射到目标域上，人们可以更好地借助于对"战争"的认知来完成对"争论"的认知②。结构隐喻具有系统性，可以用多个源域来映射同一个目标域，也就是运用多个具体的事物或者概念来理解同一个抽象的事物或者概念。比如，"生命是火焰""生命是液体""生命是白天"等等。也可以用一个源域来映射多个目标域，也就是用一个具体的事物或者概念去理解多个抽象的事物或者概念。比如，"太阳是炽热的爱情""太阳是美好的理想""太阳是来自亲人的温暖"等。

---

① 乔治·莱考夫、马克·约翰逊：《我们赖以生存的隐喻》，何文忠译，浙江大学出版社 2015 年版，第 24—25 页。

② 乔治·莱考夫、马克·约翰逊：《我们赖以生存的隐喻》，何文忠译，浙江大学出版社 2015 年版，第 61—67 页。

莱考夫由具身经验出发，否定了客观主义真理和主观主义真理，认为掌握真理的途径只能是经验主义的，由此连通了具身哲学、认知科学和语言研究。这些理论的意义并不在于它是完美无缺的，事实上，它仍然存在很多应用上的问题。真正的意义在于，这是一个全新的观念，而这一观念打破了长久的桎梏，将隐喻彻底从修辞范畴中释放出来，进入了一个新的研究天地。它结合了认知科学取得的成果，拓展了隐喻研究的边界，为隐喻研究带来新生的同时，也为人的思维研究提供了一个极有意义的思路，反过来也促进了心智认知的研究。具体到文学研究上，概念隐喻理论也有很强的参考意义。从上述《我们赖以生存的隐喻》等，到莱考夫和特纳合写的《不止是冷静思考》，特纳的《阅读心灵》《文学的心灵》等，能够看出对隐喻的认知研究正从语言领域延伸到文学领域。隐喻的认知文学批评从认知语言学批评发展而来，后者给了前者以理论基础和实践基础。学者们的探索为文学研究提供了新的方法，使得认知隐喻研究成为文学认知研究大潮中的一个重要板块。下一节就主要介绍概念隐喻理论与文学研究的结合。

第四节 基本隐喻理论

基本隐喻不仅在日常话语中大量使用，在具有创造性的文学作品中也普遍存在，而且是形成文学意义的基础。隐喻是文学创作这一理性活动的中心，也就是说，文学创作与日常话语没有本质区分，只是日常话语的延续。

　　莱考夫和特纳将研究对象从日常语言延伸到文学作品中的语言。他们的初衷是通过证明隐喻不仅存在于日常语言中，也是文学语言的形成基础，从而证明"隐喻是人的思维方式"这一观点更广泛的适用性。基本隐喻理论承自概念隐喻理论。更确切一点地说，基本隐喻与概念隐喻理论中莱考夫所探讨的结构隐喻十分近似。虽然有这种包含与被包含的关系，但是鉴于对基本隐喻的探讨与文学研究关系最为密切，所以这里单节列出并讨论。

　　一、有关基本隐喻

　　特纳的《阅读心灵》以概念隐喻理论分析了人类的语言，也涉及文学作品，主要是以源域到目标域映射的理论为支撑，分析语言及文学中隐喻的形成机制。他认为，意象图式是人们基于在世界中的具身经验而形成的认知模型。这个观点与莱考夫著作中的观点一致。特纳通过诗歌的分析，指出诗歌中存在着基于意象图式而生成的隐喻，当然，人们还要结合一些文化背景使隐喻完整化。

　　莱考夫与特纳的合著《不止是冷静思考》是认知隐喻理论的重要著作。它秉承隐喻是人的思维方式的观点，重申"隐喻是我们日常生活和语言的一个组成部分"。"隐喻给了我们理解自己和世界的方式，这种方式是其他任何思维模式都没法做到的。"① 隐

<hr>

① George Lakoff and Mark Turner. *More than Cool Reason: A Field Guide to Poetic Metaphor*. Chicago: The University of Chicago Press, 1989: xi.

喻既是想象的，又是理性的。此专著的重要贡献是提出了基本隐喻这个重要概念。它探讨的范围是那些人们习以为常的结构隐喻，并非单独的概念。基本隐喻的提法是对概念隐喻观点的进一步深化和系统化，并将这些基本隐喻放置于经典文学作品中予以验证。如作者所说："我们写作这本书的目的是分析诗歌中的隐喻的角色。"[①]

　　这部著作与莱考夫和特纳其他专著相比，最大的特点是它的文学特色。因为对于隐喻的探讨是以文学文本（诗歌和戏剧）为对象的。作者将隐喻分为两种类型加以论述：基本隐喻和诗性隐喻。所谓基本隐喻是"我们在使用起来是传统的，无意识的，自动的，不被注意到的那些概念隐喻"[②]。也就是我们在日常生活中经常使用的，人与人之间的交流所依赖的隐喻。而诗性隐喻则是特指作者在文学作品中创造出来的新奇的不普遍使用的隐喻。整部专著的论述都是建立在这两个概念之上。它的核心观点为：文学作品中的诗性隐喻是以日常生活中的基本隐喻为基础的。诗歌能够让我们交流是因为它们使用了隐喻的思维模式，并建立在基本隐喻之上。基本隐喻和诗性隐喻之间的区别是运用隐喻的能力和技巧不同，运用基本隐喻来自认知惯性，而运用诗性隐喻的能力和技巧来自后天的学习和练

---

① George Lakoff and Mark Turner. *More than Cool Reason: A Field Guide to Poetic Metaphor*. Chicago: The University of Chicago Press, 1989: xii.

② George Lakoff and Mark Turner. *More than Cool Reason: A Field Guide to Poetic Metaphor*. Chicago: The University of Chicago Press, 1989: 80.

习。作者对有代表性的文本中的诗性隐喻的分析，充分证明了
要理解诗歌的意义和魅力必须要通过基本隐喻这种理解世界和
自身的首要工具才能达成。文学语言和日常语言的不同只是在
于运用隐喻这一工具的才能不同。

基本隐喻是最基础的一类隐喻，是人们为理解某个抽象概
念而形成的一些固定用法。这些固定用法依靠的是人们的经
验。其基础性就在于，它是经过漫长时间沉淀在人们无意识中
的，已经成为一种自动的反应，以至于人们往往不觉得自己在
使用隐喻。《不止是冷静思考》有着跨学科的视域，不仅包括
文学和语言学的术语和方法，更采纳了心理学、人类学以及认
知科学的研究成果。"通过提供经验的框架，隐喻有助于我们
思维，处理新获得的抽象概念。"① 理论上，我们会面对无穷无
尽的新事物，但人们并不会完全去创造新的语言去表达，而是
借助于隐喻思维，从原来的已经熟悉的概念中发展出新的表达
方式。经过隐喻思维的处理，新事物的特质很容易就会被人们
接受。《不止是冷静思考》想要澄清的一个普遍观念是：诗性
语言有别于普通语言，即两者分属不同的范畴，有明显的差
异。作者指出，其实伟大的有创造力的诗歌运用的是和普通语
言一样的语言工具，只不过是诗歌运用语言工具的才能更突
出。在文学作品中，我们通过隐喻来理解关于人类自身的一
切，包括情感、社会、生活、生命、死亡等。为了这一结论更

---

① 胡壮麟：《认知隐喻学》，北京大学出版社 2004 年版，第 71 页。

具权威性，文本分析对象都是经典的文学作品，如但丁的《神曲》，莎士比亚的戏剧和十四行诗，艾米莉·狄金森的诗歌等等。通过分析这些经典，作者证实了文学语言中处处充满着基本隐喻，体现了人们对世界的认知习惯。

关于基本隐喻在认知过程中的能力，作者明确归纳了五种：

第一，结构的能力。隐喻的投射可以给我们理解某一个概念提供一个本来不存在的结构。

第二，选择的能力。作为隐喻的认知基础的意象图式是一般性的，可以有选择性地去填充关于隐喻的意象图式的细节，使其带有主观意愿，从而形成对目标域的新的理解。

第三，理性的能力。隐喻的源域中包含的理性推理，通过隐喻可以将此推理带入到目标域中进行理性思考。

第四，评估的能力。我们将源域的实体和结构引入到目标域中的同时，也将在源域中评估实体和结构的方法引入目标域。

第五，存在的能力。传统概念隐喻的存在让它们成为表达的有力工具，正是因为我们可以毫不费力地使用它们，它们的存在本身就是一种巨大的力量。①

隐喻实在是一种太过于常用的工具，以致于人们都意识不到其实平时交流的语言中充满着各式各样而又有着系统性的隐

---

① George Lakoff and Mark Turner. *More than Cool Reason: A Field Guide to Poetic Metaphor*. Chicago: The University of Chicago Press, 1989: 64-65.

喻。抽去了这些隐喻，人们将变得无法交流，社会将无法正常运转。隐喻不是来自幻想，它反映了人们对世界的认识。莱考夫和特纳证明了文学作品的理解必然离不开日常生活中的基本隐喻。但是文学作品毕竟不同于日常语言，它是创造性的，是独特的，所以莱考夫和特纳又引入了诗性隐喻的概念。

二、有关诗性隐喻

诗性隐喻一方面来自基本隐喻，一方面又不同于基本隐喻，这样就不可避免地涉及基本隐喻到诗性隐喻转变的过程。莱考夫和特纳在强调基本隐喻和诗性隐喻的共通性的前提下也看到了两者的区别，对于基本隐喻向诗性隐喻变形的途径，给予了一定的探讨。所以，这部专著虽然总体思路是强调诗性隐喻来自基本隐喻，但也对诗性隐喻所具有的独特性做了分析，从而避免了偏执一隅的误区。

那么，诗性隐喻是如何在基本隐喻的基础上形成的呢？作者提出了三个具体方式：延伸（extending），展开（elaborating），构成（composing）。通过这些方式，作家们创造出了超越日常隐喻的诗性隐喻，形成了色彩斑斓、充满个性特征的文学作品。"诗性思维使用的是日常思维的机制，但是对日常思维在某些方面进行了延伸、展开和组合，从而超越了一般性。"① 下面结合作者的举例进行分析。

① George Lakoff and Mark Turner. *More than Cool Reason: A Field Guide to Poetic Metaphor*. Chicago: The University of Chicago Press, 1989: 67.

　　延伸：诗性思维的一个主要方式是延伸基本隐喻。如我们有一个基本隐喻"死亡是睡眠"。睡眠可以从很多方面描述，而且描述的目的也可以是多种多样的。但是"死亡是睡眠"只是选择了人们在睡着之后和死亡之后在外在形态上的相似点——静止状态和水平位置的相似。《哈姆莱特》中，莎士比亚对"死亡是睡眠"这一基本隐喻进行了延伸。

　　　　死了；睡着了；睡着了也许还会做梦；嗯，阻碍就在这儿：因为当我们摆脱了这一具朽腐的皮囊以后，在那死的睡眠里，究竟将要做些什么梦，那不能不使我们踌躇、顾虑。①

　　莱考夫和特纳将此例句举出来，只是为了证明这是由"死亡是睡眠"的基本隐喻而来的，并没有做进一步分析。在此，可以详细地讨论一下。睡着了人有可能会做梦，这是自然的生理现象。但是平常运用的基本隐喻"死亡是睡眠"并没有将源域——睡眠中的做梦这个特征映射到目标域——死亡上。因为能够做梦是活着的人的专属权利。莎士比亚在此就做了延伸，将做梦这个本属于睡眠但被排除在映射之外的特征纳入进了源域，并映射到目标域，这一诗性隐喻比基本隐喻的范围扩大了。那么，作者想以做梦来映射什么呢？需要结合上下文来

————————

①　莎士比亚：《莎士比亚戏剧》（下），朱生豪译，人民文学出版社2015年版，第480页。

看。这几句话的上文就是著名的"生存还是毁灭，这是一个值得考虑的问题"。接下来，直接以睡着了来隐喻死亡，"死了；睡着了；什么都完了"①。但是哈姆莱特在犹豫、在延宕。一个人为什么不能"用一柄小小的刀子""清算他自己的一生"？

倘不是因为惧怕不可知的死后，惧怕那从来不曾有一个旅人回来过的神秘之国，是它迷惑了我们的意志，使我们宁愿忍受目前的磨折，不敢向我们所不知道的痛苦飞去？②

也就是说，哈姆莱特认为，人们不能痛快地选择毁灭，是因为不知道毁灭之后是什么样的状况，这种状况完全未知，无法预测，没有任何经验可循。而"梦"恰好具有这样的特征，几乎每个人都做过梦，但对于自己会梦到什么，完全没法提前知道。美梦还是噩梦？无人知晓。它并不受我们意识的控制。所以，莎士比亚以梦的具身经验来投射死亡这一抽象概念，读者就很自然地以梦的缥缈不定来理解死亡过程及之后的不可预知。读者被唤起了自身经验，看到"在那死的睡眠里，究竟将要做什么梦，那不能不使我们踌躇、顾虑"。这样有创造性的

---

① 莎士比亚：《莎士比亚戏剧》（下），朱生豪译，人民文学出版社2015年版，第479页。
② 莎士比亚：《莎士比亚戏剧》（下），朱生豪译，人民文学出版社2015年版，第480页。

诗性隐喻时，不但不会有沟通的障碍，还更容易理解哈姆莱特那种面对未知的畏惧心理。由此看见，诗性隐喻通过对基本隐喻的延伸，将相关因素纳入进来，加入了新的内涵，从而表达出丰富的含义。

展开：展开与延伸的区别在于，它相对于传统的隐喻，并没有增加任何要素，没有扩大基本隐喻的范围，而是通过不同方式填充原有的要素。贺拉斯将死亡当作"木筏的永远漂流"。这个诗性隐喻来自基本隐喻"死亡是离开"，是人步行或乘坐交通工具在一条路上走向远方，而永远都不会返回。"死亡是木筏的永远漂流"这个诗性隐喻对"死亡是离开"的基本隐喻的要素进行了填充。交通工具具体化为了木筏，走向远方具体化为了漂流向远方。木筏、水和漂流给原本的基本隐喻填涂上了个性色彩。很多人都有在日常生活中乘坐木筏的经验。木筏很简陋，不能抵抗风雨，而漂流更是展示了一种被动姿态。水往哪里淌，木筏就往哪里漂流，没有主动掌控的力量。木筏在或湍急或平静的水面上漂流，一直漂到它自己都不知道的地方而没有任何的反抗之力。一条河的水流方向是固定的，木筏被水托起，被水带走，再没有任何可能以相反的方向移动，所以它相对于出发点，永远只能是离开，不会返回。相对于步行、乘车等交通方式，漂流最突出的特点便是不可掌控性，或者说被操纵感。所以，这个诗性隐喻不仅符合"死亡是离开"这一基本隐喻的意义，而且通过具体细节的填充，变得十分生动，让读者生发出新的感受——死亡是一个被动的过程，我们只能是被动的、无奈的、充满未知恐惧地被带入某个神秘之地。这比"死亡是离开"的基本隐喻更让人有一种惶惶的悲凉之感和无力之叹。贺拉斯的创造让读者体会到了那种比基本隐喻更多的感情色彩。类似地，如果将不同的细节填充到"死亡是离开"这个基本隐喻中去，那么我们可能会得到另一种体验。正如作者的总结："对于相同的传统隐喻进行不同方面的填充，可以让我们得出应该如何感受死亡的不同结论。"①

　　组合：一个诗性隐喻会由两个或多个基本隐喻组成，即诗性隐喻可能是个组合隐喻，它的特点来自如何组合。这种组合有可能是出现在一个句子中，也有可能是出现在一段文字中。此处作者举的例子是莎士比亚的第 73 首十四行诗。作者从中分析了五种基本隐喻，认为它们共同构成一个关于死亡的诗性隐喻。它们是"光是一个实体"，"事件是动作"，"生命是珍贵的拥有"，"生命是白天"以及"生命是光"②。这样组合的效果比单一隐喻更加丰富。

　　通过延伸、展开和组合，基本隐喻完成了向诗性隐喻的转变。我们可以得到这样的启发，首先，诗性隐喻是作家的有意创造。这种创造增加了更多的生活经验或思考，使没有感情色彩的基本隐喻不仅有了感情，而且产生了主观倾向性。基本隐

---

①　George Lakoff and Mark Turner.*More than Cool Reason:A Field Guide to Poetic Metaphor*. Chicago :The University of Chicago Press,1989:68.

②　George Lakoff and Mark Turner.*More than Cool Reason:A Field Guide to Poetic Metaphor*. Chicago : The University of Chicago Press,1989:70.

喻凸显的是人们的日常体验，具备了最大程度的基础性，诗性隐喻以更加多彩的表现形式让文学作品打上作者个性的烙印。其次，诗性隐喻让读者超越了理解基本隐喻时的自动和无意识反应，变为一种主动注意。所以，阅读文学作品就成为克服不熟悉感、主动思考的过程。莱考夫和特纳的基本隐喻到诗性隐喻的理论与陌生化理论有相似之处，都是用了一些方式让人们熟悉的东西产生变形，变得陌生，从而有了欣赏的动力和美感。所不同的是，莱考夫和特纳的理论将变形的考察范围局限在隐喻的范畴之内，虽然这个隐喻早已突破了修辞学的阈限。

三、对基本隐喻理论的评价

基本隐喻理论有很重要的价值，表现在四点：

第一，立足点是兼顾的。一方面，以文学作品为对象，作者是把诗性语言（主要分析的是诗歌和戏剧）作为展示人类基本经验的手段。诗性隐喻的基础是基本隐喻，从认知的方面证明了隐喻是一种思维方式，是以文学语言来证明隐喻的基本性。要理解诗歌创造力的本质和价值就要求动用日常思维。另一方面，通过分析诗性隐喻对基本隐喻的灵巧运用的过程，表明了诗歌如何表达出对很多问题的理解，从而形成了作品主题，而且也揭示了自身风格的成因，为文学研究范围内的问题提供了一种回答，为文学作品提供新的解读方式。

第二，在隐喻的角度为研究诗性语言和普通语言之间的关系提供了一个视角。诗性语言和普通语言是何关联和区别，是一个见仁见智的问题。如捷克的扬·穆卡若夫斯基在论文《标准语言与诗性语言》中就对此问题进行了归纳和论述,"诗性语言是不同于标准语言的语言构成,具有不同的功能"①。"诗性语言的本质便在于对标准规范的变形。"②"诗歌艺术正是因为自身的突显功能而增强、提高了处理语言的能力,赋予语言应付新的需要而更加灵活的能力,使其在表达手段上有可能更加多样化。"③针对这些讨论,莱考夫和特纳从隐喻的角度证实了诗性语言和普通语言之间的相通性。求同大于求异。一首诗歌或戏剧段落可能会提供某种或某几种基本隐喻的特殊表达,但作为其基础的隐喻系统无疑是共同的。诗性隐喻和基本隐喻统一于隐喻是理解世界和自身的首要工具。

第三,作者也指出了基本隐喻和诗性隐喻的区别。国内有资料认为此书是把诗性隐喻和基本隐喻混为一体,等同视之。但应该说,莱考夫和特纳无论是在理论上还是在实践上都指出了两者的区别,认为诗性隐喻是个性化表达,没有固定的理解。基本隐喻有限,但具体的语言表达是无限的。如何用想象力去组合和拓展基本隐喻取决于作者个人。只是说,这种区别在全书的论述中不是重点。

---

① 周启超主编:《外国文论与比较诗学》,知识产权出版社 2015 年版,第 134 页。
② 周启超主编:《外国文论与比较诗学》,知识产权出版社 2015 年版,第 134 页。
③ 周启超主编:《外国文论与比较诗学》,知识产权出版社 2015 年版,第 138 页。

第四，通过对文学文本的分析，作者令人信服地证实了隐喻在社会生活中的不可取代的作用。隐喻是文学作品的作者和读者进行沟通的桥梁，少了这座桥梁，将无法创作和理解文学。诗性隐喻的一个重要作用是唤起最深的日常理解的模式，让人们以新的形式来使用它们。通过日常的基本隐喻的理解，有利于研究诗歌的意义。原来所认为的隐喻不是理性的，它在社会生活中没有什么重要价值的观点是有失偏颇的。《不止是冷静思考》明确指出了隐喻在日常理解和文学理解中的核心地位，论证了隐喻存在的普遍性，印证了隐喻是基本的思维方式。

第五节　概念混合理论

概念混合理论的代表人物为弗科尼尔和特纳。代表作有弗科尼尔的专著《心理空间：自然语言中的意义建构》（*Mental Spaces:Aspects of Meaning Construction in Natural Language*，1994）和《思维和语言中的投射》（*Mapping in Thought and Language*，1997）。还有弗科尼尔和特纳合写的文章《概念整合网络》（*Conceptual Integration Networks*，1998）以及专著《我们思维的方式：概念混合和心智隐藏的复杂性》（*The Way We Think: Conceptual Blending and The Mind's Hidden Complexities*, 2002）。其中，《我们思维的方式：概念混合和心智隐藏的复杂性》是概念混合理论最重要的著作之一，建立了一种非常有生命力的认知隐喻理论。

一、关于混合理论

概念混合理论与隐喻相关，也认同隐喻是基于认知的，但是对具体的隐喻机制有不同的看法。概念隐喻理论是把隐喻设定在两个域之内，方向是单向的，也就是从源域到目标域的映射。概念混合理论则采用了心理空间（Mental Spaces）的理念，隐喻的完成共涉及四个空间，两个输入空间(Input Spaces，属于不同的认知域)，一个类属空间（Generic Space，能够概括两个输入空间的共有属性），一个合成空间（通过组合、完善、扩展形成层创结构）。方向并非单向，输入空间的内容能进入合成空间，同时合成空间的内容也可以进入输入空间。各心理空间是相互投射，而非概念隐喻理论的由源域向目标域的单向映射。概念混合理论将源域和目标域都视为输入空间，隐喻的产生来自源空间、目标空间和类属空间以及合成空间的互动。主体分别从源域和目标域这两个输入空间提取部分的信息。类属空间为两个输入空间的共有元素。层创结构中生成了原来的输入空间都不具备的隐喻意义。概念混合理论并不为解释隐喻而提出，但是隐喻意义如何产生的问题可以通过概念混合理论得到较为合理的回答。一方面，概念混合理论坚持隐喻是一种思维方式的基本观点，也是从认知角度去理解隐喻；另一方面，它在分析灵活多样的文学作品中的隐喻时更具可操作性。

《我们思维的方式：概念混合和心智隐藏的复杂性》宏观与微观视角相结合，由宏观入手，提出假设，再以微观论证。前言中，作者提出一个问题：五万年前的旧石器时代晚期开始，人类突然出现了令人震惊的进步，然后快速成为整个世界的主宰者。而在此之前，人在自然界中是微不足道的。五万年前的那个时间节点，到底发生了什么呢？考古学家认为，旧石器晚期的人类掌握了一种想象力。这种想象力让原始人有了创造新概念和形成新的心理模式的能力，由此人类发展出了文化。而人们能够发展出文化的原因，作者归结为："在这部书中，我们聚焦于概念混合，这种重要的心理能力（最高级的为双空间形式）给了我们祖先优势，不管怎样，让我们成为我们今天的样子。我们研究概念混合的原则、活力以及它在我们的思考和生存中的关键角色。"① 有必要从两个方面理解这句话：第一，概念混合的机制使得人类发展成为可能，而且与人们的日常生活密不可分。这种基于认知操作的概念混合的能力对人类来说极为重要。第二，作者是从一个宏观的视角来探讨概念混合机制，结合了多领域的成果，形成跨学科观照。这是一部讨论人们思维方式的提纲契领式的理论著作，对本书相关的语言学和文学中的隐喻问题，也有启示作用。

《我们思维的方式：概念混合和心智隐藏的复杂性》力图揭示概念混合的原则和运行机制，也即是"我们思维的方式"。弗科尼尔和特纳寻找的是一种普遍性，是一种能够具有强大解释功能的模式。他们通过模式的建构对人类语言的起源、语言意义的形成提供了很有价值的阐释角度，认为概念混合是一个

---

① Gilles Fauconnier and Mark Turner. *The Way We Think:Conceptual Blending and the Mind's Hidden Complexities.* New York: Basic Books, 2002: V.

认知过程，而且这个认知过程并不是偶然的或随机的，而是固定的，具有系统性、基础性、普遍性和有序性。概念混合是基本的心理操作过程，生活中最简单的意义理解也不能离开这一过程。而且要特别指出的是，概念混合进行的过程是不可见的、无意识的、自动的，它无形地存在于人们的日常生活之中。

概念混合理论建立在心理空间的概念上。"心理空间是我们在思维和谈话时，为了当前理解和行为而建立的小的概念包。"① 心理空间通常被用来构建思维和语言中的动态映射。"在这些认知过程的神经学解释中，心理空间是一系列活跃的神经元的聚合，（不同空间内部的——本书作者加）元素之间的连线对应的是一种特定的激活——连接。"② 主要包括四个空间：输入空间一般有两个，类似于莱考夫所言的源域和目标域；类属空间来自输入空间，包含两个输入空间共同的属性，这是概念混合中的第三个空间；以及混合 (Blend)，概念混合中的第四个空间。这四个空间形成了一个网络。而且，概念混合可以有多个输入空间，甚至可以有多个混合空间。输入空间之间存在跨空间投射 (Cross-Space Mapping)，指的是在输入空间之间的对应物的部分映射。对应物的联系可以有很多种，如框架之间的联系、身份之间的联系、类比联系、隐喻联系等。类属空间

---

① Gilles Fauconnier and Mark Turner. *The Way We Think:Conceptual Blending and the Mind's Hidden Complexities.* New York: Basic Books, 2002: 40.

② Gilles Fauconnier and Mark Turner. *The Way We Think:Conceptual Blending and the Mind's Hidden Complexities.* New York:Basic Books, 2002: 40.

和混合空间相互联系，混合空间包含着来自类属空间的类属结构，但还有其他独特的结构，还可以包含同样不来自输入空间的结构。从输入空间到混合空间的投射并不是全部元素的映射，而是选择性映射。层创结构来自混合空间，它并不是其他空间的照搬。它的形成要有三个步骤：组合、完善和扩展。组合是由输入空间到混合空间的映射而成。完善是指在混合空间中补充了大量的背景知识。扩展是指在混合空间结合背景知识进行认知运作。

《我们思维的方式：概念混合和心智隐藏的复杂性》的第二部分是论述概念混合如何全面而深刻地影响了人们的生活状态。作者首先回答了专著开头的那个问题。在自然界只有人类创造了语言、艺术、宗教、文化、科学、数学、歌舞等文明。为什么人们会在旧石器晚期开始有了长足的进步，从而创造出以上的文明形式？作者认为，是因为在那个时期，人们在双空间混合的能力上有了质的突破，而这已被近年的考古学和人类学发现所证实。此外，作者还论述了掌握概念混合的能力对人类的深远影响。

在最后的总结部分中，作者再一次从宏观角度，历时性考察了概念混合对整个人类的意义。人类能够建立起物理的、心智的和社会的世界，就是凭借混合能力。概念混合就是我们生存于这个世界的方式。"在人类世界中生活就是'在混合中生活'"①。作者甚至将混合能力作为人与其他动物的区别。"一旦

---

① Gilles Fauconnier and Mark Turner. *The Way We Think:Conceptual Blending and the Mind's Hidden Complexities*. New York: Basic Books, 2002: 390.

生物学上的发展达到了双空间混合的阶段，认知上来说，现代人就诞生了。人类的区别性行为就是双空间概念混合的生物能力的产生。"① 概念混合既具有稳定性，又具有创造性。稳定性是指，它总是发生在稳定的输入空间中，然后依照建构原则来进行。创造性是指，它会产生新的层创结构，人的生理结构和文化背景都会在概念混合中起作用。

《我们思维的方式：概念混合和心智隐藏的复杂性》有三个特点：

第一，有意识地采纳了多学科的成果，使得论述更加谨慎合理，体现了跨学科视野。如采用神经生物学家的研究成果为概念混合的形成提供生物学依据。作者认为在生物学意义上，我们就生活在混合之中。混合是必要的生存策略。无论是人的感觉、知觉还是遇到威胁时的本能反应这些基本的生存能力中，混合的作用不可忽视。

第二，从人类发展史来看，认为双空间混合能力的掌握促成了人类文化的产生。

第三，将概念混合定位在思维方式的高度去理解，树立了概念混合在人类文化中的根本地位。

二、概念混合理论在文学研究中的运用

特纳将混合理论应用到文学的解读中，这就是专著《文学

① Gilles Fauconnier and Mark Turner. *The Way We Think:Conceptual Blending and the Mind's Hidden Complexities.* New York: Basic Books, 2002: 395-396.

的心灵》——用概念混合解释了文学作品的创造与日常思维是共同的本质，也就是说心灵本质上是文学的。文学作品将深藏于人们无意识中的认知思维显现出来，所以分析文学作品，也即是研究人们的思维方式。这是一个极有创见的观点。可以说，《文学的心灵》是"文学疆域的拓宽和思维观念的颠覆"①。《阅读心灵》是寻找文学作品中的基本隐喻，思路还是将隐喻设定为源域到目标域的映射，《文学的心灵》则融入了心理空间理论，力图寻找适合解释文学作品的更合理的隐喻机制。

　　《文学的心灵》开篇提出核心观点：心灵是文学的。"叙事的想象——故事——是思维的基本工具。理性能力依赖于此。故事是我们看待未来、预测、计划和解释的主要方式。故事是人的一般认知不可缺少的操纵力。这是心灵本质上是文学的第一个方面。"②"从一个故事到另一个故事的映射似乎是独特和文学的，而且它像故事一样，也是心灵的基本工具。理性能力依赖于它。映射是人的一般认知不可缺少的操纵力。这是人的心灵本质上是文学的第二个方面。"③据特纳后面的解释，寓言在希腊语里本意就是映射。在传统观点看来，寓言只是文学的一种文体，往往通过动物的故事等虚构的故事来说明抽象的道理。特纳用了"故事"和"映射"来看待寓言，赋予了寓言不

---

① 何辉斌：《文学疆域的拓宽和思维观念的颠覆》，《当代外国文学》2009 年第 1 期。

② Mark Turner. *The Literary Mind*. Oxford : Oxford University Press, 1996: 4-5.

③ Mark Turner. *The Literary Mind*. Oxford: Oxford University Press, 1996: 5.

同于以往的含义。因为"寓言"是至关重要的一个概念，所以这里把特纳对寓言的看法完整翻译如下："寓言起始于叙事性的想象——通过故事的知识来组织的对一个复杂物体、事件和人物的理解。寓言将故事和映射连接起来：一个故事被映射到另一个故事中。寓言的本质是故事和映射之间复杂的联系，而故事和映射是我们两种基本的知识形式。"① 很多丰富的内容压缩在了看似简单易懂的寓言空间里，我们理解寓言的过程反映了理解日常思维的根本能力，也是产生意义的基本心理过程。"在特纳看来，故事、寓言以及使故事转化为寓言的投射不仅仅是文学的基础，也是日常言说的根基和抽象思维的基本方式。"② 特纳将寓言的含义更新之后，寓言的产生被视为人的认知系统的产物，存在一个固定的形成模式，而并不是随机的。这样来说，特纳所界定的寓言显然比作为一种文体的寓言宽泛得多，后者只是前者的一种表现形式而已。寓言的要素是故事和映射，一个故事可以根据不同语境，映射到不同的目标故事那里，形成对目标故事的理解。特纳举了一个例子，"当猫离开，老鼠就要猖狂"，这个故事可以理解为老板和员工的关系，老师和学生的关系等，由此形成寓言。看似斑斓多彩的文学作品，深究其里，都是普遍的基本的思维模式的体现。"如果我们想研究日常的心灵，我们可以从研究文学的心灵开始，因

---

① Mark Turner. *The Literary Mind*. Oxford: Oxford University Press, 1996: 5.
② 何辉斌：《文学疆域的拓宽和思维观念的颠覆》，《当代外国文学》2009 年第 1 期。

为日常心灵本质上是文学的。"①特纳认为，寓言是故事的映射，这个定义适用于日常生活中的思考，也适用于文学作品的创作和理解。特纳一再强调："尽管文学文本可能是特殊的，但用来创造和理解它们的思维工具是日常思维的基础。"②并承认它的普遍性："对一个社会来说文化的意义通常不能够通过人类学和历史学的边界来完整地迁移，但是，让这些意义成为可能的基本的心理过程是普遍的。寓言就是其中之一。"③寓言使得人们的日常生活得以进行。

特纳的分析是从意象图式开始。特纳对于意象图式的看法与莱考夫和约翰逊等人的观点一致，可参看前文的相关部分，此处不再重述。不同的地方是加入了故事的概念，认为意象图式是空间小故事的顺序发生。人们思想中有一些基本的抽象的故事和基本的映射模式。"我们最了解的基本故事是在空间中发生的事件小故事。"④人们正是从空间小故事出发，去理解周围的事物。这是人们能够生存的基本能力。特纳以文学作品来证实意象图式存在的普遍性，以达成以文学作品印证认知理论的验证。虽然这种分析思路不是以文学作品为落脚点的，但是反过来也可以给文学研究带来新的思路。那就是，分析归纳文学作品的认知基础，也是对文学创作机制的一种探讨。通过隐

---

① Mark Turner. *The Literary Mind*. Oxford: Oxford University Press, 1996: 7.
② Mark Turner. *The Literary Mind*. Oxford: Oxford University Press, 1996: 7.
③ Mark Turner. *The Literary Mind*. Oxford: Oxford University Press, 1996: 11.
④ Mark Turner. *The Literary Mind* .Oxford: Oxford University Press, 1996: 13.

喻这一个点，结合认知心理学、神经科学、人类学等多学科成果，突破以往窠臼，大胆地把文学与人的普遍思维方式贯通，这对文学研究的意义也是深远的。

意象图式不同，形成的寓言就不同。有一些基本的意象图式，就形成了基本的对人类生存和交流至关重要的寓言。文学中一再出现这些基础性的寓言，正因为是来自生活中离不开的思想和行动的意象图式。所以这就形成了文学中的一些共性。概念混合理论在"隐喻是人们的基本思维方式"这一核心思想的基础上又做了更细致、更灵活的拓展。虽然，特纳基于概念混合理论对文学作品的分析并不是专门的隐喻机制研究，但他的基本范畴"寓言"还是以一个故事来理解另一个故事，这与莱考夫概念隐喻的思想是一脉相承的。所以，我们可以将概念混合下的文学批评也纳入认知隐喻研究的范畴之内。需要说明的是，如何用概念混合理论来研究文学作品，还需要更多的探讨，因研究能力有限，本书对此涉及的内容只有第七章，仅作为尝试，在以后的研究中，还将进一步深入。

三、对概念混合理论的评价

概念混合理论是特纳将混合理论应用到文学研究中的尝试。

第一，它延续了莱考夫概念隐喻理论中的映射的理念，以一个故事去理解另一个故事，这仍然是隐喻的基本模式。所以，可以认为概念混合理论是认知隐喻理论的组成部分。

第二，它认为人们日常生活中发生的映射和文学作品中应用的映射都是一致的。日常思维本质上是文学的，通过分析文学作品来验证日常思维的认知体系。那些优秀文学作品的作者其实就是人类卓越想象力的典范。以此为思路对文本做的超越文学范围的观照，能够将文学的审美维度和科学维度相结合，对文学研究来说，是一个新颖的角度。

第三，特纳的理论注意了普遍性和特殊性的统一。相对于概念隐喻理论的单向性，概念混合理论具有更加细致的网络模型，在寻找文学作品普遍的认知基础上探讨了文学意义多样性的产生机理。以一个事物理解另一个事物，或者以一个故事理解另一个故事是隐喻的认知研究中的核心思想，由此，我们可以有效开展对文学作品的探讨。但具体如何运用而不至于没有约束的滥用，仍是一个有待深入探讨的问题。

第二章　易卜生戏剧隐喻的认知解读

易卜生是公认的象征主义戏剧风格的开创者。他的创作历程很长，风格变化的层次比较明显，以反映现实的社会问题剧和开创现代戏剧先河的象征主义戏剧成就最高。易卜生既是象征主义戏剧的奠基者，也是整个现代戏剧的发轫者，对现代戏剧史的意义可谓重大。

戏剧流派的风格并不是可以截然分开的，很多作品都是一个综合体，不同的研究者可能有不同的标准，难以整齐划一。这里选取的戏剧作品《野鸭》和《咱们死人醒来的时候》是比较公认的象征主义风格明显的剧作，超出了具体社会问题的限制，指向人性自由与生活真理的思索。易卜生在《在斯德哥尔摩一个宴会上的讲话》的演讲中，对自己的定位是："在一定意义上我是悲观主义者，因为我不相信人类种种理想的永恒性。但我也是一个乐观主义者，因为我坚定地相信人类种种理想的增长与发展能力。"[①] 易卜生的自述让我们清

---

① 易卜生:《易卜生书信演讲集》，汪余礼、戴丹妮译，人民文学出版社 2012年版，第374页。

晰地看到了其对理想的不懈追求。对于当时的社会走势，他认为人类以国家或民族为界限，互相制衡是错误的，正确的方向应该是走向人类共存，世界成为一个整体。在人类共存和世界整体中，易卜生提出了新的要素必须是："我相信，诗歌、哲学和宗教将融合在一起，构成一个新的范畴，形成一种新的生命力，对此我们当代人还缺乏明确的概念。"[1] 也就是说，诗歌、哲学和宗教将对理想境界的实现起到极大的作用。易卜生的逻辑是，要让诗歌、哲学和宗教唤起每个人的人格觉醒，每个人的人格觉醒才能让世界走上正确的方向。他在给勃兰兑斯的信中这样表述自由："为自由而战其实应该是一种永不停息的追求以及对真正自由概念的探求……自由这个概念的精髓就在于它能在人民持之以恒的追求过程中成为他们自身的一部分，并仍然持续稳定地向前发展。"[2] 只有每个人实现了自我人格，才能达到理想境界，人类才能找到真正的安身立命之所。所以，诗人等艺术家的使命就是去唤醒人们去实现自我人格。"从《野鸭》（*The Wild Duck*）开始，易卜生戏剧（的象征世界）就充满了对文艺的本质和艺术家作用的反思。这种元层次的东西越来越频繁地侵入到他后期的作品中，在这些作品中，艺术话语通常被当作作家关于自

---

[1]　易卜生：《易卜生书信演讲集》，汪余礼、戴丹妮译，人民文学出版社 2012 年版，第 374 页。

[2]　易卜生：《易卜生书信演讲集》，汪余礼、戴丹妮译，人民文学出版社 2012 年版，第 106 页。

己作为艺术家的作用的阐释。"① 艺术家应该如何去唤醒社会上每个人的自我人格？这是易卜生后期戏剧探讨的一个方向。他思考的结果并不是在戏剧中直接叙述出来，而是以象征来表达。《野鸭》以无辜女儿的死亡来象征改造他人、拯救他人的真理观的失败，《咱们死人醒来的时候》以两位主人公走上高山寻找梦想中的世界来象征真理应该是自我审判、自我实现。从隐喻角度剖析这些象征的构建，可以发现诸多隐喻共同指向了象征意义的实现。具体来说，《野鸭》中运用了一系列的容器隐喻，以容器的状态来隐喻家庭状态。《咱们死人醒来的时候》则主要涉及情感隐喻，人物状态通过多种情感隐喻来表达。

第一节　由容器隐喻构建的《野鸭》的主题

所谓本体隐喻，据莱考夫的定义，是人们以身体经验为基础来建立的一种隐喻方式，即"把事件、活动、情感、想法等看成实体和物质"②。本体隐喻把本来抽象的概念用实体或物质等具体的概念来表示，有利于人们理解抽象概念的属性和特质。在本体隐喻中，将"事件、活动、情感、想法"看作容器，是很常见的。在世间万物中，人最熟悉的是自己的身体。莱考

---

① 克努特：《现代性之根源：易卜生戏剧面面观》，《世界文学评论》2007 年第 1 期。

② 乔治·莱考夫、马克·约翰逊《我们赖以生存的隐喻》，何文忠译，浙江大学出版社 2015 年版，第 23 页。

夫指出："我们是一种物理存在，由皮肤包裹起来并与世界的其他部分区隔开来，我们把人体之外的世界视为外部世界。我们每个人都是一个容器（container），有一层包裹的表皮，有里—外的方向。我们将我们自身这种里—外方向投射到其他由表皮包裹的物体之上，也将其视为有里面和外面的容器。"① 容器隐喻的基础是容器图式。容器图式是空间中有界限的区域，三个要素是里、外和边界。容器图式的经验基础是我们的身体。因为身体就是一个以皮肤为界限、吐故纳新的实体容器。实际生活中，有边界的与其他部分分开的东西都是容器。从此经验出发，人们往往把没有实际边界的区域如事物、活动、视野、感情、状态等想象为相应的有边界的容器。这些抽象事物也就有了容器才有的里、外、边界等概念，形成了容器图式基础上的容器隐喻，由容器这一空间概念为源域，映射其他非空间性的目标域。从隐喻角度来看，《野鸭》中雅尔马的家庭、雅尔马家的阁楼以及雅尔马家的状态都被作为容器来理解。这个容器的状态变化隐喻了雅尔马家生活的情况变化，也显示出作者关于真理的思考。

一、关于《野鸭》

《野鸭》围绕中心人物雅尔马展开。雅尔马开着一个照相馆维持生计，生活虽然窘迫，但他充满信心地进行着一个伟大

---

① 乔治·莱考夫、马克·约翰逊：《我们赖以生存的隐喻》，何文忠译，浙江大学出版社 2015 年版，第 27 页。

的发明，只要发明成功，就能给家里带来足够的财富。他的父亲老艾克达尔年轻时是一个勇猛的军人，曾因非法贸易被判入狱，出狱后帮别人抄写东西换取收入。雅尔马的妻子基纳勤俭持家，照料家中老小。雅尔马还有一个马上十四岁的可爱女儿海特维格。雅尔马一家还有瑞凌、莫尔维克等朋友互相照应。但这样的平静生活被一个人——格瑞格斯彻底打破。他是雅尔马小时候的朋友，有着固执的信念，那就是追求理想和真理。通过和父亲威利的对话，格瑞格斯了解到雅尔马现在的生活里有很多欺骗和不公。当年雅尔马的父亲老艾克达尔与自己的父亲威利一起做生意，公司出现问题后，威利将所有的责任都甩给了老艾克达尔，在后者出狱后，威利给他了一份抄写的工作。雅尔马的妻子基纳曾经被威利纠缠，在怀孕之后，又被威利介绍给了雅尔马做妻子。所以，海特维格其实并不是雅尔马的亲生女儿。而且，雅尔马付出很多精力的发明根本就不可能有什么价值，它只是瑞凌为鼓励雅尔马有勇气生活下去而编造的目标。格瑞格斯认为，每个人都要面对自己的真实状况，学会宽恕，拥有真正的愉快的牺牲精神，才能提升境界，所以执意告诉雅尔马全部真相，"在彻底的新生活开始的时候，你们彼此的关系建筑在真理上头，不掺杂丝毫欺骗的成分"[1]。瑞凌则持相反意见，认为打破了幻想，也就是打破了生活的希望。格瑞格斯坚持告诉了雅尔马一切真相。雅尔马心里失去了

---

[1] 易卜生：《易卜生戏剧集》2，人民文学出版社 2006 年版，第 356 页。

平衡和信心，嫌弃本来万分喜爱的女儿，并要带着老父亲离家重新寻觅新的住处。深爱着父亲的海特维格感受到了父亲的感情变化，感受到了那种避之不及的厌恶，在伤心绝望之下开枪自杀。

故事情节简单，但是写作手法与以往的现实主义风格有很大不同，这是作者有意而为之。《野鸭》标志着易卜生创作风格的转变。他在给朋友的信中，写道："我想《野鸭》很可能把我们中间一些年轻剧作家引上一条新的创作道路；这一前景我觉得是可以作为一个结果来期待的。"[①] 这种改变是一个开拓性的尝试，一定程度上成为一个新的戏剧流派——象征主义戏剧的开端。对其中的隐喻进行探讨，更能够彰显作品的象征意义。

二、家庭作为容器

格瑞格斯要给人以真相，却给原本平静的家庭带来了灾难，甚至在看到结局后，仍认为自己的行为正确。他强行介入雅尔马的家庭，造成了不堪的后果。"家庭是容器"这一隐喻在《野鸭》中从头至尾贯穿，对情节发展有着不可忽视的启示作用。家庭首先是一个有形而具体的物理空间，在此基础上，来隐喻无形抽象的想象空间。"家庭是容器"这一隐喻实现了具体与抽象的结合，实现了物理空间到想象空间的映射。

---

① 易卜生：《易卜生书信演讲集》，汪余礼、戴丹妮译，人民文学出版社 2012 年版，第 245 页。

剧作中，格瑞格斯的家和雅尔马的家都被视为一个容器来看待，有明显的里和外的标志及差别。这个容器的状态，隐喻着家庭的状态。

幕一开启，便是关于格瑞格斯家的详尽舞台说明。家具、书橱、写字台、灯、烛台、壁炉等等都显示着这是一个物质充足的富裕家庭。雅尔马在聚会中受到别人奚落，并不开心，坚持着要很快离开这里，回到自己贫寒的家中。但比较意外的是，格瑞格斯——这个富足家庭的成员——也表示要离开这个充满罪恶的家。搬到雅尔马家之后，面对父亲威利让其回家的劝说，格瑞格斯不假思索地就拒绝了。在他看来，他的家充满着不道德，离开那个家，也就是离开了污浊之地。从"家庭是容器"这一隐喻角度看，格瑞格斯离开了他自己的房子，走进雅尔马的房子，也就是踏入了雅尔马的家庭生活。从一个容器进入到另一个容器，也就是从一种生活状态进入到另一个生活状态中去了。同时，雅尔马的家庭作为一个容器被人强行进入，它的状态也随之发生了改变。

在格瑞格斯介入之前，雅尔马的家是个独立、封闭的容器。这个容器内是平和的稳定，给人以依靠。正如雅尔马在参加完格瑞格斯家的聚会之后，对妻子说："咱们的屋子虽然矮小简陋，可到底是个家。我跟你说老实话：这是我的安乐窝。"① 然而接下来，随着外人进入，这种平和的稳定立即处于

---

① 易卜生：《易卜生戏剧集》2，人民文学出版社 2006 年版，第 311 页。

危险之中。毫不知情的雅尔马开门迎接格瑞格斯："格瑞格斯！你还是来了？既然来了，请进。"① 格瑞格斯的敲门，是雅尔马的家这个容器被打破边界的第一步。而雅尔马的一声"请进"，也就此打破了原有的平静。妻子基纳对不速之客心怀防备，因为她心里有很多丈夫并不了解的隐情。这些年来，她对家庭尽心尽力，当然不希望格瑞格斯拿那些陈年往事来影响自家生活，所以，她很明确地反对外人的闯入，想要保持家庭与外人的界限。但雅尔马听不明白。格瑞格斯听明白了还要装糊涂，硬要闯进她的家。不明就里的雅尔马对老友表示出极度热情。格瑞格斯来到雅尔马的家，准备大干一场来施展自己的理想。雅尔马的朋友瑞凌看到了格瑞格斯潜在的破坏性，毫不客气地表示要替主人驱逐他。格瑞格斯回答："对，你把我轰出去。"② 先是格瑞格斯由外到里进入了雅尔马的住宅，随后他被瑞凌要求由里向外离开雅尔马的住宅，鲜明地呈现出容器图式的基本框架，即里—外—边界。格瑞格斯介入和退出，直接影响着雅尔马一家人的生活。瑞凌和基纳深谙这一点，都有着鲜明的界限意识，正如基纳所说，"那个可恶的家伙要是当初不进咱们的门就好了！"③ 在基纳看来，这个容器是保护，所以她要维护这个容器的完整和不被入侵。而雅尔马却完全没有意识到这一点，最终酿成了海特维格自杀的惨剧。从这个意义上来说，格

① 易卜生：《易卜生戏剧集》2，人民文学出版社 2006 年版，第 311 页。
② 易卜生：《易卜生戏剧集》2，人民文学出版社 2006 年版，第 343 页。
③ 易卜生：《易卜生戏剧集》2，人民文学出版社 2006 年版，第 355 页。

瑞格斯作为自以为是的入侵者，强行打破界限，意味着原有完整空间的坍塌。雅尔马在面对无法收拾的残局时，无奈又伤感地感叹："我的家垮台了。"① 垮台是个空间概念，是"家庭是容器"这一隐喻的合理推演，是其组成部分。他并没有直接说我的家庭被破坏了，再也恢复不到往常的宁静，而是以"垮台"这个关于建筑的隐喻来表达。容器破碎，界限消失，家庭解散。

三、阁楼作为容器

雅尔马家除了住宅区域，还有一个至关重要的组成部分——阁楼。阁楼也是一个典型的容器隐喻。它与住宅区之间有两扇门，拉开这两扇门，进入，再关上这两扇门，就形成了一个密闭的容器。

[雅尔马和艾克达尔走到后方，把那一对推拉门一人推开一扇。]②

…………

雅尔马和海特维格把两扇门一齐拉上。③

这个密闭容器在全剧中充当着重要的角色。它与住宅区域

---

① 易卜生：《易卜生戏剧集》2，人民文学出版社 2006 年版，第 367 页。
② 易卜生：《易卜生戏剧集》2，人民文学出版社 2006 年版，第 316 页。
③ 易卜生：《易卜生戏剧集》2，人民文学出版社 2006 年版，第 318 页。

有两扇门隔开，两扇门之内是另一个世界，是承载着全家人情感寄托的所在。阁楼的空间逼仄，形状极不规则，但是它里面却有很多有趣的动物，有鸡鸭、兔子、鸽子，最重要的是还有一只野鸭。老艾克达尔将阁楼当作昔日打猎的大森林，公鸡母鸡还有兔子是他的猎物，以此来展示自己和年轻时一样的力量。在海特维格看来，阁楼是个奇幻天地，里面有各种各样好玩的东西，有旧写字台、大钟、颜色盒等，特别是一本有很多画的书。这些东西都是一位老船长留下来的。当然，还有她最珍爱的野鸭。雅尔马也经常费很多时间去整修阁楼。阁楼是个自由的所在，是这个家能够平和生活下去的保证。因为阁楼为除了基纳之外的每个人提供了一个幻想的王国。在里面，老艾克达尔可以老当益壮，在丛林中兴奋打猎，来延续青年时代的荣耀感。雅尔马可以做着有朝一日大获成功、天下扬名的美梦。海特维格更可以在里面幻想世界。阁楼是一个独立的空间，是在困顿中生活的人的精神寄托，里面装的都是幻想的空气，不允许任何现实的东西钻进去，一旦幻想与现实的界限被打破，阁楼对整个家庭的意义就失去了。只有基纳没有待在阁楼里的爱好，也就是说她清醒地生活在现实中。沉迷于阁楼，就是沉迷于虚幻，但是为了家人心理的平静，她极力维护着阁楼的存在。阁楼是雅尔马家的避风港。

阁楼的状态直接影响着与它一门之隔的住宅的状态。家里人频频进入阁楼这个密闭容器，获取着心里的平衡，而一旦阁楼这个容器不能再承担起平衡的作用，住宅这个容器也就不复平静。阁楼角色的转换是在格瑞格斯介入后逐渐发生的。

海特维格很信任格瑞格斯，而后者的话让她很迷茫。渐渐地，海特维格对阁楼的感情发生了变化："每逢我忽然间——一眨眼的时候——想起了阁楼里那些东西，我就觉得整间屋子和屋里的东西都应该叫'海洋深处'。"① 海洋深处意味着神秘莫测，意味着难以把握，甚至意味着死亡。以前对海特维格来说很有趣的阁楼，变成了充满着神秘甚至死亡气息的阁楼，预示了最后的悲惨结局。隔断了与阁楼的联系，住宅里也失去了往日的宁静。雅尔马说："从明天起，我的脚不再踩进阁楼。"② 因为他明白了阁楼里的一切都是幻影，都是掩盖事实真相的幕布，他决心正视现实，关上通往阁楼的两扇门，取消了阁楼这个密闭容器与住宅这个容器的关联，也意味着安稳平和生活的结束。

从雅尔马认为家是一个安乐窝，享受家庭这个不被外人打扰的空间，直到知道真相后，要收拾东西后离开，而且表示再也不回来了。这里，雅尔马的家与外界就隔了明确的边界，是入家中受其庇护，还是逃其束缚，取决于雅尔马对家庭感受的变化。容器图式就这样映射到以婚姻和血缘为基础的家庭单位上，形成容器隐喻。

四、其他容器隐喻

人将自身看作一个有边界的容器，这种认知思维也频频体

---

① 易卜生：《易卜生戏剧集》2，人民文学出版社 2006 年版，第 332 页。
② 易卜生：《易卜生戏剧集》2，人民文学出版社 2006 年版，第 350 页。

现在戏剧的创作中。

> 格瑞格斯：这话不假。你的外表真是好极了。
>
> 雅尔马：（声调凄惨）嗳，心里可就难说了！不瞒你说，我心里满不是那么回事儿！……①

雅尔马作为中心人物，他的身体被视为一个容器。外表与内心的对立为这个人物定下了基调。格瑞格斯和雅尔马多年未见，不通消息，见面后格瑞格斯说雅尔马的状态很好，但后者立刻说自己"心里"很不好。因为他的生活清贫，父亲坐牢让他有强烈的自卑感，这种自卑又衍生出无奈的自尊。在格瑞格斯家做客，有着尊贵地位的客人取笑雅尔马的见识短浅，他不敢反驳，黯然离开。到自己家后，却对妻女吹嘘他如何争辩，甚至说自己狠狠挖苦并嘲弄了那些爵爷。这种表与里的对立初步树立起一个自卑又自尊的矛盾人物形象。

不仅雅尔马的身体被视为一个容器，有里外之分，格瑞格斯的身体也被视为一个容器，表里不一。他与父亲威利格格不入。父亲嫁祸他人，欺骗成性，道德败坏。所以他拒绝加入父亲的公司，并不顾反对，要把事实真相告诉雅尔马。这时威利提出要好好沟通一下，格瑞格斯答道："你当然是说表面的了解喽？"② 格瑞格斯故意回应是"表面的"吗？将自身的身体作

---

① 易卜生：《易卜生戏剧集》2，人民文学出版社 2006 年版，第 285 页。

② 易卜生：《易卜生戏剧集》2，人民文学出版社 2006 年版，第 297 页。

为一个容器，以界限来表明态度，他与父亲的交流只能是表面的，不会是真心实意的。此外，瑞凌也将格瑞格斯视为一个容器来理解。格瑞格斯看起来是要实践真理，但其实是要把自己作为自己的偶像来疯狂崇拜，以致于置别人的感受而不顾。所以瑞凌提出："你永远必须在你本身之外寻找一件可以崇拜的东西"，而格瑞格斯回答："对，我必须在我本身以外寻找。"①格瑞格斯的身体内部自我尊崇感的满足，是建立在身体外部的他人他事基础上的，而且他不能真正考量他人的处境。所以瑞凌认为格瑞格斯只是害了"崇拜偶像的狂热病"而已。要治愈这种病，只能真正从他人需要出发，而非依从自己自以为是的意愿。

瑞凌的手也被视为一个容器。瑞凌作为格瑞格斯观点对立方的代表，是作者的另一种思路。格瑞格斯坚持必须认清真相，才能坚持真理，通过宽恕来提升人生境界。但瑞凌认为适当的欺瞒是必要的，所以他给了雅尔马缥缈的希望，让后者在困顿窘迫中有一个精神寄托，拥有坚持生活的勇气。格瑞格斯执意要从这种迷幻中拯救雅尔马。这里作者用了一个容器隐喻，即将瑞凌的手视为容器，而雅尔马被视为这个容器中被操控的线偶。"瑞凌大夫，我不把雅尔马从你手掌中抢救出来，决不罢休。"②雅尔马在瑞凌的手掌之内还是在手掌之外，容器内和容器外两种不同的环境就隐喻了雅尔马差异巨大的生存状

① 易卜生：《易卜生戏剧集》2，人民文学出版社 2006 年版，第 375 页。
② 易卜生：《易卜生戏剧集》2，人民文学出版社 2006 年版，第 377 页。

态。如果告知了雅尔马真相，也就是离开了手掌所形成的固定容器，雅尔马将悲惨不堪。"如果你剥夺了一个平常人的生活幻想，那你同时就剥夺了他的幸福。"①

此外，状态也是容器。莱考夫认为，人们经常会把状态这样抽象的事物想象为容器去理解。格瑞格斯数次提到泥塘霉气，以此来表示雅尔马一家被蒙蔽的状态。

格瑞格斯：……雅尔马，我是说你走了岔道，掉到一个有毒的池塘里了；你染上了危险的病症，陷落在阴暗的地方等死。②

格瑞格斯：我不喜欢呼吸泥塘的霉气。③

雅尔马：对，在欺骗的泥坑里过日子！④

此外，瑞凌将快活的思想状态和自我怜惜的情感状态都视为一个容器，

瑞凌：（向格瑞格斯）喂！偶尔在一个快活家庭里吃顿好饭，你说是不是挺痛快？⑤

瑞凌：……到那时候你会看见他沉浸在赞美自己、怜

① 易卜生：《易卜生戏剧集》2，人民文学出版社 2006 年版，第 377 页。
② 易卜生：《易卜生戏剧集》2，人民文学出版社 2006 年版，第 338 页。
③ 易卜生：《易卜生戏剧集》2，人民文学出版社 2006 年版，第 343 页。
④ 易卜生：《易卜生戏剧集》2，人民文学出版社 2006 年版，第 354 页。
⑤ 易卜生：《易卜生戏剧集》2，人民文学出版社 2006 年版，第 342 页。

惜自己的感伤的糖水蜜汁里。①

通过容器隐喻，不仅可以加深对剧本语言的理解，也可以对戏剧的人物、情节、倾向有更切实的体会。容器隐喻的普遍存在建立起了文本的基本框架。《野鸭》中这种容器隐喻的密集存在不是个案，它反映了人在思考、理解事物时的普遍规律，体现了人们的惯常思维方式。在日常生活中，这些隐喻的运用都是极为普遍的。易卜生运用这些隐喻来表达雅尔马生活的被破坏和精神的被影响，以具体事物来映射抽象状态。雅尔马的悲惨遭遇象征了以改造他人为目的的真理观的失败，体现了易卜生对真理的观点。

第二节　由基本隐喻"热情是火"等构建的 《咱们死人醒来的时候》的主题

《咱们死人醒来的时候》是易卜生戏剧创作的收尾之作，是"戏剧收场白"。生死问题和人生意义等终极命题得到充分的探讨。《野鸭》中易卜生对真理的含义进行了探索，《咱们死人醒来的时候》则表达了易卜生对真理的新的认识——真理不是通过改造他人来实现他人的人格自由，而是通过自我审判、自我改造来实现自我的人格自由。这种观念作者通过《咱们死

---

① 易卜生：《易卜生戏剧集》2，人民文学出版社 2006 年版，第 391 页。

人醒来的时候》的主人公最终走向心向往之的高山来进行象征表达。具体来说，作者用了很多相关的隐喻来构成这一最终的象征意义。主人公找寻不到理想的苦闷状态和找到理想的愉快状态形成鲜明对比，也由此彰显了作者的思想倾向。这种状态的变化主要是情感的变化，很少是直接描述，是通过隐喻来表达的。

隐喻为情感的概念化提供了不可代替的方法，使得人们丰富多彩的情感有了更多言说的可能。人们将快乐、喜悦、悲伤、愤怒、忧郁、伤心等抽象的情感变化通过具体可感的事物来理解，并长期固定下来，成为约定俗成的通用表达方式。

易卜生在《咱们死人醒来的时候》里面，运用了一系列的隐喻来表达情感状态。情感由压抑到释放，由冷漠到热烈，正是因为男女主人公从迷茫状态最终找到了实现人格自由的方式——自我审判和自我拯救。

一、关于《咱们死人醒来的时候》

全剧以鲁贝克和爱吕尼的久别重逢为中心，塑造了鲁贝克、爱吕尼、梅遏和乌尔费姆几个人物。鲁贝克是著名的艺术家，与妻子梅遏在度假，却偶然遇到了以前的模特爱吕尼。他曾以爱吕尼为模特做出了雕塑《复活日》，赢得了世界声誉。但爱吕尼在他即将完成雕像的时候悄然离开了。此后鲁贝克再也没有了创作的灵感，没有真正有生命力的作品问世。妻子梅遏务实虚荣、贪图享乐，并不是他灵魂的伴侣，没有心灵上的共鸣。此次重逢后，两人敞开心扉。爱吕尼是因为当时已经爱上了鲁贝克，但是被拒绝后伤心离去。鲁贝克解释说，当时觉得如果接受了爱吕尼的爱，就产生了感官欲望，就会亵渎艺术家的灵魂，也就不能再完成最理想的事业。爱吕尼受此创伤，多年来就像行尸走肉，没有了真正的神采。而鲁贝克也失去了艺术的灵感和内心的平静。敞开心扉之后鲁贝克选择忠于内心的情感，要和爱吕尼上山去寻找光明的所在。登上山顶后，虽然天气要发生危险的风暴，但鲁贝克和爱吕尼选择继续走向高处。雪崩发生了，两人被掩埋在雪中。远处传来梅遏的歌声。全剧终。

《咱们死人醒来的时候》认为，真理是审视自我，让自己实现真正的自由，而不是以救世主的心态来审视他者。所以鲁贝克在对自我进行审视，并由自我审视中明白了生命的真谛，明白了真正的自由为何物。年轻的时候，鲁贝克认为艺术不容被世俗之爱所沾染，艺术就是纯粹精神的创造。他为此压抑了对模特爱吕尼的爱意，多年的宝贵时光就在这虽生犹死中度过了。与爱吕尼的再次相遇，唤起了他心中不为理智控制的激情。他反思当年的所作所为，终于明白了怎样才算是真正地活着。他不能再错过爱吕尼，要与心爱之人去最高的雪山顶上看最美的风景。即使最后付出生命的代价，但是获得了精神上的永生。生与死的界限是模糊的，唯有真理与自由值得追寻。

生活陷入迷茫时，鲁贝克和布吕尼的情感都是消沉的，而重新审视自我后的重生让两人的情感都十分兴奋。鲁贝克与梅遏因为没有感情，所以两人之间的状态一直都是消沉的、生疏的。下面分析这些情感状态如何通过隐喻来表达。

二、"热情是火"等用温度变化来隐喻情感变化

温度是物质的基本属性之一。人们接触到一个物体，便能够感知它的温度。适合的温度让人们感到愉快，过热或过冷的温度则人们感到不适甚至难以忍受。语言中有很多以温度来隐喻情感的例子。一般来说，温暖用来表达舒适、喜悦的情感，寒冷用来表达害怕、恐惧的情感，热可以用来表达愤怒的或热烈的情感，具体要看语境，如"心寒得要命"，"他的话温暖了我的心"等。在英语里也有这样的隐喻——"激情是火（intensity of emotion is fire）""热情是火（enthusiasm is fire）"等。《咱们死人醒来的时候》"冷"和"热"这两种温度反复出现，总体来说，冰冷的温度隐喻着无情或愤怒的情感，热烈的温度隐喻着激情或喜悦的情感。

  梅遏：（冷冰冰地）我跟你出来，不是跟你玩耍的。①

  梅遏：（冷冰冰地，头都不抬）不，一点也不。②

  鲁贝克教授：（冷淡地）是吗？我是做梦？谢谢你指点！……③

  鲁贝克教授：正是。在充满阳光和美丽的世界上过生

---

① 易卜生：《易卜生戏剧集》3，人民文学出版社 2006 年版，第 475 页。
② 易卜生：《易卜生戏剧集》3，人民文学出版社 2006 年版，第 476 页。
③ 易卜生：《易卜生戏剧集》3，人民文学出版社 2006 年版，第 477 页。

活，难道不比一辈子钻在阴寒潮湿的洞里、耗尽精力、永远跟泥团石块拼命打交道，胜过百倍吗？①

鲁贝克与梅遏的生活并不是真正的美满。他心里难以安定，与梅遏没法进行精神上的交流。梅遏喜欢物质生活，不理解丈夫的所思所想，同时也因得不到丈夫的关爱，愈加刻薄。鲁贝克没有对梅遏投入多少感情，甚至已经忘记对她曾经的许诺：把她带到高山上，去欣赏"全世界的荣华"。"全世界的荣华"在梅遏与鲁贝克的话语中出现了三次，象征着精神的满足和幸福的实现。第一次，是梅遏提醒鲁贝克曾经的承诺；第二次，是面对梅遏的再次提及，鲁贝克不耐烦地搪塞；第三次，梅遏遇到猎人乌尔费姆之后，性格相投，希望可以跟随他去体验未知的、新鲜的生活。她对鲁贝克已经失望了，不再抱有幻想。两人之间的寡淡的情感通过一些表示温度的词语描绘出来。梅遏对鲁贝克说话，是"冷冰冰"，用物理经验上的寒冷来映射心里的无情，甚至无力的愤怒之情。鲁贝克对梅遏说话则是"冷淡地"。人的身体接触到冰凉的东西，一般来说是很难有亲密接近的欲望的。由此，可以体会到鲁贝克与妻子之间的情感状态已经不再亲密。鲁贝克还以冷与热的地理位置对比来建构情感隐喻。"充满阳光和美丽的世界上"和"阴寒潮湿的洞里"的对比就很明显。充满阳光，意味着温暖灿烂，意

---

① 易卜生：《易卜生戏剧集》3，人民文学出版社 2006 年版，第 500 页。

为积极幸福的情感状态，阴寒潮湿，则意为消极绝望的情感
状态。

鲁贝克与爱吕尼之间也用了与冷和热相关的一系列以温度
表达的隐喻。

　　爱吕尼：……（眼睛看着前面，冷冰冰地一笑）我使
用手法把他逼疯了……①
　　鲁贝克教授：我可以坐吗？
　　爱吕尼：可以。你不必担心会冻僵，我还没有完全变
成冰块呢。②

爱吕尼向鲁贝克回忆往日生活，提及以前的丈夫，是"冷
冰冰地一笑"，这个意为无情或者说绝情的隐喻，微妙而细致
地传达出对前夫的态度。而此时的她因为还没有完全打开心
结，所以对心心念念的鲁贝克是一种爱恨交织的心理。对于鲁
贝克是否可以坐到她身边的询问，她没有直接表达出郁结于心
中多年的愤怒和凄凉之情，只是说"不必担心会冻僵，我还没
有完全变成冰块呢"。以"冻僵""冰块"这样提示温度的词语
表达自身的情感。她希望鲁贝克可以贴近坐下，但没有释怀的
过去让她不能平心静气地说出允许的话，便以带着冰冷字眼的
词语隐喻自己受创伤后自怜又倔强的情感。

---

① 易卜生：《易卜生戏剧集》3，人民文学出版社 2006 年版，第 485 页。
② 易卜生：《易卜生戏剧集》3，人民文学出版社 2006 年版，第 487 页。

此外，还有很多类似的表述，如：

　　爱吕尼：——我听你死僵僵、冷冰冰地说——我不过是你生活中的一支插曲。①

　　爱吕尼：在陶尼慈湖边坐着的时候，咱们是两个冰凉的躯壳，在一起玩儿。②

　　"插曲"正是压倒爱吕尼的最后一根稻草。她希望的是与鲁贝克永远依存，心甘情愿地为鲁贝克付出，因为只有他能唤醒她心中的"最崇高、最纯洁、最理性的女人的觉醒"③，但鲁贝克只是把她当作模特，当作创造艺术的灵感，只是生活中的"插曲"，只是暂时的相伴。爱吕尼被深深地伤害，感觉自己的灵魂已经留在了鲁贝克那里，以后虽然是活着，却是失魂落魄地苟活而已。两人重逢，激起了往日的火花，久违的爱情重新燃起，就如普希金的著名诗歌《致凯恩》："如今灵魂已开始觉醒：这时在我的面前又出现了你，有如昙花一现的幻影，有如纯洁之美的精灵。我的心在狂喜中跳跃，为了它，一切又重新苏醒，有了倾心的人，有了诗的灵感，有了生命，有了眼泪，也有了爱情。"所以，接下来鲁贝克有了在全剧中都很少见的高昂情绪，而这种情绪正是通过温度的变化来显示：

---

① 易卜生：《易卜生戏剧集》3，人民文学出版社 2006 年版，第 526 页。
② 易卜生：《易卜生戏剧集》3，人民文学出版社 2006 年版，第 526 页。
③ 易卜生：《易卜生戏剧集》3，人民文学出版社 2006 年版，第 489 页。

鲁贝克教授：（热情地）你知道不知道，现在我心里像从前一样燃烧沸腾的正是这种爱情？[①]

鲁贝克教授：噢，你完全看错了！在咱们身上和咱们周围，生活依然像从前一样热烈地沸腾跳跃！[②]

鲁贝克的情感是热烈的、喜悦的表达。"热情""燃烧沸腾""热烈地沸腾跳跃"与前面的状态产生鲜明对比，这是因为他明白了为了艺术的使命而牺牲尘世的幸福是不可实现的。艺术的精神境界和生活的世俗世界本来是可以融为一体的。他在兜转了多年之后，终于鼓起勇气要与爱吕尼在一起重建生活，重建一种有灵魂的理想生活。这种信念让他的情感由以往的后悔和迷惑发展到了激情和喜悦。他义无反顾地和爱吕尼走向心中的高处，那里有他们俩才能看到的荣华，才能实现完全忠于自我的人格自由。

三、生理变化隐喻情感变化

人们经常以生理和行为的变化来表达情感隐喻。这里的生理主要指心脏、肺、眼睛、脸等器官，行为主要是跑、跳、跺脚等。情感有了波动，人的生理和行为上就会有反应，这种反应是基于人的生理机制而无意识产生的。在某种情感的支配下，人会感到相应的身体器官发生某些不由自主的变化。"心"

---

① 易卜生：《易卜生戏剧集》3，人民文学出版社 2006 年版，第 526—527 页。

② 易卜生：《易卜生戏剧集》3，人民文学出版社 2006 年版，第 527 页。

这个器官具有代表性。人们历来认为，心是最中心、最重要的器官。心，如同一个独立的生命体，面对事情做出最直接的反应。所以，有很多以心来作为源域的情感隐喻。例如，在人们高兴的时候，会"心花怒放"；在绝望的时候，会"心如死灰"；在痛苦的时候，会"心如刀割"等。在英语中，也有类似的表达。有过强烈情感体验的人都会有切身的感受。再如"痛"本来是一种身体感觉，是皮肤或身体内部某一部分发生的让人十分不愉快的感受。通过隐喻，人们把"痛"也用在了不愉快情感的表达上，如"痛不欲生""悲痛欲绝""切肤之痛"等。"苦"本来是一种一般人都排斥的味觉。通过隐喻，人们也把"苦"用在了悲伤情感的表达上，如"苦不堪言""愁眉苦脸""同甘共苦"等。

下面重点讨论"心"在情感表达中的不可替代的作用。

鲁贝克教授：你的心弦已经折了几根了。①

鲁贝克教授：（低头）对，这是伤心的实话。②

…………

爱吕尼：我恨你，因为你居然一点都不动心。

鲁贝克：（大笑）不动心？你以为我不动心吗？③

鲁贝克和爱吕尼当年分开后，已经多年未见。久别重逢，

---

① 易卜生：《易卜生戏剧集》3，人民文学出版社 2006 年版，第 487 页。
② 易卜生：《易卜生戏剧集》3，人民文学出版社 2006 年版，第 492 页。
③ 易卜生：《易卜生戏剧集》3，人民文学出版社 2006 年版，第 507 页。

两人都是百感交集、五味杂陈，话语里也是夹杂着各种复杂而难以言说的情绪。他们先是用模糊难懂的语气叙述了这些年的经历。这些经历是对方想知道，而又不愿接受的。不管是鲁贝克还是爱吕尼都不愿承认因为自己的缺席而导致的他人的存在。爱吕尼以模棱两可的暗示表达了心中难以释怀的痛苦。不管她说的逼死丈夫、杀死孩子是真是假，这种不能正常沟通的语气其实就是多年的怨恨所积。怨恨让她不能敞开心扉，这种情况在鲁贝克说出一句"你的心弦已经折了几根了"之后立刻发生了改变。因为这句话传达了鲁贝克对爱吕尼的心疼和怜惜的情感。这种情感没有直接表达，而是通过关于"心"的隐喻来完成。人经历最难过的事情时，心脏确实会有受到重击而破碎的感觉。这一隐喻比直接的表达更能体现鲁贝克对爱吕尼的深切怜爱。接下来她的话语转入了对自我感受的抒发——这也是鲁贝克最想知道和了解的。爱吕尼将自己的状态表达为在坟窟里沉睡，冰冷的地理位置隐喻着情感的状态。

　　第一幕将要结束时，又一次用到了"伤心"的隐喻。爱吕尼认为是鲁贝克不接纳她真诚的爱，所以一切都是他的罪过。鲁贝克为自己辩解，如果当时对爱吕尼发生了感官的欲望，那么艺术家的灵魂便会有了杂质，便不能创作出完美无瑕的作品。但是他也承认，爱吕尼的离开让他再也没有了创作源泉。两人达成和解，想重新实现过去的梦想。爱吕尼非常坚定地要跟鲁贝克走向高山，因为她明白自己的心意，只有与鲁贝克在一起，才能获得重生。爱吕尼说自己把"一件缺少不得的东西"送给了他。鲁贝克说："这是伤心的实话。你把三四年的青春时光送给我了。"① 经过两人推心置腹的诚恳交谈，鲁贝克进一步了解了所有一切的原因，摒弃了自己无罪的辩解，由衷地表达了对爱吕尼的爱意。

第二幕中，鲁贝克和爱吕尼在打开心结的情况下进行了更深入的交流。此时，任何他人的存在都不能介入他们的世界。他们彼此明晓对方的心意，又互有交锋。比如，爱吕尼说鲁贝克并未曾爱过她，"居然一点都不动心"。鲁贝克则回应"不动心？你以为我不动心吗"？这些前后一致的关于情感的隐喻都是以"心"来表达的，没有用怜惜、难过、悲痛、哀伤、喜欢等表现性词语，而是隐喻性表达的词语。"伤心""心弦""心动"等情感隐喻几乎成为人们的集体无意识，通过这些个例，可以较有力地说明这种情感隐喻是有多么普遍。作者运用了这种普遍的情感隐喻来进行文本意义的建构。

除了用"心"来进行的情感隐喻之外，《咱们死人醒来的时候》还有其他用眼睛、面部、行为的变化来进行的情感隐喻。比如说用眼睛来表达的：

鲁贝克教授：(……目不转睛、聚精会神地瞧她。)②

---

① 易卜生：《易卜生戏剧集》3，人民文学出版社 2006 年版，第 492 页。
② 易卜生：《易卜生戏剧集》3，人民文学出版社 2006 年版，第 483 页。

爱吕尼：……（目不转睛地瞧他。）①

鲁贝克教授：看见你容光焕发！

爱吕尼：只是站起来了，不是容光焕发。②

爱吕尼：（双目露出粗豪热情）③

多年后重逢，鲁贝克"目不转睛、聚精会神地瞧她"，眼神的变化显示了他的意外、惊喜以及忐忑的情感。在所有的面部表情中，眼睛的交流最为关键。伦敦大学脑认知发展中心曾于2012年做了成年人的功能成像实验，揭示了眼睛与他人脸部的接触会影响当时正在发生的和接下来要发生的认知过程。在神经机制上，眼神的接触能够调整社会脑网络结构的活动。眼睛的交流在社会生活中起着基础性作用。社会交往中，脸部表情灵活微妙地表达着相应情绪，而眼睛又是表达情感的主要依据，"瞳孔的变化，眼珠转动的速度和方向等活动，直接受脑神经的支配，再加上眼皮的张合、眼与头部动作的配合等一系列动作，信息自然从眼睛中反映出来，而且它所流露的信息甚至比言语更为真实"④。剧作充分挖掘了眼睛在人物情感表达中的作用，也使得读者通过人物的眼睛留下了深刻的心理印记。无论是鲁贝克对爱吕尼的眼神，还是爱吕尼对鲁贝克的眼

① 易卜生：《易卜生戏剧集》3，人民文学出版社2006年版，第492页。
② 易卜生：《易卜生戏剧集》3，人民文学出版社2006年版，第504页。
③ 易卜生：《易卜生戏剧集》3，人民文学出版社2006年版，第516页。
④ 王沛：《社会认知心理学》，北京师范大学出版社2015年版，第125页。

神，都突出了脸部效果，使注视于面部的时间得到有意延长，呈现的不是单一的视觉，而是与其他感官的联动。伴随着作者指引的人物眼神的方向，读者可以更好地理解鲁贝克和爱吕尼之间的情感纠葛。

四、方位变化隐喻情感变化

《咱们死人醒来的时候》也运用了方位隐喻。莱考夫详细论述了人们对方位词的感受如何形成了方位隐喻。人处在物理空间中，自然形成了关于"上""下""前""后"等的空间概念。人直立行走，头在上，脚在下，所以"上"一般表示积极的情感，而"下"一般表示消极的情感。鲁贝克和爱吕尼也是以"上"——高山来表达欢快、释然的情感状态，以"下"——坟墓来表达颓丧、孤独的情感状态。一起走向高山，这从地理位置来说的制高点，就是隐喻着生命达到了巅峰。

> 爱吕尼：……可是现在我好像又渐渐地从死人堆里爬起来了。①
>
> 爱吕尼：你还是应该上高山。能走多高，就走多高。越高越好，越高越好——永远往高处走，阿诺尔得。②
>
> 爱吕尼：看见我从坟墓里站起来了。③

---

① 易卜生：《易卜生戏剧集》3，人民文学出版社 2006 年版，第 487 页。
② 易卜生：《易卜生戏剧集》3，人民文学出版社 2006 年版，第 490 页。
③ 易卜生：《易卜生戏剧集》3，人民文学出版社 2006 年版，第 504 页。

爱吕尼：（情不自禁地）对，对——走上光明的高处，走进耀目的荣华！走上乐土的尖峰！①

爱吕尼：对，先穿过所有的迷雾，然后一直走上朝阳照耀的塔尖。②

他们如此珍惜走向高处的机会，去完成当年没有完成的梦想，以致于危险风暴来临时，毅然地选择走向山顶的雪地。虽然最后发生了雪崩，他们失去了生命。但这是鲁贝克和爱吕尼心中的乐土，正如《复活日》中表达的是"一个尘世女子，在像死一般的无梦的长眠之后，达到了更高超、更自由、更快乐的境界"③，两人共同走向山顶的高处，正是以实际行动实现了人格自由。

以"上""下"的方位来表示情感的，还有一个突出的例子，霍普特曼的象征主义戏剧《沉钟》，主人公海因里希在山下过着凡俗的生活，渴望着重新注入青春的力量。这种向往的状态就在"上"——高山之巅。"这山谷里的一切不再吸引我了，……当我站在高山之巅，我所渴望的就是向高飞升、飞升，穿越茫茫雾海直达天宇！"④海因里希跟随女妖罗登德兰到了山上，来到妖魔世界，成为一个精神面貌焕然一新的人，才情迸发，创

① 易卜生：《易卜生戏剧集》3，人民文学出版社 2006 年版，第 527 页。

② 易卜生：《易卜生戏剧集》3，人民文学出版社 2006 年版，第 528 页。

③ 易卜生：《易卜生戏剧集》3，人民文学出版社 2006 年版，第 489 页。

④ 汪义群主编：《西方现代戏剧流派作品选：象征主义》，中国戏剧出版社 2005 年版，第 229 页。

造力前所未有地充沛起来。但面对自己的两个孩子捧着盛有母亲眼泪的罐子找上山来，并知道妻子已经投湖自尽时，他还是退败了，和孩子一起下了山。在方位上由"上"到"下"，他的生命状态也由朝气蓬勃变成了行尸走肉。下山后的海因里希再一次失去了生命力。生命结束之前不久，他重新上山，与罗登德兰的祖母魏迪肯相遇，两人有一段充满隐喻的对话：

魏迪肯：过去的事，毕竟过去了。已经做过的，业已做了。一切都无法挽回。你再也不能重登那最高的绝顶。

…………

海因里希：那么，就让我死在这儿吧！

魏迪肯：只好那样了。像你这样曾经飞上高空，进入到光明之中的人，一旦堕落下来，除了粉身碎骨别无出路！①

海因里希的生活居所在方位上来说，还是想要回到"上"——高山之巅，因为那里有他真正想要的一切。即使失去的时光已经无法挽回，但能在高山之巅上死去，也隐喻着海因里希完成了对自我的救赎。《咱们死人醒来的时候》和《沉钟》均利用了关于"上"与"下"的方位隐喻。"上"——高山之巅，都隐喻着自我人格的觉醒和生命完满状态的实现。这种戏剧作品中的相似来自人们对于方位认知的普遍性。

① 汪义群主编：《西方现代戏剧流派作品选：象征主义》，中国戏剧出版社2005年版，第275页。

第三节　易卜生隐喻运用的主要特征

本章主要考察易卜生剧中的观念如何由隐喻来实现。《野鸭》中的格瑞格斯是一心想要拯救他人的艺术家的形象，自认为掌握着真理，强行将意愿加在别人身上，导致惨剧发生。《咱们死人醒来的时候》是一个根本的改变，艺术家不再立意去启蒙他人，而是转向自我寻求、自我实现，即使是以走向死亡为代价的。

《野鸭》延伸了易卜生以往的主题之一：探讨真理在生活中的价值和位置。相对于此前戏剧追求真理的明确导向，《野鸭》有着较多的怀疑和困惑的色彩。怀疑和困惑的地方就在于，明晓了真理，是不是就意味着拥有了生活的幸福。《野鸭》给出的回答是不确定的。这并不是易卜生的倒退，而是他看到了人性的复杂与人生的难以揣测。如挪威比约恩·海默尔在《易卜生——艺术家之路》中认为："《野鸭》是第一个标志，表明易卜生已经对于生存是一个何等复杂的问题赢得了新的、令人忧心的洞察力。"[1] 格瑞格斯掌握着自己家和朋友雅尔马家两代人的真相，认为每个人都应该知道真相，在此基础上建立勇敢的美好的生活。基于这样的理念，格瑞格斯成为真理的化身。他极度自信，且以救世主的心态自居，一心要将蒙在鼓里不明真相的雅尔马拯救出来。而他所谓的拯救就是将所有的幻

---

[1]　比约恩·海默尔：《易卜生——艺术家之路》，石琴娥译，商务印书馆2007年版，第314页。

影打破，让雅尔马及他的家人直面现实，最终酿成悲剧——家"垮台"了。易卜生通过这个掌握着真理的人的所作所为，表达了对以真理拯救他人的怀疑。

《咱们死人醒来的时候》中，易卜生观点更为明确，真理是要唤醒自己的自由，而非他人的自由，所以将艺术家的使命指向了自身，自我审视、自我找寻。鲁贝克与爱吕尼离散多年后再相聚，沉积在心灵深处的生命热情重新燃烧，也让他真正审视自己的过去。鲁贝克与爱吕尼共同创造《复活日》雕像的时光是两人最为刻骨铭心的回忆，以致于多年不能忘怀。回忆成了命运的推手。鲁贝克与过去虽生犹死的生活做了了断，要与爱吕尼重新开始充满激情的生活。这是鲁贝克自由人格的真正实现，是在虚度多年时光之后的幡然醒悟。雕塑的主题是复活，鲁贝克此时实现了自己的复活，如雕像表达的那般，"进入了更高超、更自由、更欢乐的境界"。这是生存的觉醒。去高山之巅，是生命的复活，是艺术激情的复活，也是个人自由的彻底实现。即使要面临风暴的危险，也不会妨碍半点决心。艺术高于生命，真理高于生命，自由高于生命。鲁贝克的选择是经过自我审视之后的自我实现。这些观念的转变与主人公情感的变化相一致。很多研究者认为这部剧有自传的成分，鲁贝克是晚年易卜生精神的部分写照。

这些观念的变化，易卜生通过隐喻进行了表达。《野鸭》主要采用了容器隐喻为主的本体隐喻以及一些基本隐喻。雅尔马的家庭作为密闭的容器，被格瑞格斯这个闯入者通过强行进门这个隐喻性动作打破，最终酿成悲剧，家庭"垮台"。容器的破碎，隐喻着易卜生对意图改造他人的真理的怀疑。《咱们死人醒来的时候》剧中人物以情感状态变化隐喻了真理就是自我审判以及自我实现。在整个自然界，无疑人的情感是最丰富和复杂的。同时，情感又是抽象和模糊的。情感的传达和接受都很难用直接具体的语言来表示。所有能够表达情感的语言分为三类：表现性词语、字面上表示某种情感种类的词语以及比喻性表达的词语①。比喻性表达的词语就包括了隐喻。比喻式的表达虽然不及前两者明确，但对于人们来说不可或缺。人们在长久的社会生活中，已经积累了相当模式的情感隐喻，甚至人们往往意识不到常用的情感表达是由隐喻来完成的。鲁贝克与梅遏之间的"冷"，鲁贝克与爱吕尼之间由"冷"到"热"的转变，均来自人们对温度的切身体会。"眼睛"和"心"等这些生理器官的变化对情感变化的指示，更是来自人的一种生物本能反应。男女主人公之间的最终和解以及志同道合的追求，让他们走上高山——地理位置上的"上"，去实现自身的完满。为何要将那"更高超、更自由、更欢乐的境界"置于高山之巅，并不是作者的随意安排，而是来自人们自古以来对于方位的认识——"上为好"。到达心向往之的地方，也就是实现了生命价值。最后两人死于雪崩的结局，正是突出了精神至上的理念，舍弃了现实的肉身，实现了真正的自由人格和精神救赎，

① 此处参照司建国：《认知隐喻、转喻视角下的曹禺戏剧研究》，中山大学出版社2014年版，第266页的注释。

是一种完全的自我觉醒。从情感由"冷"到"热"，从眼神的
变化，从方位由"下"到"上"——这些隐喻的运用，共同构
成了全剧的最核心象征——主人公以亢奋的心情走向高山即象
征着人类寻找到了真正的真理，代表的是纯粹精神的胜利。这
种救赎方式相较于易卜生的现实主义戏剧，有着明显虚幻和
神秘的特性。这种不带现实色彩的、充满理想气息的精神上
的自我完美，是易卜生为芸芸众生提出的救赎方案。

第三章　梅特林克戏剧之认知隐喻阐释

　　梅特林克是象征主义戏剧的奠基者之一，创作出了象征主义戏剧的初期代表作品，如《玛兰公主》《盲人》《佩雷阿斯和梅丽桑德》《青鸟》等。这些戏剧在出版或上演之时就取得了较为轰动的社会效应，使得象征主义戏剧作为一种新的表现流派在与以自然主义戏剧为代表的再现流派的竞争中取得胜利，开现代主义戏剧之先河。除了戏剧创作，梅特林克还有比较系统和完备的戏剧理论——静剧理论，使得象征主义戏剧有了坚实的理论支撑，也与传统戏剧有了较为清晰的界限。

　　梅特林克有着神秘主义倾向，对于思想探索有着极大的热情，与当时的社会现实有意保持相当的距离。梅特林克有一本散文集《智慧与命运》，主要探讨智慧、命运、善、正义、美、爱等主题。他追求真理，相信灵魂的存在和力量，对生命有强烈的探索欲望。文章篇幅短小，用词唯美，给人以真、善、美的感受。关于自我、关于命运、关于意识、关于思索、关于崇高、关于道德、关于理想等的探讨，都是精神层面的。文字比较含混，充满超脱气息。正如阿弗列·苏特罗引言中的评论，梅特林克向往的幸福是"心灵上的幸福"。

这种神秘气质同样显示在他的戏剧创作上。《玛兰公主》发表的时候，梅特林克仅有 27 岁，正是风华正茂。但是青年时代恰恰是他整个人生中情绪最为悲观绝望的时期，充满了末日的绝望气息。这有时代背景的原因，也与当时作者的个人经历有关。1889 年，除了第一部剧作《玛兰公主》的连载，还有诗集《温室》的出版。《温室》的风格十分颓废，语言晦涩，是对灵魂出路的曲折表达。他要做的是对庸俗和功利的社会宣战，而战斗的武器就是神秘而永恒的灵魂探索，以及对死亡的病态渲染。这种倾向持续出现在他几部重要的剧作中，包括 1891 年上演的《不速之客》（后来改写为《室内》）和《盲人》，都充满了浓郁的死亡气息。死是必然的，是命运所控制的每个人的必然归宿。1892 年的《佩雷阿斯和梅丽桑德》有了一抹亮色，那就是死亡出现了对手——纯洁深切的爱。1908 年《青鸟》出版并上演，给梅特林克带来巨大的声誉。他于 1911 年获得诺贝尔文学奖，走上声誉的巅峰。

梅特林克的戏剧字里行间充满了哲学拷问，以象征表达了精神最终得以救赎的渴望。可以结合他的一篇名为《沙漏》的散文来体会："幸福和悲哀：什么是命运的奥秘？我们应遵奉《福音书》的说法：'无人知之，天使亦不知。'"[①] "对于'冥冥

---

① 梅特林克等著：《沙漏：外国哲理散文选》，田智等译，三联书店 1992 年版，第 10 页。

的未知'，或称上帝为灵魂，或称灵魂为上帝，或此或彼，毫无二致。"① 这种带有神秘气息，对人类终极本原的探究使得作品中的人物和情节都成为一种象征。本章集中探讨隐喻运用如何构建了戏剧结构，并由此形成戏剧的象征意义。

第一节　由容器隐喻构建的《玛兰公主》的结构

在梅特林克看来，命运和死亡是同义词。死亡是生命的应有之义。"说上帝创造了宇宙，说宇宙创造了上帝，是同样的无稽之谈。上帝和宇宙浑然一体，共同存在，无生无死，因一切永恒而存在。"② 梅特林克认为应该正视这一点，从而消除对死亡的畏惧。命运中，死亡早已经在那里等待，人们无可逃脱，也无须逃脱。此观点让梅特林克剧作始终氤氲着一种避之不及的死亡气息；但同时，又有一种超脱的态度。这一点在《玛兰公主》中体现明显。玛兰公主等主人公陆续死去，但最后的场景却是涤荡尽一切罪恶后的重新开始。玛兰公主以无辜受难者的姿态承受了死亡，象征着救赎了众人的罪孽，人类由此迎来新生。玛兰公主的受难与众人的被救赎，形成全剧的线索，并与反复出现的"城堡"隐喻息息相关。"城堡"作为一

---

① 梅特林克等著：《沙漏：外国哲理散文选》，田智等译，三联书店 1992 年版，第 11 页。

② 梅特林克等著：《沙漏：外国哲理散文选》，田智等译，三联书店 1992 年版，第 12 页。

个容器隐喻,它的状态变化就隐喻着人的生命状态的变化。"城堡"的反复出现,推动了剧情的发展,也构成了戏剧的结构。

一、关于《玛兰公主》

《玛兰公主》是梅特林克第一部剧作,为其带来很大的声誉。1889 年,《玛兰公主》在期刊《新社会》连载,引发了文学界的注意和好评。马拉美作为地位已经得到公认的法国象征主义作家,虽没有直接写出评论,但建议米尔博发表剧评。米尔博的剧评颇多溢美之词,认为是"永恒的杰作"。经过时间的考验,《玛兰公主》不仅被认为是梅特林克的优秀作品,其对于整个象征主义戏剧流派的意义也得到承认和巩固。这部剧的情节、人物、语言等所形成的风格与当时舞台上占据主流的自然主义戏剧风格截然不同。在表面看来,它有着传统戏剧的比较完整的结构、比较明确的时间地点和性格凸显的人物,但是一种新的艺术力量正在传统的表面之下暗流涌动,那就是在外在的传统戏剧的框架下营造出神秘莫测的审美风格。命运这个不可见、不可知、不可控的手在操纵着一切。《玛兰公主》中的命运、爱情、死亡是梅特林克此后一直探讨的主题,也是整个象征主义戏剧的关注点所在。

《玛兰公主》的主线是雅尔马国王之子雅尔马王子和马塞鲁斯国王之女玛兰公主的爱情悲剧。王子和公主一见钟情,两情相悦。但是王子的父亲受到日热兰的安娜王后的摆布,不仅自己与安娜王后坠入情网,还要求儿子与安娜的女儿于格莉亚娜结婚。雅尔马国王威胁马塞鲁斯国王，如果不强迫女儿玛兰公主放弃爱情，就会发动战争。雅尔马王子得到消息，玛兰公主和她父母都在战争中死去了。其实，公主并没有死，她奋力逃出来，经历了很多艰辛，终于到了雅尔马王子的国家，并与王子相见，说清了来龙去脉。王子明确了自己的心意，向父亲回禀玛兰公主回来了，他要和玛兰结婚。玛兰生病了，被关在卧室里。安娜王后拿了公主房间的钥匙，并支开了奶娘，亲手把她杀死。在现场目睹整个过程的国王已经恐惧到极点。王子发现玛兰已经死去，国王在精神崩溃的情况下，说出全部真相。王子盛怒之下拿匕首刺死安娜，然后自尽身亡。

《玛兰公主》更像是莎士比亚的《哈姆莱特》《麦克白》和《罗密欧与朱丽叶》的结合体。梅特林克自己也承认，这是模仿莎翁的作品。有类似《哈姆莱特》式的人物关系：如母亲角色的恶毒，父亲角色的软弱或被害，女主人公的被害，男主人公复仇之后的死亡。有类似《麦克白》的罪恶：杀掉玛兰之后，国王的精神错乱和王后的一意孤行，如同麦克白和夫人谋杀掉邓肯之后，麦克白的精神错乱和夫人的外强中干。有类似《罗密欧与朱丽叶》的爱情：因为家庭的原因，相爱的两人被分开，双双死亡。

戏剧的故事大部分发生在雅尔马国王的城堡，但城堡的含义除了是个地点之外，还是作品的核心隐喻——容器隐喻。城堡作为一个建筑物，被看作一个容器，有里外的区别。死亡之神在城堡外面，打破城堡里外的边界——门，跨入城堡内部，抓走了住在城堡内的人的性命。多个人物接连死亡之后，种种恐怖的异象消失，代之以平静的景象，死亡之神又带来了新生。城堡这个容器的状态变化过程推动了情节的发展，构成了戏剧结构。

二、死亡进入"城堡"容器之前的征兆与情节发展

容器最基本的含义是划定一个有界限的区域，分里面和外面。生命是一种状态，本没有明确的界限，但人们往往将其想象为一个有界限的容器，这种隐喻性认知是人理解抽象事物的习惯。《玛兰公主》即是运用了这种容器隐喻。

首先看"城堡"容器的外围。梅特林克很善于利用异象来营造恐怖的气氛。这种异象并不只是作者的主观想象，同时也是建立在人们惯常的认知习惯上。第一幕第一场一开始，剧中人物瓦诺克斯和斯泰法诺就说出了几个不寻常的景象：大片的乌云往西移动，出现了一颗大的彗星，而且"像是往城堡上洒血呢！"[1] 大量流星落到城堡上，这一切都预示着不寻常的灾难即将发生。瓦诺克斯："天越来越黑，可月亮却红得出奇。"用"红"这一有着鲜血的隐喻含义的颜色，让人们想象到月亮仿佛血色染就，在漆黑的天上尤为触目惊心。

王子与朋友安古斯之间的对话：

---

[1] 莫里斯·梅特林克：《玛兰公主——梅特林克剧作选》，管震湖、李胥森译，湖南人民出版社 1985 年版，第 5 页。

王子：……你看，城堡上空的天通红通红的！

安古斯：明天要有暴雨了。

王子：可是，她并不爱国王呀……

安古斯：咱们走吧。

王子：我不敢再看这天空了。只有上帝知道今天在我们头上的天空出现过什么颜色！今天下午，我在这座城堡里觉察到了什么，你并不知道吧。我觉得里面迷漫着一股毒气。安娜王后的手碰着我，我就直出冷汗，比这九月的太阳从墙里晒出的水还要多！①

城堡是王子的家，但是对他来说，城堡因为安娜王后的到来而变得阴森可怕。他对变故的担心也是通过征兆表达出来。王子看到天空是"通红通红的"。这种让人恐惧的颜色，与刚才的"红月亮""往城堡上洒血"一致，都是用到了人们对于"红色"的基本认知。人的血液是红色的，面对受伤后涌出皮肤的鲜血，一般人都是恐怖的印象，因为鲜血意味着伤害和死亡。

同时，安娜王后的手隐喻着罪恶，王子感觉到冷，这个冷可以理解为情感的畏惧。这是利用了人们对于温度的经验，适中的温度让人感觉舒服，而过热过冷的温度则让人不适。所以，人们经常用冰冷等表达低的温度来隐喻疏远的感情，而用温暖等表达适中的温度来隐喻亲密的感情。王子的视觉（天是

① 莫里斯·梅特林克：《玛兰公主——梅特林克剧作选》，管震湖、李胥森译，湖南人民出版社 1985 年版，第 29 页。

通红的）和触觉（被王后碰到后就出冷汗）共同指向了心中的那份担忧。

王子等人一再以自己的预言填充城堡里的细节。如花园里在挖着坟地，挖着墓穴，如充满了沼泽地的毒气。从视觉（乌云、闪电、星星坠落、月亮异样的红、乌鸦、坟地里的火光）到听觉（各种怪异的声音）到嗅觉（死人的气息、毒气）到触觉（冷冰冰的），全面营造出城堡即将迎来死亡的气息。

再看城堡的内部。王子与玛兰公主的正式见面，并不是一场柔情蜜意、让人心旷神怡的约会，而是处处充满不祥的异象。王子看着周围隐约的光亮，"难道花园里的猫头鹰全集中到这里来了吗？去！去！全滚到坟地上去！到死人身边去！……我这双手现在都成了掘墓人的手啦！……月亮上的乌云移动得多快呀！"① 他的感受里充满了坟地、死人、掘墓人等，与前面的内心独白相呼应。为何等待约会的时刻却让人有不祥之感？这是因为雅尔马王子知道这场婚姻的背后是安娜王后的阴谋诡计，甚至是带血的后果。玛兰战战兢兢，觉得树上面有眼睛，看到了火光，听到喷水池在啜泣，周围的一切都令她感到恐怖。一些异样的东西在周围窥视着，正在以特殊的方式提醒将要发生大的变故。

再到城堡内部的房间里。雅尔马王子与玛兰公主见面后，与父亲袒露心声。老国王在安娜王后的操纵下已经衰老了很

---

① 莫里斯·梅特林克：《玛兰公主——梅特林克剧作选》，管震湖、李胥森译，湖南人民出版社 1985 年版，第 33—34 页。

多，而且因为已经沾染上了恶，精神受到很大冲击，"你看我的手抖得厉害！我觉得地狱之火在我脑子里熊熊燃烧"①！老国王在安娜的挑唆下对玛兰公主的国家进行讨伐，杀人如麻，烧火毁城，自知有罪。一般火焰的熊熊燃烧是隐喻生命力的旺盛。但老国王强调的是地狱之火，因为地狱这个意象的固定含义，所以这个火焰燃烧的越剧烈，隐喻着他的罪恶感越强烈。安娜王后知道王子和自己女儿没有感情，所以她说："新房像个冰窟，您进去的时候，不会直打哆嗦吧！"王子回答："我要把它变成个火焰洞呢！"② 暗示着他要迎娶心爱的女子玛兰公主。"冰窟""火焰洞"都是以温度来隐喻不同的情感状态。相比较安娜王后与雅尔马王子对一切的心知肚明，通过隐喻来互相打探和回应，老国王则是衰老昏聩，根本认不清眼前的情势了。他喊出："我觉得死神已经在敲我的门了！"③ 这是全剧第一次出现了敲门声。他惊恐地高叫让人把门关上，这是他要把死神关在门外，不让其有路径可以进入屋内。然后国王就体力不支，猝然倒地。前面已经叙述过，乌云在快速移动，星星坠落到城堡上，月亮是异样的红色，要下暴雨了，随着国王倒地，这场"不平常的风暴"终于出现了。

---

① 莫里斯·梅特林克:《玛兰公主——梅特林克剧作选》，管震湖、李胥森译，湖南人民出版社 1985 年版，第 38 页。

② 莫里斯·梅特林克:《玛兰公主——梅特林克剧作选》，管震湖、李胥森译，湖南人民出版社 1985 年版，第 43 页。

③ 莫里斯·梅特林克:《玛兰公主——梅特林克剧作选》，管震湖、李胥森译，湖南人民出版社 1985 年版，第 43 页。

国王自知被安娜拖进了罪恶里，他对安娜的毒心非常恐惧，不想再和她沆瀣一气，却又被安娜的魅力所迷惑，不能离开她。这里运用了"生命是旅程"的道路隐喻，"她要把我拖进罪恶的森林，而地狱之火就在路的尽头！我的天哪！如能回头重来，该有多好啊"①！他已经走上了一条通向地狱的道路，不能再回头，犹如已经不可能再抹去自己的罪孽，但是他良心未泯，还想让玛兰离开这个可怕的城堡得以保全。安娜则明确反对："不，不行。最好还是待在这儿。……哪里还能比这儿对她照顾得更好呢？她待在这儿岂不更好吗？"② 为什么国王要玛兰离开，而王后则坚持要玛兰留下？离开城堡就可以远离即将到来的谋害和死亡，是否离开城堡成为能否保住性命的关键。城堡这个容器即将会闯入死亡这个必然的客人。国王知道自己无法阻止安娜将玛兰害死的心思，无奈而又慌乱，这一段与麦克白因为出现幻觉而说出很多别人无法理解的话而麦克白夫人极力掩饰极为相似，国王显得疯疯癫癫，而安娜不断地应付众人的疑问。王子要和玛兰离开时，让人毛骨悚然的敲门声真的出现了。

（奇特的敲门声。）

安娜：有人敲门！

---

① 莫里斯·梅特林克：《玛兰公主——梅特林克剧作选》，管震湖、李胥森译，湖南人民出版社 1985 年版，第 50 页。

② 莫里斯·梅特林克：《玛兰公主——梅特林克剧作选》，管震湖、李胥森译，湖南人民出版社 1985 年版，第 52 页。

王子：这么晚了，谁会来敲门呢？

安娜：没人回答。

（敲门声。）

国王：能是谁呢？

王子：敲响点，听不见！

安娜：门不开了！

王子：门不开了，请明天再来！

（敲门声。）

国王：哦！哦！哦！

（敲门声。）①

　　打开门，什么都没有。但是这个蹊跷的敲门声意味着死亡，这经过前面的种种异象的铺垫已经很明显了。而且王子和玛兰公主的语言进一步证实了这一点。在视觉上，王子说"看不清楚。天太黑，我什么人也看不见"②，玛兰说开门后自己很冷。黑暗和寒冷正是人们用来表达对死亡的感受的常用方法，如果生命是一天，死亡就是夜晚，如果生命是一年，死亡就是寒冷的冬天。因为国王比谁都清楚已经发生的罪恶和安娜的固执将要带来更大的罪恶，所以他对于死亡的到来最为敏感，在

---

① 莫里斯·梅特林克：《玛兰公主——梅特林克剧作选》，管震湖、李胥森译，湖南人民出版社1985年版，第54—55页。

② 莫里斯·梅特林克：《玛兰公主——梅特林克剧作选》，管震湖、李胥森译，湖南人民出版社1985年版，第55页。

剧中真正描写到敲门声之前就发出"死神在敲我的门"的惊叫。先是一种死神要来敲门的预感，紧接着就是众人都听到了诡异的敲门声。不管是剧中人还是读者，都很自然地将前后两处关于敲门声的先提示后出现结合起来。无形的死神已经来到了城堡，开始试图跨越界限了。死神将来到这个城堡，戏剧情节上也要进入最为紧张的部分。

三、死亡进入"城堡"容器的过程与情节高潮

房子可以被理解为一个有界限的区域，是一个容器隐喻。人在屋子里，死神在屋子外，隐喻为生命是存在于里面，死亡是存在于外面。敲门的人是死亡的拟人化隐喻。死亡是一个事件，但人们经常把它想象为一个由人发出的动作。拟人化隐喻是固定的"事件是动作"的基本隐喻和不固定的其他能够体现目标域特质的基本隐喻的结合。之所以前者是固定的，是因为人们惯常将事件作为一个动作来理解，动作作为源域，包括动作者和受动者，事件作为目标域，也就包括了事件的推动者和被推动者。动作者最为常见的就是人，因为我们对人的种种情感与行动习惯是最熟悉不过了，所以往往以自身为源域来进行映射，即将人的行为特征映射到事件的推动者上。这样形成的效果就是，人们通常将本来没有人参与的事件用人的相关行动去看待。具体到《玛兰公主》里面，发出敲门声的这个人只能是死神。死亡就好像是一个有行动能力的人所做出的动作。这个人会把人们珍视的生命夺去，并且没有失败的可能。人在死

神面前没有任何招架之力，只能尽量地避而远之。但是死亡作为一个有行动能力的人，并不是只会被动地等着人们走到他那里去，而是会主动走到人们跟前。他会强势地突破他与人之间的界限——房间的门，进入人现在的区域——房子，隐喻着突破了死亡和生命之间的界限。在房间内，就是拥有生命，而离开了房间，则没有了这种属性。由外向里，死神处于攻势，生命处于被动的守势。所以，人物不断地听到敲门声，而又找不到敲门的人。这种处理并不是作者的纯粹臆想，而是依据强大的关于里外的容器图式。随着敲门声的步步紧逼，谋杀行为展开并完成，剧情达到了最为吸引人的时刻。

（一）谋杀过程中的"敲门声"

全剧的高潮是在第四幕第三场，玛兰公主死亡将全剧的阴沉气息推向极致。下着暴雨的漆黑晚上，她被独自锁在卧室里，病得厉害，却没有一个人可以听到她的呼喊。她非常害怕，产生了幻觉，觉得屋子里的家具在晃动，壁毯上有黑影，白衣服被吹动，屋里的东西总是发出声响。她是如此恐惧和孤独，对于任何外来的打击都没有丝毫招架之力。这时一切忽然安静下来，没有声音，没有影像。突然的寂静之中，玛兰公主听到了门外有异样的声音，"走廊有脚步声。奇怪的脚步声，奇怪的脚步声……有人在我房间周围小声说话；有人在用手摸我的房门！"①

①　莫里斯·梅特林克：《玛兰公主——梅特林克剧作选》，管震湖、李胥森译，湖南人民出版社1985年版，第64页。

后面的舞台说明"这时，狗叫了起来"①。一般来说，狗只有在陌生人来到的时候才会狂叫。只有声响，没有其他具体的信息，这样的描写和前面听到的"敲门声"一样，是死亡要来临的信号。死亡在这里又一次以不速之客的形象出现。

另一边，在这雷电交加之际，国王和安娜王后准备来谋害玛兰公主。国王深深为异象所恐惧，因为雷雨很可怕，风也很吓人，一棵老柳树都被风刮断掉到池塘里了。他们与那七个修女不期而遇。七个修女边走边唱着祷文，"于诸凶恶！""主救我等！""于诸罪过！""主救我等"②……这样的祷文让国王不禁胆战心惊，仿佛那邪恶的心思已经被修女们看穿。对于善良纤弱的玛兰公主，国王实在是不忍下手，这时的安娜王后表现出了麦克白夫人一样的勇气和决心。她看到玛兰虚弱地躺在床上，毫不手软地将绳索套在玛兰的脖子上，将她勒死。

玛兰公主死后，出现了更多关于门的异样情景。

（这时，冰雹突然噼里啪啦地打在窗上。）
…………

国王：窗户！——有人在敲窗户！

---

① 莫里斯·梅特克：《玛兰公主——梅特林克剧作选》，管震湖、李胥森译，湖南人民出版社 1985 年版，第 64 页。
② 莫里斯·梅特克：《玛兰公主——梅特林克剧作选》，管震湖、李胥森译，湖南人民出版社 1985 年版，第 65 页。

安娜：有人敲窗户？

国王：是的！是的！在用手指头敲！啊！有千万只手指头敲！①

安娜：有人在抓门！

国王：他们在抓门！他们在抓门！

…………

国王：他们要进来了！

安娜：谁？

国王：是那个……那个……他！（做了个抓的动作。）②

　　窗户，本来是关着的，先是听到敲窗声，这与那奇特的敲门声有异曲同工之处。需要注意的是，与敲门声一样，作者也是着意把窗户的响声指向由一个人来发出，所以用到了"手指头"这个只有人才有的身体部位。"千万只手指头"这又明显不是一个普通人的手，给人以恐怖的联想。无论是敲门还是敲窗都是房间这个区域的界限将要被打破了。随后，因为死亡已经发生，所以窗户被狂风刮开了，也就是界限已经被打破，死亡进入房间，死神的位置由外面移到了里面，隐喻人的生命状态发生了改变，由活着变为死去。以千万只手指头敲窗这样的

---

① 莫里斯·梅特林克：《玛兰公主——梅特林克剧作选》，管震湖、李胥森译，湖南人民出版社1985年版，第70页。

② 莫里斯·梅特林克：《玛兰公主——梅特林克剧作选》，管震湖、李胥森译，湖南人民出版社1985年版，第74页。

语言，描述冰雹砸窗的频率非常急，力度非常猛，具有文学的审美效果。同时，这是以日常生活的认知为基础的。把冰雹落在窗上这一自然事件视为一个怪异可怖的人在敲窗，符合人的认知习惯，具有了文学的认知效果。正因为人们潜意识里经常把某个没有施动者的事件当作有施动者（施动者一般是人）发出的动作，所以面对作者所设置的敲门敲窗的情节，读者并不觉得突兀，还会很容易地想起这个敲门敲窗的人是谁，周围各种异象的铺垫都将这个人的身份引向死神。

从开始的国王意念中的死神要来敲门，到谋害发生前的莫名其妙的敲门声，到谋害发生后门突然打开，国王说有人进来了。伴随着"敲门声"的由远及近，乃至那个看不见的敲门者破门而入，敲门者的死神身份被确立。敲门者作为死亡的拟人化，跨过了门这个界限，进入了城堡容器之内。敲门者由在门外到在门内，地点的变化就隐喻了生命状态发生了变化。死亡这个抽象过程就通过隐喻表现出来。

玛兰公主死后，剧作中还有两个值得关注的细节：花盆被碰到地上和公主水杯里的水被国王倒掉。毫无疑问，作者以这些细节来加重恐怖气氛，渲染国王和王后的罪恶，达到神秘紧张的审美效果，但除此之外，还可以对这些细节进行认知解读，可以认为这两个细节是关于生命和死亡的隐喻。这些隐喻的应用都符合人们对于生命和死亡的认知习惯。下面依次分析之。

　　（这时，窗户猛地被风刮开，放在窗台上的一盆百合花碰倒在地，发出巨响。）

············

　　国王：有人把窗户打开了。

　　安娜：那是风刮的。

············

　　国王：（捧起百合花盆）该把它放在哪儿呢？

　　安娜：放在哪儿都行，放在地上，地上！

　　国王：我不知道放哪儿……

　　安娜：别老捧着花待着！瞧它摆得多厉害，像是在挨暴雨打似的！都快断了！①

　　大风把窗户刮开，把花盆碰碎了。国王捧着花不知所措，不知应该怎么放好。这时安娜也提到了花好像正在受暴风雨的打击。关于花盆的对话和舞台说明突出了国王的慌乱和安娜的强作镇静。但我们的理解不限于此。为何这里出现关于花的长篇争论和描述？这是人的意识中的"人是植物"基本隐喻的运用。人们对植物非常熟悉，惯常用植物的特性来表示人的特性，由此形成植物为源域、人为目标域的映射。"人是植物"有很多具体的语言表达方法。整株植物可以用来喻人，植物的茎、花、根、叶等都可以来隐喻人的某种状态。这里是以花隐

----

① 莫里斯·梅特林克：《玛兰公主——梅特林克剧作选》，管震湖、李胥森译，湖南人民出版社 1985 年版，第 71 页。

喻人的生命。玛兰公主已死，花也被吹翻在地，而且都"快断了"。人的生命遭到扼杀，花也要被折断了。人的生命与花的生命形成一个隐喻关系，这是"人是植物"基本隐喻在最基本意义层面的运用。

此外还有公主杯子里的水被倒在地上的细节。

国王：我渴。

安娜：您喝吧，杯里有水。

国王：水在哪儿？

安娜：那不是，还有半杯。

国王：她是用这杯子喝水的吗？

安娜：嗯，可能。

国王：没有别的杯子吗？（他泼掉杯中的剩水，然后冲洗杯子。）①

这是"生命是液体"的基本隐喻。生命是身体充满液体，死亡则是身体失去液体。身体是一个容器，里面装满了液体的时候，隐喻着身体有生命，生命的质量就相当于容器内液体的数量。当容器被打碎，液体流出来，也就是生命消失了。死亡也就是对应着没有了液体的空的容器。国王泼掉了玛兰使用的杯子中的水，就是隐喻着将玛兰的生命丢弃了。杯子空了，玛

---

① 莫里斯·梅特林克：《玛兰公主——梅特林克剧作选》，管震湖、李胥森译，湖南人民出版社 1985 年版，第 73—74 页。

兰的身体就成了一个空的外壳。国王泼掉水之后，还特意冲洗杯子，是要将玛兰留的水彻底丢弃，也就隐喻着玛兰的生命已经被消耗，而不留一点生存的可能了。

经过这些隐喻运用，玛兰公主的死就多侧面的表现出来。死神到来，玛兰被动地失去了生命，并同时通过植物的折断和水的倾洒来隐喻着生命的终结。由此可以认为，这些体现人们认知习惯的基本隐喻经过适当的加工，就成为引人入胜的文学文本。隐喻的认知功能有助于更好地理解文本。

（二）谋杀过程后的"敲门声"

玛兰公主死了，城堡里完成了谋杀。无辜的人被谋害，而凶手还没有被发现。恶行已经发生，虽还未公之于天下，但种种征兆让发生恶行的城堡呈现出一片可怖景象。人们看到这从未有过的异常征兆，都预感到了一场剧变的到来。

第五幕的第一场和第二场的前半部分，集中描写了发生在城堡周围的种种异象。第一场是仆人、流浪汉、农民等人在城堡的坟地里一角观看，异象主要包括：风磨遭到了雷击，出现了蓝色的火球，风磨着火了。城堡也着火了，房脊上是绿色的火焰。港口来了一艘没有水手的黑色战舰，老人说这是末日审判。城堡上空升起了黑色的月亮，发生了月蚀。电闪雷鸣，雷打到城堡上，所有的城楼都开始晃动。小教堂上的大十字架也晃动起来，并和塔顶一起倒了下去，掉进了护城河。通往城堡的石桥有个桥孔塌了，没有人可以进入城堡了。河里的天鹅全部都飞走了。所有这些让人们胆战心惊。众人议论，认为是大难临头，是最后的审判。"仿佛地狱就在城堡周围。"① 众人在议论，看到玛兰公主卧室的窗户开了之后全部都惊恐跑下场。第一场中的一个双腿残疾者，他说道："有扇窗开了……有扇窗开了……他们害怕了……为什么？"② 因为残疾，他爬着逃下场。前面那些异象让人们害怕，但还在旁边观望。只在看到窗户开着后，才惊恐到要逃走的地步。这从侧面呼应了前面对于窗户打开是死神已经进入城堡的解释。而且人们发现窗户打开而逃跑的情节因为残疾者再一次得到强调。这都可以说明窗户打开对人们来说意味着比其他异象更为深刻的恐惧。其他异象是为窗户打开也即是死亡进入城堡容器做铺垫的。死神进入是这一切异象的最核心事件，也促成了城堡容器内情形的变化。

第二场是显贵、朝臣、贵妇等在城堡小教堂前观看。异象主要包括：闪电来袭，松树都弯到地面了。没有十年完不了的月蚀。像黑象一样的乌云，在城堡上空一直飘荡。城堡在不住地晃动。动物都躲入了坟地。猫头鹰站在十字架上，母羊躺在坟墓上。小教堂的钟楼塌掉，然后掉进池塘里。一条狗在吠叫。所有人在议论着这末日的景象，等待着国王等人的到来。国王因为过度的惊吓，已经草木皆兵，魂不守舍。这时又出现了对于敲门声的恐惧：

---

① 莫里斯·梅特林克：《玛兰公主——梅特林克剧作选》，管震湖、李胥森译，湖南人民出版社1985年版，第83页。

② 莫里斯·梅特林克：《玛兰公主——梅特林克剧作选》，管震湖、李胥森译，湖南人民出版社1985年版，第85页。

王子：父王，今晚您究竟怎么啦？

安娜：（对一显贵说）请您去把门关上，好吗？

国王：啊！把所有的门都关上！可您干吗踮着脚尖走路？

王子：大厅里有死人吧？

国王：什么？什么？

王子：他走起路来好像是在灵床周围绕弯！①

门已经打开，再让关上门已经是徒劳，因为死亡已经发生在城堡里，死神已经进来了。

又一次出现了对喝水的重复：

一陪伴王后的贵妇：陛下，您想喝杯水吗？

国王：喝，喝。……啊！不！不！……唉！我干的好事！我干的好事！②

喝水又引起了生命的消失的联想，所以国王断然否定喝水的建议，在表面看是否定喝水的欲望，其实是由喝水联想起在玛兰死后他倒掉杯子中的水的行为，即隐喻着因为自己的旁观

---

① 莫里斯·梅特林克：《玛兰公主——梅特林克剧作选》，管震湖、李胥森译，湖南人民出版社 1985 年版，第 91 页。

② 莫里斯·梅特林克：《玛兰公主——梅特林克剧作选》，管震湖、李胥森译，湖南人民出版社 1985 年版，第 93 页。

导致玛兰被害的事实，所以他才又会感叹"我干的好事"。从
这个角度讲，国王颠三倒四的话语其实并不突兀，他有自己的
思维逻辑。他明白所有的事实真相，所以其话语都是基于这些
事实真相来思考从而脱口而出的。不明白真相的众人，觉得国
王疯疯癫癫。除了安娜王后外别人都不清楚事情的真相，也就
自然将这些话理解为疯话。但读者知晓一切，可以从认知的角
度去理解国王的所作所为。作者设置国王抗拒开门，拒绝喝水
的细节，都是基于一般人的认知来创作的。

　　王子盛怒之下杀死了安娜王后，然后自尽身亡，这一切发
生得十分迅速。他为玛兰报了仇，但也付出了生命的代价。死
神已经进入这个城堡里来，夺取了一个又一个的生命。从剧
一开始就酝酿着的死亡气息终于达到了最高峰。死亡攫取了
玛兰公主、雅尔马王子、安娜王后的性命。死神大展淫威，
完全地进入城堡——原来是表示生命存在的区域中来。虽然
三人死亡，但玛兰公主的死亡意义不同寻常。作者用了很多
基督教常用的意象，使玛兰公主的遇难与耶稣基督的受难结
合起来。她的遇难洗涤了众人的罪恶，也预示着死亡将带来
人类的新生。

　　四、死亡进入"城堡"容器的结果与情节尾声

　　死亡是黑暗，死亡是植物的死亡，死亡是液体的消失。
伴随着对死亡的浓墨重彩的隐喻，读者为玛兰的无辜受死，
为雅尔马的绝望自戕，进入一个痛惜的极端。城堡的界限被

突破，死亡进入界限之内，改变了生命存在的状态。但是，出乎人意料的是，在所有的死亡悲剧发生后，种种的异象消失了。从舞台说明上可以明显看出一种平和稳定的情绪代替了以往的惶恐不安。按照一般的阅读惯性，这确实有些怪异而荒诞。国王经历了数人的死亡，情绪集中发泄之后，舞台说明为：

　　（曙光照进屋内。）①

　　国王：……咱们到花园去，下过了雨，草坪上一定很凉快！我需要休息一会儿……嗨！出太阳了！

　　（阳光射进屋内。）②

　　…………

　　国王：……瞧，现在就好了，一切都结束了！一切都结束了，我很高兴！因为先前大家都要为我操心。③

种种可怕异象在死亡发生之后统统消失，如何理解这种形势上的反转？可以从两个角度来看：第一，从宗教意义看。从基督教义来解释，玛兰公主的死亡可以看作是无辜者的受难，

---

① 莫里斯·梅特林克：《玛兰公主——梅特林克剧作选》，管震湖、李胥森译，湖南人民出版社 1985 年版，第 104 页。

② 莫里斯·梅特林克：《玛兰公主——梅特林克剧作选》，管震湖、李胥森译，湖南人民出版社 1985 年版，第 105 页。

③ 莫里斯·梅特林克：《玛兰公主——梅特林克剧作选》，管震湖、李胥森译，湖南人民出版社 1985 年版，第 105 页。

是作为奉献的牺牲。伴随她的死去，文中还有"村里所有的母羊都在坟墓上躺着"这样极具宗教含义的意象出现。最后七位修女边唱着哀歌，边把其尸体抬到床上，这是一个暗含的升天仪式。玛兰公主受难后升天，救赎了众人的罪孽，包括老国王的罪过。末日审判之后，是天地更新。所以，阳光照进了原本被死亡占领的房间内。阳光代表着上帝的恩泽，在受难牺牲和惩戒罪孽之后，城堡这个有着界限的区域重新被赐予上帝的恩泽。玛兰公主以自己的死亡来救赎了所有人，犹如耶稣受难。剧中出现的多种异象实际上是在表述宗教信仰沦落之后，道德崩坏、秩序混乱，所以才有了十字架晃动并掉到河里等异象，才有了末日审判这样的明确的宗教用语。由此剧中死亡的风暴散去，阳光重新普照的情景就是隐喻着天地的新生。第二，从对生命的认识来看。梅特林克在《玛兰公主》创作时期，思索最多的是死亡以及死亡与生命的关系。死亡在他笔下，是不可避免的阴沉力量。人的生命始终笼罩在死亡的操控之下。同时，死亡是必然的归宿。既然是必然归宿，那么在发生之后就应该坦然面对。

　　总之，关于"城堡"的容器隐喻是《玛兰公主》最为重要的隐喻运用，而且容器内外的变化构成了作品的结构。以往的评论通常认为，《玛兰公主》的征兆应用非常频繁密集，是为了突出诡异骇人的舞台效果。这诚然是对的。再深层次地思考，作者设计出如此成功的征兆的基础是什么，读者看后对这些并不常见的征兆能够很容易地理解的机理是什么。答案就是作者创作的和读者理解的基础正是人们共同的对有界限空间的认知机制。当我们理解生命和死亡的状态时，很自然地根据关于具有里外分界的空间的容器图式来建构，将抽象概念作为物质实体和空间联系来理解。梅特林克用城堡作为连接生命和死亡的域，从这个容器隐喻出发，可以对剧中的敲窗声和敲门声等细节给予认知的理解。所以，"城堡"不仅是一个情节的发生地，更是人们共同思维的形象化表达，成为一个具有共通性的本体隐喻，促进了全剧情节的发生、发展、高潮和结尾的一一实现。

第二节 由容器隐喻构建的《佩雷阿斯和梅丽桑德》的结构

《佩雷阿斯和梅丽桑德》晚于《玛兰公主》出版和演出，与后者相似，也是发生在王子和公主之间的故事。剧情围绕同名主人公的爱情和命运展开。梅特林克以梅丽桑德美丽浓厚的长发作为一个容器，而这个容器与两人的爱情和命运息息相关。

一、关于《佩雷阿斯和梅丽桑德》

戈洛和佩雷阿斯是兄弟，他们的外公是阿勒蒙德的国王阿凯耳。戈洛在森林里迷路，正好遇到了逃出家门而走投无路的梅丽桑德。戈洛丧妻之后，把感情都寄托在儿子小伊尼奥身上。现在他遇到了美丽的公主，两人结婚，梅丽桑德来到了宫殿的城堡。她与戈洛的弟弟佩雷阿斯相识了。两人产生了触动心灵的爱情，但并没有做出逾矩之举止。城堡的塔楼里，梅丽桑德在唱歌，佩雷阿斯因就要离开城堡远行所以前来告别。两人分别站在塔楼和平地上，无法接触。梅丽桑德将长发垂下来，佩雷阿斯充满感情地吻了长发，并将脸埋入丝丝秀发之中，说出了爱的心声。但这一幕被戈洛发现了。戈洛随后告诫了佩雷阿斯。在花园里的泉水边，梅丽桑德和佩雷阿斯约会。这或许是他们的最后一面。见面后，两人互诉衷肠，交换爱的誓言。戈洛在暗处看到这一切，提着剑出来，将佩雷阿斯砍倒在地。受到打击和惊吓的梅丽桑德早产生下了和戈洛的孩子，然后死去。戈洛带着忏悔的心情呜咽。全剧终。

　　本节着重讨论两人以长发传情这一场景。此处借鉴了《故事的语言：一种认知方法》讨论身体部位在戏剧叙事中的作用的相关研究。《故事的语言：一种认知方法》的作者考察了《罗密欧与朱丽叶》里罗密欧以为朱丽叶已经死亡后的那段独白："眼睛，瞧你的最后一眼吧！手臂，作你最后一次的拥抱吧！嘴唇，啊！你呼吸的门户，用一个合法的吻，跟网罗一切的死亡订立一个永久的契约吧！"[①]作者认为这里莎翁没有直接描述罗密欧的感受，但是他的感受都与这些身体部位是相关的。作者经过分析后认为，"舞台的混合中，说话者是感受的经验

———————————

① 莎士比亚：《莎士比亚全集》第3卷，朱生豪译，人民文学出版社2010年版，第553页。

者，信息传递者是与感觉相关的身体部位，爱人则是感情的对象"。[1] 作者将之称为语言和感觉的混合。

作者认为话语框架和情感框架共同构成合成框架。话语框架包括说话者和信息接受者两个要素。情感框架包括经验者、相联系的身体部位和情感对象三个要素。合成框架包括说话者 / 经验者、信息接受者 / 相联系的身体部位和信息接受者 / 情感对象三个要素。[2] 合成框架里，说话者就是情感的经验者，信息接受者就是情感对象，而信息接受者就对应着某个与感觉相联系的身体部位所承载的感情。以身体部位为中介，建立起一个既依赖身体部位，又不仅限于身体部位的常规意义的混合意义。这种混合通过人物的身体连接起舞台上的动作和人物的感受。当人物在舞台上说出与身体部位有关的语言时，这个身体部位就吸引了观众的注意力，观众由此来猜测人物的思想感受或者行动。观众理解的过程就是动用整个认知的过程，如听觉、视觉、语言处理，姿势理解等。这个意义上说，人物言及的身体部位是代表了人物的思想和感受。对《佩雷阿斯和梅丽桑德》男女主人公通过头发接触的情节的分析是借鉴了这一思路。

---

① Barbara Dancygier. *The Language of Stories: A Cognitive Approach*. Cambridge: Cambridge university press, 2012: 156.

② Barbara Dancygier. *The Language of Stories: A Cognitive Approach*. Cambridge: Cambridge university press, 2012: 157.

二、"头发"容器隐喻与叙述空间的建立

这个场面发生在第三幕第二场。梅丽桑德在塔楼上，佩雷阿斯在平地上，两人不能牵手拥抱。梅丽桑德探出窗外时，头发也垂了下来，长长的头发将佩雷阿斯裹了起来，这样两人就以头发为中介，有了身体的接触。佩雷阿斯拥抱着这头发进行了满腔爱意的表白。与罗密欧在阳台会中那令人甜蜜到窒息的台词相似，佩雷阿斯发狂似地表达着，完全沉浸在爱情之中，"梅丽桑德，你的头发披散下来了！我两手握着你的头发，我把嘴唇贴上去……多么温暖、柔软。就像是从天上落下来的！"①"你头发美丽的光泽遮没了天光！"② 在他眼里，头发似乎有了独立的生命，"你的头发跑掉了，躲开了我，跑到柳树枝上去了……在抖动，在飘荡，在我手中喘息，好似金鸟；你的头发爱我，超过你爱我百倍。"③"我吻你的头发，也就是拥抱你整个人。……我的吻沿着这千千万万金色的网格上升……每一个网眼都一定会给你带去一千个吻……"④头发是人的生物体征的一部分，属于人身体，但又不是主体，它被剪掉后可以再生，就是这样具有特殊属性的身体部分，承担起了传达爱意的

---

① 莫里斯·梅特林克：《玛兰公主——梅特林克剧作选》，管震湖、李胥森译，湖南人民出版社1985年版，第168页。

② 莫里斯·梅特林克：《玛兰公主——梅特林克剧作选》，管震湖、李胥森译，湖南人民出版社1985年版，第168—169页。

③ 莫里斯·梅特林克：《玛兰公主——梅特林克剧作选》，管震湖、李胥森译，湖南人民出版社1985年版，第169页。

④ 莫里斯·梅特林克：《玛兰公主——梅特林克剧作选》，管震湖、李胥森译，湖南人民出版社1985年版，第169页。

任务。在这里，佩雷阿斯将头发视为爱情的表达。通过头发相会的男女主人公，既没有打破世俗的禁忌，又进行了身体的接触，在剧中第一次正面表达了爱意。话语框架中，说话者是佩雷阿斯，信息接受者是头发。佩雷阿斯倾诉着它的美丽和温柔。表面看来，佩雷阿斯所有的话都是说给头发这个身体部分的，仿佛头发已经成为单独的个体，但他倾诉对头发的爱意，其实是对头发的主人倾诉爱意。情感框架中，正在感受炽热爱情的人是佩雷阿斯。此时此刻的他正处在不顾一切的疯狂之中。以前佩雷阿斯面对梅丽桑德，虽然有爱慕，但没有超出过伦理的尺度，是在朋友的范围内去说话和交往。此时，因为他马上就要离开，不知何时才能与心爱的人相见。这种情境下，他不再压抑，而是释放出积蓄已久的爱意。他不能到塔楼上去，唯一可以接触到的是梅丽桑德的头发，他把所有的热情都倾洒在上面。从这一刻开始，他打破了禁忌，爱情冲昏了他的头脑，让他不能自拔。两个框架共同构成舞台的框架，说话者就是感情的经验者——佩雷阿斯，语言信息的接受者就是某个身体部位——头发，语言信息的接受者就是感情的对象——头发的拥有者梅丽桑德。这一场关于头发的戏份，在全剧中占有重要的位置。它标志着：第一，它建立在过去的叙述空间上，意味着过去处于压抑状态的佩雷阿斯的爱情结束了；第二，它形成了一个现在的叙述空间，意味着男女主人公的爱情突破了禁忌，这十分危险，因为直接涉及伦理问题；第三，它预示了一个未来的叙述空间，意味着这一段禁忌之恋将可能会带来祸患。相对于佩雷阿斯的热烈无忌，梅丽桑德明显感到畏惧，表现为她的头发始终在躲避。例如"放开我，放开我！你这样，我要掉下去了！"① "放开我，放开我，会有人来……"② 一方是对头发紧抓不放，一方是着急将头发收回来，聚焦在头发上的争执，成为两人态度的表征。这就是语言和感情的混合，共同构成了一个有特殊含义的不可复制的戏剧场景。

这个场景是观众关于头发这个熟悉之物的再注意。它唤醒了人们关于头发的认知。头发与感情的关系是跨越文化界限的。在中国，头发就与情有着不解之缘，若遁入空门，即要抛下一切世间感情，要剃掉全部的头发，以示与尘世断绝。头发丝丝绕绕，恰似人的感情纠纠缠缠，有着一种朦胧别致的美。可以说，梅特林克想象的用头发相会的场景是建立在人们对头发的惯常认知基础上的，但是大大增强了它的强度，倾注了更多的感情，不仅让这个场景成为爱情表白的经典场面，还承担了强大的叙事功能。在情节发展上，起到了结合过去和现在空间的作用，为剧情发展提供了关键的一环。两人借头发相会的场景被戈洛看到，让戈洛起了杀心，成为以后形势发展的重要推手。如果没有借头发而来的两人关系的突破，佩雷阿斯的情感无法表白，这段感情没有合适的机会生长，可能也就压抑在

---

① 莫里斯·梅特林克：《玛兰公主——梅特林克剧作选》，管震湖、李胥森译，湖南人民出版社 1985 年版，第 168 页。

② 莫里斯·梅特林克：《玛兰公主——梅特林克剧作选》，管震湖、李胥森译，湖南人民出版社 1985 年版，第 169 页。

萌芽状态里了。此外，这部剧和《玛兰公主》一样，从始至终充满着死亡的气息。各种不祥的异象总在出现，提示着人们整体的感情基调。这一幕头发相会可以说是一个叙事的关键环节。它因违背伦理而包含的致命危险性，既呼应了从剧一开始就逐渐积蓄的死亡预兆，又暗示了即将到来的真的死亡。

第三节　由基本隐喻"理解是光明"等构建的《青鸟》的结构

《青鸟》是梅特林克最负盛名的剧作。全剧风格轻快活泼，既是充满童趣的童话剧，也是有着丰富解读可能的象征主义戏剧。全剧较长，共分为十二场，围绕一对农家兄妹追寻一只会带来幸福的青色的鸟来展开。对此剧的分析重点历来是"青鸟"的象征意义，较普遍的看法是"青鸟"象征着幸福。孩子们追寻青鸟就是人们在追寻幸福。而幸福的具体含义，人们到底能不能追求到梦寐以求的幸福，则是见仁见智。"青鸟"是剧中的目标，是贯穿全剧的主线，探讨的重要性毋庸置疑。此外，《青鸟》中还有一个重要角色，那就是带领众人寻找青鸟的"光明"。"光明"自始至终贯穿全剧，不管是提醒、开导、引领还是安慰，在剧中的重要性无其他角色可比。"光明"身上有着非常多的可以开掘的内涵，是一个对全剧有着点睛之笔的隐喻。隐喻含义不仅是在审美意义上的，更是基于认知意义上的。"光明"是追寻过程中人们获得的感悟，此感悟才是作者想要表达的。有了对过程的感悟，结果如何其实并不重要。"光明"作为核心隐喻，连接起追寻青鸟的过程，形成全剧的结构，并最终形成了《青鸟》的象征意义。

一、关于《青鸟》

因为是童话剧，所以里面除了农家兄妹外，其他非人的角色都有着人的外形，如光明、黑夜、母爱、面包、火、水、方糖、猫、狗等等。一开场的舞台设置表明这是一个贫寒之家。圣诞之夜，一对兄妹狄狄和米狄半夜里睡醒了，他们看到富人家的孩子在吃蛋糕眼馋不已。正在这时，进来一位仙姑，将屋里的东西的魂魄都释放出来，小屋里成了一个幻境的世界。仙姑安排这些有着人的外形的魂魄跟着兄妹俩去寻找青鸟。临出发前，众人盘算着各自的心思。猫发动众人阻止这次的行动，因为如果人把青鸟找到，就是把秘密找到，动物们更会受到人的压制。所以猫号召大家要阻止孩子们寻找到青鸟。其他的人都模棱两可，只有狗坚决反对。仙姑委托光明作为首领，一众人踏上了寻找青鸟的路途。他们先来到了回忆国，即第三场。这里兄妹俩见到了已经去世的爷爷奶奶和弟弟妹妹们。一家人欢聚在一起，度过了快乐的时光。临走时，狄狄拿走了爷爷奶奶青色的喜鹊，后来却发现喜鹊其实并不是青鸟，它是黑色的。第四场是来到了夜神殿。这里有掌管大殿的女人——黑夜。众人要求打开各扇铜门寻找青鸟是否在里面。黑夜虽不乐意，但也依次打开了铜门，从里面跑出了鬼魂、疾病、战争、黑暗、恐怖、沉默等，最后是成千上万只的青鸟，狄狄、米狄和狗都抓了好多只抱在怀里。但很快这些鸟见到光都死掉了，原来只有那只白天也能活着的青鸟才是真正的青鸟。第五场是来到了森林。橡树、山毛榉、杨树等树木都认为青鸟如果被狄狄他们找了去，自己都将受到更大的奴役，所以全部一致与狄狄他们争斗。狗表现得最为勇敢。在即将败下阵来的时候，光明来帮忙解救了他们。第七场都是在墓地，没有什么收获。第九场是幸福乐园。各种世俗的幸福邀请狄狄他们留下来享受美食，不要再去找青鸟了。但狄狄他们还是继续向前，见到了很多真正的幸福，如童年的幸福、健康的幸福、敬爱父母的幸福等，还有很多欢乐，如公正的欢乐、爱美的欢乐、恋爱的欢乐、母爱的欢乐等，但是这里也没有青鸟。第十场是未来王国。这里时光老人正忙着安排即将去到世间投生的青色小孩。众人经过了艰辛的旅程，回到了狄狄的家中，众人互相道别。一切又恢复成原来的样子。早上，邻居到狄狄家，想要他们的斑鸠，因为她的小姑娘生病了。小姑娘得到斑鸠后，奇迹般地康复了。但是斑鸠挣脱了小孩的手，飞走了。

二、"光明"隐喻与情节串联功能

隐喻的源域一般都是人们熟悉的事物，或者是具体事物或者是抽象事物。在《青鸟》中，光明兼具了具体和抽象双重属性。一方面，它是一个有着人形的形象，一方面，它还是人们的一种视觉感受。"光明"概念最原始的含义是人们的眼睛感受到外界的一种视觉状态。正因是人们的基本感官能力之一，所以人们对其有着切身的体会，并习惯将此作为源域来理解其他有类似特质的目标域。在不同的语言隐喻中，"光明"都充当了重要角色。本节将借鉴语言学的有关成果①进行文学研究的尝试。

"光明"之于追寻青鸟的众人，就像是贝娅特丽丝之于但丁，给人以启迪和智慧。"光明"出场次数不多，但给处于迷惑的孩子以指引，给处于不能自控中的孩子以冷静，给伤心中的孩子以安慰。孩子可以被看作是全体人类的代言人，"光明"是人类的引领者和启迪者。可以说，"光明"是梅特林克思想的代言人。

"光明"的装束给人以华贵、矜持之感。她的首次出场，也就是人形的初次显现，是一位十分美丽的少女，光彩照人。孩子们非常地惊讶：

> 狄狄：这是王后？
> 米狄：是圣母玛利亚！

---

① 陈芳：《"光"的概念隐喻的跨文化研究——论隐喻的多样性》，《长江大学学报（社会科学版）》2010 年第 4 期。韩均、李小红、刘丹：《英、汉语言中"光"概念隐喻性延伸的一致性》，《天津大学学报（社会科学版）》2009 年第 1 期。黄兴运、覃修桂：《"光明"的概念隐喻——基于语料的英汉对比研究》，《天津外国语学报》2010 年第 1 期。Walter R. Grand. *Metaphor and Metonymy at the Crossroads. A Cognitive Perspective*. ed. Antonio Barcelona. Berlin: Mouton de Gruyter, 2000.

仙姑：不是，我的孩子，她是光明。①

　　"光明"的上场就是与众不同，她的光彩让孩子们惊叹！这是光明的基调，让人感受到温暖、慈爱。在出发前，仙姑明确让众人听从"光明"的安排，并将自己的魔杖交给她。"光明"在众人中有着特殊的首领位置，这也暗示了其重要性。

　　理解是光。正式启程之后的第一个情景是在回忆国，这里有狄狄和米狄的已经过世的家人。狄狄发出人死了怎么还会见得到的疑问，"光明"这样回答："他们既然还活在你的记忆里，那怎么会死呢？人不知道这个秘密，因为人知道的东西太少了。……只要我们时刻怀念他们，他们就会生活得非常幸福，就像根本没死一样……"② 这些话与后面狄狄的爷爷奶奶说的话都是前后呼应的。爷爷说："只有活着的人想起我们，我们才醒……啊！生命结束后，长眠是很不错的……不过，间或醒过来，也挺愉快。"③ 这是梅特林克对死亡的乐观而神秘的看法。这种呈现乐观色彩的神秘主义与早期作品《玛兰公主》《佩雷阿斯和梅丽桑德》里面关于死亡的悲观神秘气息有了很大的不同。梅特林克认为："我们的一切都归功于亡人，他们不是

①　莫里斯·梅特林克：《玛兰公主——梅特林克剧作选》，管震湖、李胥森译，湖南人民出版社 1985 年版，第 246 页。

②　莫里斯·梅特林克：《玛兰公主——梅特林克剧作选》，管震湖、李胥森译，湖南人民出版社 1985 年版，第 256—257 页。

③　莫里斯·梅特林克：《玛兰公主——梅特林克剧作选》，管震湖、李胥森译，湖南人民出版社 1985 年版，第 261 页。

死者，他们活在我们中间，或活在身体的细胞里，或活在灵魂的回忆里。我们不与他们往来，我们只与生者往来，他们曾经是、依然是、也将永远是那些生者。"[1] 梅特林克对死者和生者将会相聚深信不疑，"我们若不在身外相逢，我们亦在灵魂里重逢，他们避在我们的灵魂里，我们必与他们相逢"[2]。他确信自己去世的先辈的生命就在后辈的灵魂里。作者的这种观念体现在狄狄一家人的欢聚里。"光明"十分体贴两个孩子，说不陪着他们进去回忆国看望家人了，"因为我去的话，会破坏家庭气氛……我在这儿附近等着，免得太冒昧了"[3]。事实也是如此，狄狄和米狄见到亲爱的爷爷奶奶和弟弟妹妹们，气氛是那样的融洽与欢乐，甚至爷爷因为狄狄不听话而打他耳光都是充满了幸福感。"光明"对生命和死亡之间相依相伴的关系十分清楚，她没有视死亡之后的状态为阴冷可怖，而是认为死亡是生命的另一个形式的延续。梅特林克在散文中对这些问题的阐述对理解这亲人相会的一幕至关重要。人们与亲人的灵魂都将会重逢，这自然是对必将经受生离死别之苦的人们的极大心理安慰。从隐喻的角度说，"光明"给予人类的是理解。剧中的"光明"明白人的情感需要，是"理解是光"这一基本隐喻的

---

[1] 梅特林克等：《沙漏：外国哲理散文选》，田智等译，三联书店1992年版，第9页。

[2] 梅特林克等：《沙漏：外国哲理散文选》，田智等译，三联书店1992年版，第13页。

[3] 莫里斯·梅特林克：《玛兰公主——梅特林克剧作选》，管震湖、李胥森译，湖南人民出版社1985年版，第257页。

具体化。

　　希望是光。夜神殿一场，将"光明"和"黑夜"直接相对。"黑夜"掌管的宫殿里，锁着世上所有让人可怕的东西。"大厅周围的岩洞里关着一切不幸、一切灾祸、一切疾病、一切恐怖、一切浩劫，总之，从开天辟地以来，生命遭受劫难的一切秘密，洞里应有尽有。"① 虽然是恐吓孩子的话，但也反映了人们对夜晚的基本认知。因为在夜晚，人们看不清东西，就容易感到胆怯，而且晚上绝大多数的动物都是安静的状态，让人感觉不到生命力的存在。所以，夜晚一般与人们害怕或者想躲避的东西相联系。但后来，孩子们还发现了星星、荧光、露水、夜莺等美好的事物。这是作者在黑夜的调色板上着力画出的亮丽一笔，这一点与前面所说的乐观的神秘主义的基调相符合。狄狄经受住了黑夜的恐吓，坚持打开了最里面的门，结果是一座仙境般的花园，而且有成群的飞鸟在飞翔，这带给了狄狄巨大的惊喜。众人都被这神奇的景象震撼了，争相将青鸟抓在怀中。但是很快事情发生了变化，他们的鸟全都死了。喜悦之后的失望，让狄狄大哭起来，他想不明白怎么回事，也觉得没有机会再找到这么多的青鸟了。这时候的"光明"上场了，她传递的是希望。"光明""（慈爱地把他搂在怀里）别哭，我的孩子……你没有逮到那只白天也能活的青鸟……它飞到别的地方

---

① 莫里斯·梅特林克：《玛兰公主——梅特林克剧作选》，管震湖、李胥森译，湖南人民出版社1985年版，第273页。

去了……我们会把它找到的。"① 这时的狄狄是遇到挫折的人们的缩影，本来觉得自己已经达到了目标，却受到突如其来的打击，瞬间失望至极。"光明"表达出的是对失败者的接纳，对希望的唤醒。希望是光，正是因为"光明"的安慰和指出的希望，狄狄才能有勇气继续前进。

智慧是光。森林那一场，"光明"隐喻的是智慧。这一场是全剧打斗最为激烈的，狄狄和忠实的狗面对众多树魂的攻击而体力不支，受伤严重。在马上就要溃败的一刻，"光明"及时赶来了，她提醒狄狄马上转动钻石，随着钻石的转动，树魂都不见了，立刻宁静下来。狄狄迷惑了，搞不清楚到底怎么回事，"光明"的话道出了事实的真相："他们始终是这副样子的，只是大家不知道罢了，因为我们看不见。我不是跟你说过吗，我不在的时候，别吵醒他们，否则可危险啦……"② 狄狄遇到了强敌难以支撑，想不出什么策略可以取得胜利，靠着转动钻石这个关键步骤立刻反败为胜，隐喻着人们在面对强大困难的时候，只有依靠智慧才能解除困局。

快乐是光。"光明"上场最多的是幸福乐园。在前面几场，"光明"都是在最后以引导者的角色出现。而在本场中，"光明"参与了里面的情节。这一场从内容上又可以分为两段，

① 莫里斯·梅特林克：《玛兰公主——梅特林克剧作选》，管震湖、李胥森译，湖南人民出版社 1985 年版，第 283 页。

② 莫里斯·梅特林克：《玛兰公主——梅特林克剧作选》，管震湖、李胥森译，湖南人民出版社 1985 年版，第 300—301 页。

前半段是肉眼看得见的幸福和后半段的肉眼看不见的幸福。肥胖的幸福最先上场，他代表着满足口腹之欲带来的快感。"光明"点出了这些肥胖的幸福非常庸俗，还提醒大家不要接受他们的馈赠，要不然很可能会忘记任务。狄狄面对美食十分心动。"光明"又提醒说，"这些东西很危险，能消磨人的意志。我们要完成任务，就得作出牺牲。你要坚决谢绝。"①这里"光明"的提醒更像是对全体人类的提醒：面对物质的诱惑，必须要记得精神上的追求。梅特林克一向对物质主义有着明确的拒绝态度，感兴趣的是无关物质的灵魂探索。作者借剧中人物之口，点出了发财的幸福、占有的幸福、一无所知的幸福、一窍不通的幸福、无所事事的幸福、老睡不够的幸福等，这些看似是幸福，其实是对生命的消磨。大幸福们拉着拽着两个孩子要让他们和自己待在一起。"光明"立刻转动了钻石，这些脑满肠肥、满面红光的幸福们立刻显露出原形，"原来他们都是些一丝不挂、丑陋不堪、没长骨头的可怜虫"②。在此，梅特林克也鲜明地表达了自己对物质享受主义的唾弃。"光明"说："我们终于看到了事情的本来面目。"③随着这些庸俗的幸福下场，终于迎来了"不怕钻石光明照射

---

① 莫里斯·梅特林克:《玛兰公主——梅特林克剧作选》，管震湖、李胥森译，湖南人民出版社 1985 年版，第 313 页。

② 莫里斯·梅特林克:《玛兰公主——梅特林克剧作选》，管震湖、李胥森译，湖南人民出版社 1985 年版，第 316 页。

③ 莫里斯·梅特林克:《玛兰公主——梅特林克剧作选》，管震湖、李胥森译，湖南人民出版社 1985 年版，第 317 页。

的那些幸福的灵魂"。① 钻石光芒成为检验一切事物真面目的利器。"光明"的话简直就是梅特林克要表达的心声,"世界上的幸福很多很多,多得超过了你的想象,不过,大部分人对他们却视而不见"②。从这里可以看出,把青鸟的含义定义为幸福是不确切的。如果青鸟是幸福,那么狄狄他们付出艰辛只是在追求那唯一的幸福,如果追不到青鸟,那么就不会幸福,这与作者表达的——真正的幸福无处不在的理念——相违背。如果说本场的前半段作者是通过否定来告知读者不要沉溺于物质的享受,那么下半场就是通过肯定来告知读者要追求什么。这些幸福都隐藏在日常生活中,因为太平常所以容易被人们忽略,有健康的幸福、新鲜空气的幸福、敬爱父母的幸福、春天的幸福、冬日暖炉的幸福、思想纯洁的幸福等等。这里与其说是儿童剧的可爱口吻,毋宁说是作者对生活感悟的严肃表达。幸福总在不经意的地方存在,人们常常去追求那些虚幻的幸福而忘记了真正的幸福。幸福又将欢乐叫来,这些欢乐有公正的欢乐、领悟的欢乐、恋爱的欢乐、母爱的欢乐等。作者在描述这些幸福和欢乐的时候,都运用了生活的感悟和朴素的哲理,形成了启人思考的隐喻。幸福说经常和欢乐在一起玩,这是人们认为幸福和欢乐常常是相伴相生的日常认识。还有对于母爱的

---

① 莫里斯·梅特林克:《玛兰公主——梅特林克剧作选》,管震湖、李胥森译,湖南人民出版社 1985 年版,第 317 页。
② 莫里斯·梅特林克:《玛兰公主——梅特林克剧作选》,管震湖、李胥森译,湖南人民出版社 1985 年版,第 318 页。

欢乐，也是运用了平时人们对于母爱的高度依恋。狄狄问母爱的幸福，怎么比以前年轻好看了，母爱的幸福回答孩子的是笑容可以让自己年轻。狄狄问母爱的连衣裙很漂亮，是用什么做成的，母爱回答："是用亲吻、眼神和爱抚编织而成的。……你们给我的每一个亲吻，都在我衣服上增添了一丝月光和一缕阳光。"① 剧中用了最美好的字眼来歌颂母爱，认为母爱是最美的欢乐，没有其他任何一种欢乐可以与之媲美。

接下来各种欢乐和"光明"的对话很有趣味。

（大欢乐们一阵骚动，纷纷拥了过去。嘴里喊着："光明在这儿呐！……是光明！是光明！"）

领悟的欢乐：（分开众人，上前吻光明）您就是光明，可我们还不知道哩！……我们年复一年地等呀等呀，等了您不知多少年！……虽然我们非常快乐，但是我们看不到自身以外的东西……

公正的欢乐：（也吻光明）……虽然我们很快乐，但是我们看不到自己影子以外的东西……

爱美的欢乐：（也拥护她）……虽然我们很快乐，但是我们看不到自己梦想以外的东西……

领悟的欢乐：好了，好了，我的好姐姐，别让我们再等了……掀开您的头巾吧，它遮住了我们的视线，使我们

---

① 莫里斯·梅特林克：《玛兰公主——梅特林克剧作选》，管震湖、李胥森译，湖南人民出版社1985年版，第325页。

至今还看不到最后的真理和最后的幸福……您是我们的女
王，能看到您的真面貌，是对我们的最高奖赏……

　　光明：(拽紧自己的头巾)……我得服从我主人的意
志。……时候还未到啊，但也许不久就会到了，……让我
们等待着不久即将出现的黎明吧……①

　　这表面看总共有三层意思：第一，众欢乐和"光明"的关
系很亲密，亲吻拥抱，在告别时都伤心流泪。第二，众欢乐虽
然非常快乐，但是看不到自身之外的事情，而"光明"可以让
他们理解"最后的真理和最后的幸福"。她是掌握着最大奥秘
的那个人。第三，"光明"认为还没有到把"最后的真理和最
后的幸福"统统交于欢乐的时候，她要服从主人的意志，揭示
奥秘的时刻可能很快就能到来。对应着，深层含义为：第一，
欢乐是"光明"的应有之义，所以，欢乐是光。第二，"光明"
包含着欢乐，但还有其他的内涵，如前面说过的理解、希望、
智慧等。因为人们的视觉中，"光明"是领悟、欣赏周围世界
的前提，所以，"光明"是一切美好的基础。欢乐是其中的一
种，生活里还需要有其他的元素。第三，主人的意志指的是人
的意志。"最后的真理和最后的幸福"一定会为人们所寻找到，
这是一种乐观的心态。

　　未来王国中，重点来看关于时间的隐喻。未来王国有一个

---

①　莫里斯·梅特林克：《玛兰公主——梅特林克剧作选》，管震湖、李胥森译，
　　湖南人民出版社1985年版，第328页。

负责掌管孩子投生的人——时光老人。他的任务是按照投生的
时间把青孩子们送上船。时光老人的装扮是：

> 时光，一位身材高大的老人，长长的胡须随风飘扬，
> 腰上佩着一把大镰刀和一个沙漏，出现在门槛上。与此同
> 时，可以看到一艘双排桨大帆船的金白相间的帆顶。船停
> 泊在罩着玫瑰红雾气的曙光码头上。①

时光老人身上带着镰刀和沙漏，这是时间的隐喻。镰刀涉
及了"人是植物"的基本隐喻。植物的死亡可以分为两种，一
种是自然的死亡，一种是成熟后被收割而死亡，主要适用于庄
稼。与前面讨论过的《玛兰公主》中的死亡作为人物来出现一
样，时光老人也是"事件是动作"的拟人化隐喻。时间原本是
没有施动者的，但人们依照将事件理解为动作的思维，就想成
一个人在收割庄稼，庄稼被割倒后死了，就意味着人死了。沙
漏用来做时间的衡量，由外形上的特点，人们会想到生命就是
拥有，一旦细沙全部流完，也就是生命失去了拥有的东西。而
要投生的孩子都要上船更是"生命是旅程"的隐喻运用。船作
为交通工具，是孩子们开始人生的起点。时光老人"起锚啦"
的喊声就是每个人在世上的降生，即人生的开始。"光明"在
本剧中唯一感到不能对抗的就是时光老人。这应该是梅特林克

---

① 莫里斯·梅特林克：《玛兰公主——梅特林克剧作选》，管震湖、李胥森译，
湖南人民出版社 1985 年版，第 342 页。

理解的"光明"的有限性。"光明"掌管着所有奥秘，知道最后的真理和最后的幸福是什么，但她没有明确地告知众人，而是带着众人一起去寻找，在寻找的过程中慢慢领悟。未来王国里的一切，是"光明"和孩子们在旁边以旁观者的身份来观察的。他们看到的是时间的不可逆转，和人们在时间里的必须服从。所有真理也必须是在时间的前提下进行，具有有限性。

告别的时候，"光明"这样对孩子们说："能做的，我们全做了。……现在应该相信了，青鸟是不存在的，或者说，一放到鸟笼里，它就会变色的……"① 这是他们追寻的总结。青鸟所代表的最终结果并不重要。重要的是那些快乐们要求"光明"给予的"最后的真理和最后的幸福"，这才是最大的关于生命的奥妙。这最大的奥妙并不在青鸟那里，而在"光明"那里，她在追寻青鸟的过程中已经用行动或语言告诉了孩子们这最大的生命的奥妙——那就是"光明"的含义——理解、希望、智慧、快乐，而这所有的一切都是在人生有限的前提下。"光明"说："我，没有像水那样的嗓子，我有的只是人们听不到的光……但我永远守护着人，直到时间的尽头……"② 宇宙的奥妙就在生活中。"光明"不仅作为剧中一个人物具有审美功能，更具有认知功能。如果没有"光明"，这个追寻的过程会因为

---

① 莫里斯·梅特林克：《玛兰公主——梅特林克剧作选》，管震湖、李胥森译，湖南人民出版社1985年版，第349—350页。
② 莫里斯·梅特林克：《玛兰公主——梅特林克剧作选》，管震湖、李胥森译，湖南人民出版社1985年版，第354页。

缺少引导者而无法完成。从剧的整体叙事来看，"光明"是一个关键的叙事角色，她串联起了场与场之间的逻辑。在夜神殿那一场的安慰、森林那一场的提醒、幸福乐园那一场的指引，都是将不知所错的孩子们带领到继续追寻的正确方向上来，让整个旅程可以持续进行。"光明"就像一根主线，使全剧的情节和人物都合情合理地编织到一起，对全剧的结构建立起着举足轻重的作用。

第四节　梅特林克隐喻运用的倾向性

梅特林克擅长在剧作中使用意象。意象本身有多种特性，作者注意了选取意象的某些特性来服务于整部戏剧的创作。隐喻的形成中，具体的源域概念有什么特点用来投射是靠人们的经验和个人的理解。事物的颜色、光亮的强度、物理形状、事件的整体评价，是持续的还是断断续续的，是重复的还是不重复的，是简短的还是延伸的，这些都可以由一个传统概念投射到另一个概念上。梅特林克的意象突出了超自然色彩。每个关键的场景基本都伴随着超自然意象的出现，而超自然意象又加深了关键场景的含义。两者相辅相成，共同营造出神秘幽深的风格。《玛兰公主》最突出的特点是，剧一开场就有一种说不清道不明但始终笼罩在每个人身上的阴沉的气氛。这种无法言明的沉重与恐怖一直持续到最后。剧中频频出现的各种怪异的征兆增加了全剧人物的躁动不安，让读者从中看到了命运是如何注定发生的。这诸多的异兆都围绕着"城堡"发生。城堡作为一个空间，城堡的里面和外面由一个至关重要的部件来决定——门。城堡里面是人居住生活的地方，是生命的状态，而城堡外面就是死亡的状态，与外界的通道便是生与死的界限。死神来敲门，是要进入界限之内，位置的改变（外与里）就隐喻着状态（生与死）的改变。死神是一个拟人化的意象，越过门这个界限，即是死亡进入了城堡这个容器。《玛兰公主》的结尾，种种可怕的事情发生了，死亡侵吞了一个个鲜活的生命，却达到了一种平衡——生与死的平衡。梅特林克的个人认知中，死亡是需要主动接受的。他哲理散文《沙漏》用抒情的笔触写出了对于人生的思考。开篇提出的问题是，应该怎样去面对未知？作者认为，未知永远是相对的、暂时的。人通过思索和追寻可以不断将未知变为已知，在思考的时候，人才是真正地活着。而人的命运的结束只能是"悲哀、痛苦和死亡"。死亡是梅特林克戏剧的最重要主题之一，尤其是前期作品都浸透在死亡的阴影之中，但又有着一种神秘的超脱心理。理解死亡，接纳死亡，才是真正理解了生命，接纳了生命。就这样，一方面，源域的知识拓展了人们对于目标域的知识，另一方面，作者有意打破了固有的期待，与日常理解不同，形成文本的独特性。与此类似，《佩雷阿斯和梅丽桑德》中关于头发的本体隐喻，以及《青鸟》中关于"光明"的基本隐喻，均以人的普遍认知为基础的，同时作者又做了具有倾向性的变形，使之成为独特的诗性隐喻。

　　隐喻可以参与戏剧的叙事结构。戏剧也是一种叙述文体，但是通过戏剧来讲述故事与其他体裁存在明显区别。因为戏剧绝大多数篇幅都是人物对话，还有少量的人物动作介绍和舞台说明，这种特点就极大地限制了叙事方式。作者很难直接去对人物思想做出评论，表达人物的心智状况就要采取不同的方式。此外，戏剧是表演的艺术，作者在创作剧本时要考虑演出现场的观感以及舞台效果。在这些前提下，隐喻可以担负起部分叙事功能。如《玛兰公主》中，城堡这个容器作为一个密闭空间，它将要被打破的前兆，被打破的过程，被打破后的结果，就形成了全剧的情节。那么这个容器状态的变化就以界限的变化为标志，所以我们看到了大量的关于门和窗的描写。进入城堡的过程与全剧的情节的发生、发展、高潮和尾声一一对应。《佩雷阿斯和梅丽桑德》中的头发作为一个不常见的容器隐喻，更是连接起了前后的情节。如果没有这个关键隐喻的存在，前面所铺垫的感情也无法获得爆发的点，后面激烈的刺杀和悲凉的死亡也没有可能出现。

　　隐喻是作者的理性和情感的结合，在更深层次上讲，除了审美效果，更是体现了人们通常的认识世界的思维模式。真正有生命力的隐喻，是审美功能和认知功能的统一，只强调审美功能而忽视认知功能是不全面的。而且，从认知角度对隐喻的探讨，还能让我们更清楚这个隐喻的来源，以及在此基础上作者做了什么样的有倾向性的变形。隐喻，不只是文学领域内的探讨，还是人们认知的结果和表现。《玛兰公主》《佩雷阿斯和梅丽桑德》到《青鸟》中的隐喻分析反映了作者思想的变化。浓重的死亡气息淡化了，对生命奥秘追寻的热情在强化。梅特林克思索的生命命题是在哲学层面上进行的。生命意义不在于最后的结果，而在于追寻意义的过程。正如最重要的不是发现青鸟、抓到青鸟，而是在追寻青鸟的过程中，用理解、希望、智慧、快乐来度过生活，以此来体会生活中的真善美，这才是最大的奥秘。

第四章　路径隐喻与克洛岱尔
戏剧人物形象塑造

　　保尔·克洛岱尔是法国象征主义戏剧的代表人物，代表作有《城市》《交换》《正午的分界》《给圣母玛利亚报信》及《缎子鞋》等。他 1890 年皈依天主教，一生都保持着对信仰的虔诚。其文学创作倾注着浓烈的宗教情感，几乎所有的戏剧主题都是宣扬天主对人类罪恶的救赎和对人类出路的指引。柳鸣九先生曾这样评价克洛岱尔："基督教曾把自己的理想、诗情与趣味的烙印打在建筑艺术之中，它的思想家、作家如夏多布里昂也曾力求按近代生活的需要来发掘与证明基督教在文学艺术中的美，是谁把基督教的美学趣味推上戏剧舞台并赋予现代的色彩？克洛岱尔显然要算是一个。"[1] 对基督教的强烈归属感，使他的戏剧、诗歌、文艺评论都洋溢着无处不在的宗教激情。克洛岱尔创作文学作品时将宗教救赎作为主旨，在评论艺术作品时也往往从此处着眼，绘画、音乐、雕刻、建筑等在其笔下

----

① 　柳鸣九：《缎子鞋：基督教——象征主义戏剧的代表作》，《外国文学研究》1991 年第 4 期。

都映射出天国的神秘光芒。克洛岱尔的戏剧善用意象，采用诗剧的形式，用词繁复富丽，充分调动了人的各种感官，营造出朦胧飘忽的美学格调，使其作品有多种解读的可能性。正如柳鸣九先生曾指出的，克洛岱尔的戏剧是"基督教——象征主义戏剧"。本章主要以其戏剧代表作《城市》《给圣母玛利亚报信》为分析对象，探讨隐喻运用与人物形象塑造之间的关联。

第一章的理论介绍中，曾涉及路径图式。路径图式是人最重要的意象图式之一。路径图式源自人的空间经验，由一个地点到另一个地点去，必然会产生出路径，必然会经过路径上的所有的地点。而且，往往在路径上增加方向性这个维度。我们从一个地方出发，到其他的地方去，是为了一个目的，这就有了固定的指向。也就是说，向着目的地前进，就排除了其他非目的地的方向。在路上行走，还必然发生在时间之中，所以，路上的地点也有了时间的维度。

正因路径图式在人们生活中的基础性，在此基础上形成的"目的是终点"是人类最重要的基本隐喻之一。目的地就是目标，方式就是路径。实现了某个目的，就是到达了路径的终点。相反，如果没有实现目的，则是在路上遇到了障碍，不能继续走下去。这一隐喻帮助人们将很多抽象的事物作为路径以及路径中包含的因素来理解。人们可以将很多抽象的目的都视为一段路程的终点，从而衍生出更多的基本隐喻。如从"目的是终点"延伸出来的以生命、职业为目标域的基本隐喻就是"生命是旅程"和"职业是道路"。这样的隐喻在日常语言中比比皆是，已经成为无意识的运用，如"我们一定要坚定地走下去，实现心中的理想"，"他的事业正在走上坡路，虽然暂时困难，但以后的前景很好"等。《城市》等戏剧中的人物的象征含义就从对路径图式的隐喻运用中建立起来。

克洛岱尔有意识地将路径图式应用到创作中，通过路径及相关的元素作为源域来映射寻找信仰这一目标域。通过文本分析，"目的是终点"的基本隐喻以及相关衍生的基本隐喻可以明显被识别出来。克洛岱尔戏剧运用路径图式的隐喻很广泛，几乎每个人物都是通过路径隐喻来表达自己的观点，从而形成人物的性格差异。克洛岱尔对路径图式的隐喻运用进行了有倾向性的变形，形成了自身特色，凸显了在思想上的独特性。对文本中隐喻的分析，不仅能够阐释文本的主题，还可以解读人物形象，可以为克洛岱尔戏剧的思想特点和倾向研究提供一个角度。本章就以《城市》《给圣母玛利亚报信》中不同人物对"生命是旅程"这一基本隐喻的不同运用来分析人物特点，以及其中蕴藏的作者的导向性。

第一节　基本隐喻"生命是旅程"与《城市》的
人物形象塑造

《城市》有一个中心问题：如何重建一座陷入重重危机的城市。四个主要人物朗贝尔、拉瓦尔、贝姆、科弗尔代表的是不同的信念，他们的结局又服务于宗教信仰的胜利。人物的共同点是，都将城市重建视为走上一条通向新城市的道路，而城市重建则隐喻着众人得救获得新生，所以人物对道路的理解就成为人物追寻各自真理的隐喻。

一、关于《城市》

《城市》没有序幕，朗贝尔·德·贝姆和阿瓦尔两个人谈论的是一座城市目前面临的情况。朗贝尔是曾经的政治强人，但现在只想退隐，享受休闲时间。而阿瓦尔眼中的城市则透露出严重的不安情绪。忽然，城市着起了大火，这是人们在阿瓦尔的指引下进行的破坏和罢工。对这场正在蔓延的烧掉很多城市建筑的大火，阿瓦尔展示出不同寻常的兴奋和激动。因为他憎恨这个只有钢筋铁骨而没有希望的城市，想要毁灭这一切，认为只有这样，才是拯救城市的方法。朗贝尔的兄弟伊西多尔·德·贝姆和另一个主要人物科弗尔上场。贝姆是一个功利主义者，认为掌握了现实的物质，就掌握了一切，蔑视信仰等无形的存在。虽然贝姆面对一个极速创造着财富的物质世界豪情万丈，但也有着解释不了的困惑，那就是必将来临的死亡带来的痛苦，"一种更为黑暗的痛苦，更令人忧愁的奴役"①。科弗尔则相反，认为世上的东西存在并不是为了有用，所有存在的一切都有着无关功利的使命。朗贝尔不满于社会的不公正，有着感性的义愤，但找不出问题的解决方法，很快死去。阿瓦尔

① 保尔·克洛岱尔：《正午的分界》，余中先译，吉林出版集团有限公司2010年版，第19页。

坚持只有毁灭才能重建新的城市，让城市里的人们罢工，不再从事劳作，城市陷入了瘫痪。现有城市的缔造者贝姆想要恢复原有的秩序，但预感到问题已经无法解决，后被反抗的人们所杀。面对毁成一堆瓦砾的城市，人们有着破坏一切的快感，却不知道接下来应该何去何从，将希望寄托在带领摧毁旧有一切的阿瓦尔身上。但阿瓦尔却认为毁灭本身就是目的，选择了离开。大家推举科弗尔的儿子伊沃尔做首领，但伊沃尔同样处于困惑之中。此时，科弗尔出现，讲述了耶稣如何为了人们犯下的罪孽而甘愿遭到刑罚，"那是人类之子的痛苦，他想尝受我们的罪孽"①。在科弗尔的引导下，包括伊沃尔在内的众人都信了天主。他们将带着对天主的信仰，重新建立起充满生机的新的城市。

　　剧中人物虽然是以个人形象出现，但分别代表了各个不同立场的人类群体。他们对作者所倡导的天主信仰态度不同，因而命运不同。通过对比，突出了科弗尔所代表的人类的真正拯救之道——这即是作者克洛岱尔的主张。本节想要探讨的是，作者在塑造不同人物时，是如何通过路径隐喻来完成的。也就是说，路径隐喻如何有效构建人物的特性，继而怎样由此来构建全剧的主题意义。人物在阐述自己的观念感受，以及评论其他人时，都频繁使用了与路径相关的隐喻。这些隐喻都来自人们日常生活中的认知，同时更重要的是，作者根据表达倾向的需

① 　保尔·克洛岱尔：《正午的分界》，余中先译，吉林出版集团有限公司2010年版，第83页。

要，对这些基本隐喻做了有目的的变形，由此达到了人物形象区别化的目的。通过隐喻的分析来探讨人物形象的象征意义，说明了隐喻研究在文学研究的具体层面上有较广泛的适应性。

二、朗贝尔："我负责打开归途的大门"

朗贝尔曾经是政治强人，具有朴素的平等思想，想寻求解决问题的方法，但最终失败。他一上场的第一句话，便是关于道路的。舞台说明是两个男人迎面相遇后又交臂而过。朗贝尔说："一个已知的场内的细微运动决不会盲目产生，人类的脚步也是如此。"[①] 他认为两个人因为某种差异，所以不可能走在一起。这是第一个关于路的隐喻，而且上升到了人类的高度。接下来是另外几个人上场，朗贝尔的评价是"他们将在同一条路上再次出现"[②]。朗贝尔充满哲理的话提示着，道路并不仅是存在于物理空间的一条路径，而是无形的人类精神的探索。朗贝尔自认已经洞悉到最后的结局，所以只想休息，不想再关心城市的未来。他希望娶养女拉腊为妻，这时阿瓦尔质问他："这就是城市的带路人吗？"[③] 朗贝尔的回答也是以路自喻："两只美丽的眼睛照亮了我生活的道路！""以道理引导人们比以铁

[①] 保尔·克洛岱尔：《正午的分界》，余中先译，吉林出版集团有限公司 2010 年版，第 3 页。

[②] 保尔·克洛岱尔：《正午的分界》，余中先译，吉林出版集团有限公司 2010 年版，第 4 页。

[③] 保尔·克洛岱尔：《正午的分界》，余中先译，吉林出版集团有限公司 2010 年版，第 6 页。

血驱逐人们要辛苦得多。"① 这里的问答，都是基于"生命是旅程"这一基本隐喻。以"带路人""我生活的道路""引导"这样来自物理空间的"道路"元素作为源域，来映射人生的探索。把人生追求真理的过程隐喻为道路，所以给大众以目标的那个人就被隐喻为"带路人"。"带路人"更多的是带领众人的职责，对大众精神上的指导就犹如迷路时的"引导"。朗贝尔此时只想要享受爱情，不再想考虑城市的未来，也就是不再承担带路人的角色，最后已经看透了一切，决意死去。他退缩隐匿的想法在社会上是行不通的，并不能达到让人们获得真正平静生活的目的。对于自杀的心理，也是通过路径隐喻表达的。

> 我负责打开归途的大门，这惰性十足的聋不可闻的门，谁遇到它都会认不出来，这道门槛，人们越过它走入木头的衣装中。②

生命是旅程，那么死亡就是生命旅程的终点。既然朗贝尔自认已经没有活着的理由和价值，就是马上要到路程的终点了。"我负责打开归途的大门"，除了将生命终点视为死亡外，还蕴含着一个基本隐喻：状态是地点。死亡是最后的状态，也

---

① 保尔·克洛岱尔：《正午的分界》，余中先译，吉林出版集团有限公司 2010 年版，第 6 页。
② 保尔·克洛岱尔：《正午的分界》，余中先译，吉林出版集团有限公司 2010 年版，第 50 页。

是最后的地点，进入某个位置或者离开某个位置就隐喻着状态的变化。如果进入或者离开，就应有传统的"门"为地点变化提供标志。死亡，就是通过"门"进入某个地点。这个地点是什么？只能是墓穴。"木头的衣装"在人们的认知中只能被理解为装殓去世之人的棺木。平时的语言表达中，我们也经常会有"死亡的门槛"这样的说法。这里的"门"和后面要谈到的科弗尔说的其他人可能在安装"门"，以及阿瓦尔说的不能让那些富人过房子的"门"，都是"状态是地点"的基本隐喻。朗贝尔说明他要打开归途的大门，就隐喻着要进入死亡的状态。还有另外两处语言说明和舞台说明来做此隐喻理解的印证。朗贝尔自述："我认识到了真理，我与死人画了等号"[1]，与此后的舞台说明"朗贝尔慢慢离去，人们看到他在一座坟墓后面倒下"[2] 共同与前面的将死亡视为道路的终点和最后的地点做了呼应。"我负责打开归途的大门"还突出了"我"的主动性——这是因为朗贝尔的心灰意冷，所以自愿求死，这一抽象的精神状态就通过打开大门这一具体动作得以投射。

三、阿瓦尔："我再也不能逗留下去了"

在阿瓦尔看来，毁灭本身即是目的，所以他在看到房子焚

---

[1] 保尔·克洛岱尔：《正午的分界》，余中先译，吉林出版集团有限公司2010年版，第50页。

[2] 保尔·克洛岱尔：《正午的分界》，余中先译，吉林出版集团有限公司2010年版，第54页。

毁之后，就异常兴奋。他认为将现有的城市完全毁坏，就是追求真正的真理。阿瓦尔将城市重建视为一条道路，所以旧有的城市格局就像一座充满了罪恶和危险、必须要清除掉的障碍物——房子。只有破除掉这个路障，通向自由的大路才能通畅。旧有的城市被具体化为一座有着正常形态的房子，掌管旧城市的当权者被具体化为房子的主人。所以，阿瓦尔要摧毁房子以及房子的主人就成为要彻底颠覆旧有城市的隐喻。这个房子有着具体的形状，房子里有房间、楼台、楼梯、屋顶，楼下有大门，大门上安上了锁等。阿瓦尔要站在门口，不让房间的主人跨过门槛。房子的主人要被驱逐，房子要被撞击被焚烧。他想要见到的是富有的主人"像雪人一样融化倒下"①，像叶子，像鸟一样"一下子全部落下"②。

阿瓦尔对城市的解救就是毁灭，毁灭本身就是目的。所以他将城市毁灭比作在黑暗中看到了光明，"我将撞击这腐朽的住宅，……我将把人类从这地方驱逐干净。时机已到！因此，看到这烈火，我高兴得心花怒放。我就像在黑夜中睁大着眼睛的人，看到了一线光明。"③在阿瓦尔的坚持下，城市在大火中被彻底焚烧，大火烧了十天十夜，一切都化为了灰烬。数年

---

① 保尔·克洛岱尔：《正午的分界》，余中先译，吉林出版集团有限公司 2010 年版，第 9 页。

② 保尔·克洛岱尔：《正午的分界》，余中先译，吉林出版集团有限公司 2010 年版，第 9 页。

③ 保尔·克洛岱尔：《正午的分界》，余中先译，吉林出版集团有限公司 2010 年版，第 9 页。

后，面对城市的废墟，阿瓦尔对追随的人们说自己十分满意，城市被毁掉，他心中那种破坏欲得到彻底的释放。这时，他表示要离开了。众人说："阿瓦尔，你不能走！你已经把我们带到现在这种地步，你不能就这样突然撇下我们不管……"① 阿瓦尔表示，所有的破坏都是值得的，但是接下来怎么做是他无力回答的问题，"我再也不能逗留下去了。哪儿能够重新听到声音，我就将奔向哪儿"②。阿瓦尔选择在探索真理的道路上撤离，去了未知的地方，隐喻了他寻求不到真理。他没能到达路径的终点，也即没有达到最初的目的。

四、贝姆："我像一个迷途者一样游荡"

在贝姆看来，城市里的一切都值得赞颂。他兴建了这座城市，制定了规则，自认是城市之父。《城市》的创作背景，正是一个工业化大步兴起的时代。"铁轨"为代表的工业文化正在侵占农业文化的"草地"，铁轨以其刚硬冰冷的力量战胜了柔软茂盛的草地，工业社会的强硬规则让人为了生活必须服从。贝姆认为是自己建立的工业体系使得城市按照秩序运转，人们都在按照机器的节奏创造财富。他自认为是与神一样的创造者，信仰已经失去价值，信仰的最高体现者——神祇已经没

---

① 保尔·克洛岱尔：《正午的分界》，余中先译，吉林出版集团有限公司2010年版，第70页。

② 保尔·克洛岱尔：《正午的分界》，余中先译，吉林出版集团有限公司2010年版，第71页。

有了存在的必要，人人自己即可为神，"再也没有神祇了……
人们亲自登上祭祀的坛座……摄食时，每人坐在各自的祭坛
上"①。以自己为神，这是何等的傲慢，充满着推翻神像之后的
无理与放肆。被推翻的神祇是上帝，被消解掉的是信仰，这暗
合了 19 世纪末的社会思想变化。贝姆虽拥有巨额的财富，有
着奢侈的物质享受，但始终被死亡的痛苦所困扰。人必将死
亡，这种桎梏让贝姆无法逃离恐惧。因为恐惧，他无法理性地
投身于工作，总是在思考，却得不到解脱的办法。物质丰足
形成的外在气势和因信仰消解而导致的精神贫瘠让贝姆成为
一个矛盾体，找不到获得心理安宁的出路："然而我，因为富
有，我就自由；因为自由，我就孤寂；因为孤寂，我就独自一
个人承担一切死亡的重任，承担所有人、所有生命物的全部厄
运。"② 也就是说，贝姆代表的工业社会里，物质丰裕与精神匮
乏的矛盾难以调和，成为社会顽疾。这种不可解的状态，贝姆
以一段关于道路的隐喻来表述：

> 要知道，有时候在夜里，我从这里走下，我到城里
> 去，在空荡荡的大街上，在酣睡入梦的市民中间，我像一
> 个迷途者一样游荡。

---

① 保尔·克洛岱尔:《正午的分界》，余中先译，吉林出版集团有限公司 2010
年版，第 16—17 页。
② 保尔·克洛岱尔:《正午的分界》，余中先译，吉林出版集团有限公司 2010
年版，第 19 页。

石块哟!

死气沉沉,微不足道的居民哟!人们千方百计地保持独居的地方哟!坟墓哟!你的道路怎么显得如此错综复杂啊?

人永远走不出他为自己建造的墓穴。①

　　这一段隐喻与阿瓦尔的隐喻用了相同的源域,却映射为不同的目标域。贝姆首先将自己隐喻为"迷途者"。这个意象正是照应了前面贝姆所自述的物质丰足和精神匮乏的冲突。他不确定工业时代的做法是不是正确的,为什么获得了巨额的财富之后,反而在心灵上产生了深刻的恐惧。他不知道城市该怎样运转下去,不知道如何才能获得正确的发展方向。他是一个找不到方向的迷路者,也是一个不知如何继续的探索者。贝姆要到城里去,空荡荡的大街上没有同行者,因为市民们都睡着了,带着不假思索的麻木睡着了,即隐喻着绝大多数的社会成员对于探索真理都没有足够的认识。显然市民需要一个真正的引路人,把他们从麻木的沉睡中唤醒,而市民目前的引路人即现有城市的缔造者贝姆自己都没有明确的思路,显然,他不能引领市民走向城市。所以,贝姆所代表的工业社会的推动者不是人类社会的真正解救者,而是自取毁灭者。"目的是终点"的基本隐喻在阿瓦尔和贝姆的使用中有了不同的变形。阿瓦尔

---

① 保尔·克洛岱尔:《正午的分界》,余中先译,吉林出版集团有限公司2010年版,第20页。

将现有社会视为路上的障碍，毁灭之而后快。贝姆将现有社会直接视为路上的目的地，是不得不的终点，认为人们不可能绕过现有社会获得自救。在贝姆看来，死亡是去往最后的一个目的地。

同阿瓦尔一样，贝姆也提到了石块——造房子的原材料。阿瓦尔将房子视为路上的障碍，贝姆将房子视为路途的终结。阿瓦尔认为城市正在残害着人们，所以破除掉才能给人以真正的自由，破除本身就是目的。所以，他一看到房子着火，就觉得完成了反抗的任务。贝姆则认为城市已经找不到出路，必将在精神空虚中终结，所以人们对此无能为力，只能任由被动毁灭。对于贝姆来说，房子具有双重属性——一重属性是人们要居住的生活必需品。人们需要有一所房子来遮风挡雨，有独立空间可以保障生活的需要，所以这是"千方百计地保持独居的地方"。另一重属性是埋葬人们生命、精神和未来的"坟墓"。房子既是"家"，又是"坟墓"。"家"是人们所必需、想方设法要拥有的地方，而"坟墓"是会埋葬一切、是人们拼命想要躲避和逃离的地方。但是在贝姆看来，房子同时拥有这两个矛盾属性，对于房子的态度自然也是矛盾的。房子是"家"，需要保护。房子是"坟墓"，必须逃离。如前所述，房子是现有的城市模式的隐喻，一方面使人们有了工作机会，可以换取报酬满足生活需要；另一方面又使人们落入了精神迷失的泥潭。所以贝姆会喊出："你的道路怎么显得如此错综复杂啊？"的心声。他理解目前的城市已经呈现出严重的危机，不管他多么愿意维持下去，恐怕也会因内在的不可持续而走向破灭。虽然城市曾经保证了人们生存的需要，它最终还是会吞噬掉人们——变成坟墓。所以他总结道："人永远走不出他为自己建造的墓穴。"将"家"和"坟墓"并置在一起，并非作者独创，而是人们的认知习惯。在人的观念中，死后的人也要有地方居住，所以要给将死的人建造死后居住的房子——坟墓。石头可以是造房子的原料，也可以是造坟墓的原料。房子是人在活着时候的住处，而坟墓是人在去世之后的居所，由房子这个传统的意象投射到墓穴这个传统的意象上，两者重叠。人们想到墓穴就会联想到死亡，而想到房子往往将它作为最后的目的地。死亡就是回到房子，房子又与家的概念相通，所以死亡也就是回家。房子的意象和坟墓的意象叠加在一起，形成由房子到坟墓的映射，形成一个隐喻。

五、科弗尔："我行走，我思考"

科弗尔甫一上场就提出了现实存在是因为上帝的创造。"那创造我们，保留我们，看重我们的天主，虽然不为众人所知，但是他知晓我们。我们秘密地为他的荣耀而献身。"[①] 这是全剧第一次正面出现天主的形象。与前面阿瓦尔提及的市民是一群正被屠杀而找不到逃亡方向的绵羊形象统一于基督教教义的系统内。他是一个思考者，思考着人类社会究竟要怎么才能得到

---

① 保尔·克洛岱尔：《正午的分界》，余中先译，吉林出版集团有限公司 2010 年版，第 15 页。

真正的安宁和平静。科弗尔不看重物质，认为看似无用的东西能够带来真正的欢乐。他的探索是在孤独大道上的前行：

> 我孑然一身，像是一个沮丧的忧愁汉，我在大路上游荡，捡着石子与木块，我行走，我思考，我走进莽莽森林，不到天黑我不出来。
>
> …………
>
> 但是我像一个再次渡江的人，吐出口中的水，他已来到另一边的河岸。
>
> …………
>
> 也许别人听不到反而更好：因为他们要想听，说不定就得停下手中的活儿。
>
> 他们也许正在建造房子，灵巧地装配大门。
>
> 而我，我将单枪匹马地从事我的工作。
>
> 我将像一头大象那样开始行动，它可是要在早晨出发寻找一个涉水过河的地方。
>
> 我也将这样前进，在我死去的地方，人们将找不到我的尸体。[1]

科弗尔这个人物前后有变化。刚出场时的他，带着对天主的虔诚信仰想以其救世，但是并没有很多的信心，也不能确

---

[1]　保尔·克洛岱尔：《正午的分界》，余中先译，吉林出版集团有限公司 2010 年版，第 27—28 页。

定是否可以拯救人类。他孤独行走在大路上，穿过森林，渡过江河，为了寻找真理而苦行。虽然前路未知，他却抱定了不悔的信念，纵然不知何处所终，但为信仰而寻求的过程本身就是值得的。这里又出现了"房子"这个意象，还特别突出了"房子"中的组成部分"门"。科弗尔不想管其他人是否在修建房子，只想做自己的工作。结合前面的分析，我们可以很容易地理解此处的隐喻意义。工业时代的社会正在不断地形成和运转。房子不断被建起来，隐喻着现有的社会模式仍在惯性延续。但科弗尔并不想以天主的信仰去改变这一切，他想做的是追寻上帝的足迹，领悟更多神迹。他对上帝的领悟还没有达到能够真正让其深入人心的地步。很多年过去了，在伊沃尔准备承担起引领众人的任务却不知方向的时候，科弗尔又上场了，与以前的形象有了明显的区别。这时的科弗尔以饱满的热情和极度的虔诚向民众宣传教义，为城市重建提供了真正可行的依据。他坚信，皈依天主是人类可走的唯一道路，也是唯一可以得救的方法。"在深奥的学问中我获得了另一次诞生。我重新出现在这迟疑的时刻，要在这梦幻之城的碎屑上建造起确确实实的大厦。"① 伊沃尔问天主在哪里，科弗尔还是以道路隐喻作答："他哪里都不在，但我不知如何躲避他，我走在道路上左躲右闪终归枉然，从这点

---

① 保尔·克洛岱尔：《正午的分界》，余中先译，吉林出版集团有限公司2010年版，第75页。

说，我虽不认识他，但我能认出他。"① 科弗尔认为天主无处不在，这是必然的真理。他向众人描绘出受难的耶稣形象，指出耶稣是为了人类的原罪而受尽痛苦。科弗尔的回答都是路径隐喻，表达了在追寻上帝过程中曾经的徘徊和茫然，以及现在的醒悟和欣喜。

六、伊沃尔："我愿成为人们的引路人"

伊沃尔阐明自己的思想时，也是采用的路径隐喻。他认为保障民众的幸福并不是终极目标。他认同的是：

> 秩序存在于牺牲之中，必须让牺牲显出自身之美来。
> 我愿成为人们的引路人，而不是牛羊的牧者。②

他想成为引导人们寻求真理的领路人，但是具体怎么做并不清楚，此时又是隐喻："但是，话说到这里，我的精神探究停步了。我踌躇着。"③ 精神上没法思考清楚，就表达为"停步"和"踌躇"这样道路上的元素。发生在实际空间的道路作为源域，发生在无形空间的精神状态作为目标域，两者之间形成映

---

① 保尔·克洛岱尔：《正午的分界》，余中先译，吉林出版集团有限公司 2010 年版，第 78 页。
② 保尔·克洛岱尔：《正午的分界》，余中先译，吉林出版集团有限公司 2010 年版，第 73 页。
③ 保尔·克洛岱尔：《正午的分界》，余中先译，吉林出版集团有限公司 2010 年版，第 74 页。

射。在听父亲说完信仰之后，伊沃尔选择了相信，选择了带领众人聆听上帝的教诲。他找到了上帝的信仰，找到了真正的唯一的真理，是剧中所有人在寻求真理的道路上获得最终成功的人，所以《城市》最后一句话是："至于我们，我们将定居在城市的中心，我们将建立起法律。"① 科弗尔是上帝的化身，而他的儿子伊沃尔则是上帝之子耶稣的化身。伊沃尔带领众人重建城市，即是决心以自己的牺牲来换取众人的新生。他在被人们选为首领之前，就着重强调了牺牲的重要性，并下定牺牲自身的决心。经过科弗尔的启示，他更加领悟了天主无处不在，领悟了耶稣为了人类所受到的磨难，决定投入引领人们重建信仰的使命中去。

《城市》具有浓重的基督教色彩，将基督教义通过人物之口详细地阐述出来。在阿瓦尔眼中，人们就像待宰杀的绵羊，聚集在一起恐慌地咩咩叫，被围在城市的围墙中找不到逃走的出口。一方面，绵羊带着自身的原罪，它们找不到通向自我解救的路在哪里；另一方面，绵羊正在混乱中被杀戮，处于迷茫又悲惨的境地，这正是城市中的人的状态，而城市中的人又是全人类的象征。人类找不到自救的出路，盲目地拥挤在一起，被动地被屠杀而毫无反抗的能力和方向。而正在奴役屠杀着人们的正是疯狂发展而又缺乏精神信仰的工业文化。这种现状下，朗贝尔式的逃离，阿瓦尔式的破坏，贝姆式的攫取都不能

---

① 保尔·克洛岱尔：《正午的分界》，余中先译，吉林出版集团有限公司 2010 年版，第 88 页。

让象征人类命运的城市得以重建。科弗尔以更加坚定、更加虔诚的面貌重新出现，正面阐述教义，并明确发出主张："我相信唯一的活生生的天主，我相信唯一的永生的天主，集三位于一体的天主多么清晰，多么简明，多么具有创造力；我还相信耶稣基督，他唯一的儿子，我们的救世主，真正的天主，真正的人。"① 对天主热情的赞美与虔诚的信仰，让《城市》成为克洛岱尔戏剧中基督色彩尤为浓厚的一部。在文本层面上看，朗贝尔、贝姆、阿瓦尔、科弗尔、伊沃尔都反复使用着道路隐喻。他们探索着城市重建的模式，在语言表达上都选择了道路作为源域，并选择了道路源域中比较集中的几个元素来进行映射，如引路人、方向、房子等。但每人不同的思想让他们使用了不同的关于道路隐喻的诗性隐喻。只有伊沃尔获得了启示，带领人们皈依了天主，寻求到了终极真理，所以他也是全剧唯一一个顺利走到道路终点——城市中心的人。

　　路径隐喻不仅准确传达了戏剧的主题，也完成了人物形象的象征意义的建构。也就是说，路径隐喻不是《城市》的修辞手段，而是其整体的构建方式，决定了主题、人物、结构等传统的文学要素。作者对这些隐喻的运用首先是以人们的常规认知为前提的。在此基础上，作者还凸显了自己的特色。因为浓厚的宗教情怀，所以文本在普通的路径隐喻上还强调了路上的指路人角色——突出了人在经历中的指导者——上帝。正如人

———————

① 保尔·克洛岱尔：《正午的分界》，余中先译，吉林出版集团有限公司 2010 年版，第 83 页。

们在实际生活中迷路时会依靠指路人的帮助一样，在精神探索不知方向时也要依靠上帝的指引。而且，剧中的正面人物，因为信仰的虔诚，对精神探索从来不会退缩，不会计较得失，总是不怕牺牲地坚持到底。这种抽象的特质就隐喻性地体现在那些坚持自己的道路，坚决去除掉路上的障碍，最终到达目的地这一系列的细节上。

《城市》中除了大量的道路隐喻的运用，还涉及了中心——边缘图式的隐喻。据身体经验，身体有中心和边缘之分，中心是躯干和内脏，边缘是四肢等。心脏比四肢重要，中心比边缘重要。所以在隐喻式的理解事物时，会把其重要的地方理解为一个实体的中心，把不重要的地方理解为一个实体的边缘。作者为了突出天主在人们精神生活中无可替代的核心作用，就使用了国王之于百姓就像心房之于内脏的隐喻。每个个体，如果心脏不能正常工作，那么生命就岌岌可危。内脏居于躯干，人们传统认为心脏又位于内脏的中央位置，相对于四肢来说，心脏显然对于生命有最重要的意义。社会也像一个人，要正常运转也必须有着各种器官和身体部分同时工作。社会里的不同人就充当了内脏、四肢、眼睛、头等身体部分。"那么国王又是什么？百姓万民中这最神圣的国王，不就是位于内脏之中央的心房吗？……它的每一下搏跳，都推出沸腾的热血与圣洁的空气结成姻缘，都向每一个器官的神经末梢送去生命的活力。"[1]国王

---

[1] 保尔·克洛岱尔：《正午的分界》，余中先译，吉林出版集团有限公司2010年版，第86页。

作为国家的灵魂人物，作用也像心房一样，给每个人以精神的引导。所以国王必须具有坚定的信仰，如此，整个社会才能拥有正确的导向，才能以精神的力量去重建垮塌的信仰。朗贝尔式的退缩和贝姆式的矛盾不能在根本上解决人的精神危机和生存危机。拥有信仰的首领才能带领人们建立一个有生机的未来。朗贝尔、贝姆和阿瓦尔都曾经做过城市的首领，他们的错误导致了城市充满重重危机，只有伊沃尔这样的人作为社会指引者，才是唯一的正确方向。由此，加强了主题的表达。

第二节　基本隐喻"生命是旅程"与《给圣母玛利亚报信》的人物形象塑造

《给圣母玛利亚报信》是克洛岱尔的另一部代表作，从题目上就能看出其宗教色彩。与《城市》相似，《给圣母玛利亚报信》通篇也采用了很多的路径隐喻。剧中的主人公在追寻信仰的道路上无畏前行，传达出坚定的信念。

一、关于《给圣母玛利亚送信》

戏剧背景设置在中世纪。一开篇是皮埃尔和女主人公薇奥兰的告别。薇奥兰是皮埃尔主人的大女儿。皮埃尔是个教堂建造师，要离开薇奥兰的家，到兰斯去。同时他告诉薇奥兰自己是一个麻风病人，平时以严实的衣物遮挡，不让别人看出异样，却独自承受着身体的痛苦和精神的折磨。薇奥兰也对天主

有着虔诚的信仰，将未婚夫雅克送给自己的戒指交给皮埃尔去
捐建教堂。临走前，薇奥兰出于关怀，不顾皮埃尔已经患了麻
风病，吻了皮埃尔的脸颊。皮埃尔带走了戒指，也带走了薇奥
兰献身天主的精神寄托。而这一幕恰好被薇奥兰的妹妹玛拉偷
偷看到了。父亲阿纳决定将薇奥兰嫁给雅克，并让雅克继承自
己在家的位置，自己则要远行。玛拉也喜欢雅克，听到父母的
谈话，强烈反对姐姐的婚事。阿纳安排好大女儿和雅克的婚
事，就出门远行了。雅克和薇奥兰在准备结婚之前，薇奥兰告
知了雅克自己已经染上麻风病。雅克说玛拉曾告诉过他薇奥兰
和麻风病人皮埃尔亲吻，自己本不相信，没想到是真的。雅克
的态度急转直下，对薇奥兰十分厌恶。薇奥兰并没有为自己解
释而是选择离开，此后居住于偏僻山区的洞穴里，不与人来往。
玛拉和雅克结婚，生下一个孩子。但有一天孩子突然死亡，玛
拉抱着死去的孩子去山洞找薇奥兰。薇奥兰奇迹般地救活了孩
子。但不久后，薇奥兰被大量的沙子埋住，生命垂危，皮埃尔
将垂死的薇奥兰带到雅克面前。此时她和雅克说出当年的真相，
她并没有和皮埃尔做出任何逾礼之事。两人从此和解。阿纳游
历数年后返回家中，薇奥兰准备下葬，玛拉向众人承认是自己
把满满一车的沙子推翻，故意害死了薇奥兰。阿纳让雅克原谅
玛拉，雅克照做了。活着的人都笼罩在天主的光芒中。

相比较于《城市》，《给圣母玛利亚报信》宗教色彩更为直
接。剧中出现了大量的基督教相关意象：麻风病、圣女山、十
字架、圣诞节、羔羊、教堂等。作者还让剧中人物念了大段的

宗教内容，如《以赛亚的预言》《圣雷翁教皇的训诫》《格雷古瓦教皇的讲道》，此外还有天使的合唱和独唱等等。"天主诞生了""天主降生为人了""三个音律就像不可言喻的无罪的牺牲，收留在圣母的怀中"[①]，这样的语言比比皆是。戏剧主题和人物形象通过人物语言中的道路隐喻表达出来。

二、薇奥兰："造门的人，请让我替你打开这一道门吧"

玛利亚作为少女感孕而生耶稣。上帝由天使告知玛利亚，是圣灵降临在她的身上，生下的儿子将是上帝的儿子。上帝的儿子有着肉身的母亲，又体现了上帝的本质，是精神与肉体的结合。耶稣来自天国，生活于尘世，劝人向善，医人疾病，以神迹展示着上帝的力量，解除人们的病痛，让人死而复活，让更多的民众都投入信仰。他对人类的救赎是通过自我牺牲，甘愿做人的替罪羔羊，让人从原罪中解脱，所以他不仅是一个传道者，还是一个受难者。

《给圣母玛利亚报信》中的薇奥兰就是一个形象化的耶稣，甘愿牺牲自我，以无尽的仁爱和慈悲去面对一切罪孽和恶行。正如一开篇，薇奥兰为皮埃尔打开通往兰斯的大门，说道："造门的人，请让我替你打开这一道门吧。"[②] 隐喻着薇奥兰帮

[①]　保尔·克洛岱尔：《正午的分界》，余中先译，吉林出版集团有限公司2010年版，第385页。

[②]　保尔·克洛岱尔：《正午的分界》，余中先译，吉林出版集团有限公司2010年版，第272页。

助皮埃尔走向更为坎坷但也更为光荣的朝圣之路。薇奥兰不仅对于皮埃尔是指路人的角色，她以善良、仁慈、爱人、牺牲、爱上帝的品格为所有的人打开了通向信仰天主以得救的大门。

她高尚、仁爱，以无私之心去面对伤害自己的人，是一个充满高尚情感的形象。她知道皮埃尔建造教堂的使命蕴含的是为天主奉献的决心，所以即使知道皮埃尔已经患了麻风病，也要以仁爱之心去关怀他，不料却由此染上麻风病，还被别有用心的妹妹拆散了将得的婚姻。但她为了妹妹的幸福没有说出真相，而是独自远离，忍受麻风病带来的痛苦。数年之后，她还不计前嫌救活了妹妹的孩子。即使被妹妹恩将仇报、设计谋害至死，薇奥兰仍然坦然接受这一切，平静受死，还要雅克原谅一切，"守着你所已有的。原谅他人。你自己，你就永远没有过需要得到原谅吗?"①《旧约》中有一种祭典叫赎罪祭。无意犯罪的人和有意犯罪的人都要献上祭品到祭坛上，以此来祈求饶恕，得到原谅。耶稣为了赎清人们的原罪，被钉在十字架上，就是将自己作为祭品奉在祭坛上。薇奥兰的死亡与基督因人类的罪孽无辜受死，还饱含着对人类的慈悲是多么地相似！

薇奥兰这个形象一直与羊羔结合在一起。《旧约》把麻风病人看作不洁净的人、是有意犯罪的人。在洁净之后，要献祭母山羊来求得饶恕。薇奥兰被患麻风病的皮埃尔传染，通过后来的剧情可以知道皮埃尔的麻风病痊愈了。那么，薇奥兰就是

① 保尔·克洛岱尔：《正午的分界》，余中先译，吉林出版集团有限公司 2010 年版，第 363 页。

为了拯救皮埃尔而自愿担当的祭品，是被放到祭坛的羊羔。她的行为救赎了皮埃尔，为此独自受到此后一连串的打击而没有怨言。剧作中很多语言表述更是直接将薇奥兰和羊羔放置于一起。薇奥兰决定离开家庭，忍受雅克的误解。母亲深知这一切是玛拉所为，就将薇奥兰理解为无辜的羊羔，为他人之过而做牺牲，说道："想想这个吧，我那献祭了的小羊羔，对你自己说：我没给任何人带来难处。""现在善良的天主与你同在，作为你的报酬。"① 薇奥兰的死亡，不仅是作为皮埃尔和玛拉的罪过的献祭品，还是天下众人的献祭品。阿纳说因为女儿的自愿牺牲，天下到处呈现出新的景象，教会不再分裂，王权重新树立起权威，人们都皈依了天主，教皇将会大赦天下，废除债务，释放囚犯，归还财产等。"如果老人的血喷在沾有青年人血的祭献台布上，不是与一岁羔羊的血同样殷红，同样新鲜，愿天主永在！"② 薇奥兰与耶稣极为相似的一点是牺牲都是自愿的，为了他人的罪孽而心甘情愿奉上自己的生命以及一切。因为她知道，生命只有奉献出来才有价值，她以自己的牺牲解救了天下众人。薇奥兰不仅是一个主动的献祭者，也是一个展示神迹的救赎者。在面对玛拉求助这件事上，薇奥兰显示了让人死而复活的奇迹。《圣经》记述，拉撒路的起死回生是

---

① 保尔·克洛岱尔：《正午的分界》，余中先译，吉林出版集团有限公司 2010 年版，第 328 页。

② 保尔·克洛岱尔：《正午的分界》，余中先译，吉林出版集团有限公司 2010 年版，第 376 页。

基督神迹中的一件。拉撒路患了重病，家人请耶稣来救治，耶稣并没有立即启程，还未赶到时拉撒路已经病死了。他死后四天，耶稣到达了，让人把拉撒路墓前的大石头搬开，"他们就把石头挪开，耶稣举目望天，说：'父啊，我感谢你，因为你已经听了我。我知道你常常听我，但我说这话是为了周围站着的众人，要使他们信是你差了我来的。'说了这些话，他大声呼叫说：'拉撒路，出来！'那死了的人就出来了，手脚都裹着布，脸上包着头巾。耶稣对他们说：'解开他，让他走！'"（约11:41—44）拉撒路重获生命，对耶稣感恩不尽。耶稣的神迹广为传播，"因为有许多犹太人为了拉撒路的缘故，开始背离他们，信了耶稣。"（约12:11）。薇奥兰对孩子的拯救与此段有着极高的相似性。正是圣诞节，薇奥兰聆听着天使的声音，一片静穆，仿佛进入了沉迷之中，第一线的黎明中，出现了神迹，玛拉的孩子复活了。孩子的眼睛由黑色变成了和薇奥兰一样的蓝色。薇奥兰的灵魂已经延续在孩子的生命中。可以说，薇奥兰为所有的人都打开了一道门，引导人们走上信仰上帝的这唯一的正确道路。

三、皮埃尔："我本来早该走得远远的了"

皮埃尔要以毕生心力去建造壮丽的大教堂。他要去往更多的地方，在更为艰苦的环境下去磨练自己的意志，为天主做出更多的实际工作。他对教堂的建立有着崇高的使命感，每多做一点工作，灵魂就受到多一点的淬炼。皮埃尔追求信仰的过程通过道路隐喻体现出来。幕一开始，皮埃尔必须要通过一扇生锈的铁门离开农庄，这是以更坚定的信心到更广阔天地里去的必要步骤。他作为一个麻风病人，最需要的是关怀、仁爱和支持。薇奥兰以自己的灵魂让皮埃尔得以升华，"祝圣过的大地，在泪水与黑暗中赞美你的天主吧！……隐藏的神圣灵魂的香味，如同薄荷叶的香味一样，已显露出它的德行。"① 薇奥兰将上帝的德行显现，将灵魂与肉体分离，上升到对纯粹灵魂的关注，这是对皮埃尔非常关键的提升。既然这个灵魂的帮助者是薇奥兰，那么替皮埃尔打开通往兰斯的大门的人也必然是她。生命是旅程，状态是地点，地点的改变意味着状态的改变。地点的改变就往往由路上的某些设置为标志，门就是一个常用的设置。进入一扇门，进入了一个新的地点，意为实现一个新的状态。离开一扇门，离开了一个旧地点，意为改变一个状态。《给圣母玛利亚报信》中就是运用的这个普遍认知习惯，所以进门和出门往往隐喻着一个抽象状态的改变。

皮埃尔看到门打开后有这一段感触：

谁能抵挡得了这样的一个进攻者？

好大的灰尘！整扇旧门嘎嘎作响，摇摇欲坠，

黑色的蜘蛛逃散了，陈旧的鸟巢倒塌了，

① 保尔·克洛岱尔：《正午的分界》，余中先译，吉林出版集团有限公司 2010 年版，第 275 页。

一切终于从中央打开了。①

灰尘满布，门年久失修，代表着邪恶的蜘蛛逃走了，代表着安逸的鸟窝毁坏了，这些都是道路上阻挡前进的障碍。打开了这扇门，就意味着皮埃尔接触到了更纯粹的教义、更纯粹的信仰。薇奥兰以自身灵魂普照于皮埃尔，让他以更加坚定的决心去建造更多的教堂，将自己的生命都奉献给这一事业。皮埃尔对薇奥兰有一些模糊的世俗之爱，薇奥兰将爱上帝作为指引，将两人的精神归宿重叠在一起，那就是为上帝。皮埃尔知道自己的使命在远方，在教堂里，而不只在一个农庄的建筑活计中。薇奥兰以主的形象为他指引了方向："一切终于从中央打开了。"薇奥兰的指引，是皮埃尔实现转变的最重要推力。"现在，别了！太阳升起来了，我本来早该走得远远的了。"② 带着灵魂的升华，皮埃尔离开了农庄，走上了以生命来追随信仰之路。数年后归来的皮埃尔，已经将自己的生命和天主的信仰完全结合在一起，完成了自己的使命，而且超越了对个人死亡的恐惧，灵魂已经熔铸在十大圣母堂中，得到永生。正如皮埃尔说："而我，正是在这一生命之后，我才从她本人和她无罪的嘴唇上获得解放和自

---

① 保尔·克洛岱尔：《正午的分界》，余中先译，吉林出版集团有限公司 2010 年版，第 273 页。

② 保尔·克洛岱尔：《正午的分界》，余中先译，吉林出版集团有限公司 2010 年版，第 285 页。

由。"① 可以设想，如果没有薇奥兰对皮埃尔灵魂的指引，后者就不可能达到以毕生精力来供养天主从而达到精神永生的境界。所以，薇奥兰为皮埃尔打开那扇"门"至关重要，是一个隐喻。

此外，还有很多其他的基本隐喻，比如"生命是火焰"等等。皮埃尔要克服麻风病带来的痛苦，摒弃世俗感情的羁绊。他对此没有信心，薇奥兰又以"生命是火焰"的隐喻来表达她的鼓励，"要配得上耗尽了你生命的火焰！假如需要被吞噬，那也该像复活节的大蜡烛一样，随着唱诗班的合唱声为教会的荣耀在金烛台上燃尽烧绝。"② 即使火焰最终要熄灭，也要发出最耀眼的光芒。即使个人生命最终要结束，也要把所有的精力都贡献给信仰的传播。作者把"生命是火焰"放置于基督教的语境中，增加了复活节、唱诗班、合唱声、教会、金烛台等基督教元素，很形象地将火焰的价值也就是生命的价值同天主信仰联系起来。

四、阿纳："薇奥兰，我的孩子，朝前走吧，我将跟随着你"

薇奥兰的父亲阿纳是一个虔诚的天主教徒。在家庭生活中

---

① 保尔·克洛岱尔：《正午的分界》，余中先译，吉林出版集团有限公司 2010 年版，第 381 页。

② 保尔·克洛岱尔：《正午的分界》，余中先译，吉林出版集团有限公司 2010 年版，第 283 页。

他安排好女儿的婚事，家里财产的继承等，坚持要出门去追寻上帝的足迹。他宁愿放弃家中富足安定的生活，宁愿远离妻子和孩子，也要风餐露宿到遥远的耶路撒冷去。这是一条法兰西到耶路撒冷的有形路程，隐喻着阿纳追寻天主荣光的无形过程。这条朝圣的路上，阿纳是一个领路人角色，隐喻其传道者的身份：

> 那么，跟我在一起的就是整整一个王国，它召唤并走
> 向天主的居所，它认准方向迎着他前进，
> 我就是他们的代表，我带领着他们，
> 将他们投入永恒的圣主的怀抱。①

他要向更多人宣传教义，做一个坚定的布道者，将天主的福音播撒到更多的地方，就犹如在道路上的指路人。道路的终点就是天主的居所，即"永恒天主的怀抱"。走到了路的尽头，就是到了目的地，即隐喻实现了目的——追寻天主信仰。在外朝圣数年，阿纳到了耶路撒冷，在最神圣的地方感受到了神恩。

数年后归来的阿纳对上帝有了更深的认识。面对妻子和大女儿已经离世，小女儿犯下严重罪孽的可悲状况，他让雅克在天主的名义下原谅玛拉所做的一切。而且他认为薇奥兰所做的

---

① 保尔·克洛岱尔：《正午的分界》，余中先译，吉林出版集团有限公司 2010 年版，第 294 页。

牺牲是值得的、快乐的，她将升入天堂。阿纳的回归在全剧起了重要的启示主题的作用。第一，他让雅克原谅有罪的玛拉；第二，赞扬薇奥兰受难的意义；第三，宣布天主的荣耀遍布大地。阿纳看到因为天主的恩泽，家园呈现出一片祥和富足的景象，对天主更加的感恩。他比其他人都明白薇奥兰牺牲的意义和价值，没有表现出过多的悲伤。一般意义上，死亡就是一切的终结。但在有着虔诚信仰的阿纳看来，死亡并不是生命的终结，而是标志着生命新阶段的开始。也就是说，死亡不只是生命路程的终点，同时它又是新的路程的起点。薇奥兰为他人受难而死，但孩子与她一模一样的蓝眼睛表明，她的生命得到延续。复活后的薇奥兰进入了天堂，从此再没有苦难。正如阿纳所提示的，薇奥兰现实意义上的死亡，并无须悲伤，因为死亡只是进入另一个生命阶段。这种宗教情绪，又突破了死亡是去往最后的目的地的基本隐喻的含义。作者想以变形的隐喻来显示：死亡是去往最后的目的地，但同时，也是一个新的路程的开端。阿纳将自己和女儿做了对比，自认完全比不上女儿的牺牲精神，"我像一个犹太人那样愤懑不已，只因教堂的门面阴暗昏黑，只因它遭到众人的遗弃，在道上蹒跚而行"[①]。他想要做的是去聆听天主的教诲，传播天主的信仰，来使人们重拾信心，没有想过要奉献自己的生命。而薇奥兰是主动献祭，来赎清人的罪孽。所以他感叹薇奥兰更为透彻。

[①]　保尔·克洛岱尔：《正午的分界》，余中先译，吉林出版集团有限公司 2010 年版，第 376 页。

难道生命的目的就是活着？难道天主的孩子的双脚就将捆缚在这可悲的大地上？

它不是活着，而是死去，不是修制十字架，而是爬上十字架，是大笑着献出我们的一切！①

这几句话有比较深刻的喻意。首先是明确将薇奥兰与天主的孩子等同起来，提示了薇奥兰的所作所为如同耶稣基督。她不是被动地陷入现世的不幸中，而是主动地站出来拯救。她自愿地、平静且快乐地付出自己的生命，贡献生命并不值得犹豫。"薇奥兰就这样敏捷而迅速地随着那只抓住她的手走了。"②那只手是天主的手，薇奥兰跟随天主，开始了新的生命。所以，阿纳用"走"这个路径图式的源域来映射薇奥兰进入一个生命新阶段的目标域。类似的还有，阿纳"她灵魂的光辉跟我们在一起。薇奥兰，我没有失去你！……薇奥兰，我的孩子，朝前走吧，我将跟随着你。但是请你不时地向我回过头来，好使我看到你的眼睛！"③"朝前走""跟随你""回过头来"这些具体的道路行走的语言隐喻了薇奥兰的灵魂对众人的引导。死亡并不是道路的终点，而是新的路程的起点，因为天主又让

---

① 保尔·克洛岱尔:《正午的分界》，余中先译，吉林出版集团有限公司 2010 年版，第 376 页。

② 保尔·克洛岱尔:《正午的分界》，余中先译，吉林出版集团有限公司 2010 年版，第 377 页。

③ 保尔·克洛岱尔:《正午的分界》，余中先译，吉林出版集团有限公司 2010 年版，第 379 页。

她复活，赐予了新的生命。总之，作者对"死亡是最后的目的地"这个基本隐喻做了延伸。经过延伸，死亡只是路程上的一个点，过了这个点，路程依然往前延展。在继续走向天主的路上，薇奥兰给阿纳这样的信徒以指引。克洛岱尔有意做出这样的延伸，是为了改变死亡令人畏惧的固有属性，强调死亡只是达到永生的必需。

阿纳的语言中还有对"生命是一年"，"生命是一天"的基本隐喻的变形。

> 末日来临了，一日之末，一年之末，一生之末已经降临在我头上了！……冬天来了，黑夜来了。①
>
> 现在我陷入黑夜，但我并不害怕，我知道在这黑夜中，在这万物运动不止的苍穹的漫长冬季中，一切也都是明明亮亮的，有规有矩。②

此番言语没有一字直接涉及将要到来的死亡，却字字都在谈及死亡。常规意义上，生命是白天，所以死亡是黑夜。生命是一年，所以死亡就是冬天。一日之末、一年之末与一生之末是同样的意思。在这个意义上说，"冬天来了，黑夜来了"也

---

① 保尔·克洛岱尔：《正午的分界》，余中先译，吉林出版集团有限公司 2010 年版，第 379—380 页。
② 保尔·克洛岱尔：《正午的分界》，余中先译，吉林出版集团有限公司 2010 年版，第 380 页。

就是死亡来了。死亡意味着冬天和黑夜一般阴冷和恐惧。但阿纳说出了不一样的感受——陷入黑夜，而且是漫长冬季的黑夜，却还有亮光，这就违背了黑夜没有亮光，冬季缺少温暖的常识。在阿纳看来，虽然是冬季的黑夜，却有着明亮的光线，一切依然按照规律来运行，丝毫没有失去方向和秩序。阿纳的言语只有放在他的天主信仰中才能得到解释。死亡并不是一切的终结，而是继续接受天主召唤的开始。为何他坚信漫长黑夜里依然有亮光？因为他检视了自己的一生，辛勤劳作，传播善行。他相信会得到公正的裁定，升入天堂，继续聆听教诲。这些变形与以上变形一样，都是指出死亡并不是生命的终点，而是新的起点。基督教中的天堂、地狱、炼狱等都可以理解为隐喻。如果在活着的时候，遵守教义，对上帝虔诚，不犯戒律，那么在死后就可以获得永生的幸福。反之，就要遭受无尽的惩罚，承受无尽的痛苦。幸福和痛苦都是抽象的，这种状态也很难去形容和描述。所以基督教以天堂和地狱这两个地点来隐喻两种不同的状态，即运用的"状态是地点"的基本隐喻。进入天堂或者进入地狱，已经成为人们无意识地表达死亡后不同状态的隐喻说法。以上基本隐喻聚合在一起，以不同的源域来映射共同的目标域——死亡只是永生的一个关口。

傍晚来了！天主呵，怜悯怜悯这个人吧，他现在完成了使命，站立在你面前，像一个让人检查双手的孩子。
我的双手是干净的。我结束了白天的劳作！

…………

她们俩都死了，但是我，

我活着，在死亡的门槛上，一种难以言表的快乐从我
心中漾出！①

这里继续使用生命是白天的隐喻，同时做了延伸。傍晚来
了，结束了白天的劳动，也就是生命要结束了，作者又加入了
让天主检验的细节。他伸开双臂，伸开双手，自信他的双手
是干净的。这里的"手"也是一个常用的隐喻。因为人们基本
做任何事情都要用到双手，所以"手"在不同的文化中都有参
与的意思，如"你不要插手这件事""他已经洗手不干了"等。
手是否干净，就隐喻着所做的事情是善的还是恶的。如《麦克
白》中，麦克白夫人怂恿丈夫杀掉邓肯之后，就出现了幻觉，
总觉得手上有血点，即使反复地清洗也洗不掉，手上的血点就
是她所犯下的罪恶。阿纳一生虔诚，辛苦劳作，甘心苦行，带
领众人去朝圣。虽然肉体已经衰老，生命已到大限，但这只是
意味着要进入一个新的状态。一个有光亮的所在，并不会让人
对死亡产生畏惧，反而会心生向往，如阿纳所言，是含着"一
种难以言表的快乐"来面对死亡的。另外，还用到了"门槛"
这个意象，过了一个门槛，就是进入了一个新的空间，隐喻着
生命进入新的阶段。所以，阿纳并不为已经死去的女儿和即将

---

① 保尔·克洛岱尔：《正午的分界》，余中先译，吉林出版集团有限公司 2010
年版，第 383 页。

死去的自己而感到悲伤。这些经过延伸和变形的隐喻都是在宗教语境下对人们一般认知的改变，由此体现了作者对人生、对死亡的独特认识。

第三节　克洛岱尔对路径隐喻的延伸和展开

克洛岱尔偏爱路径隐喻，除了在戏剧中频频使用，在其他论著中也多次以路径隐喻来表达观念。这证明了克洛岱尔戏剧中反复出现的路径隐喻不是随机的、偶然的，而是以理性思考和认知经验为基础的。反过来，他的创造性运用也增加了路径隐喻在社会生活和文化交流中的适应性和生命力。

克洛岱尔有一部谈论艺术的专著《艺术之路》，从题目上就能看出是一个路径隐喻，将对艺术的探索喻为在道路上行进。《艺术之路》研究对象主要包括荷兰绘画、西班牙绘画、中世纪哥特艺术、斯特拉斯堡大教堂以及音乐、摄影等。作者以丰富的阅历、敏锐的感受力和浓重的宗教情感对这些艺术门类分别进行了充满感情色彩又蕴含着理性光辉的评价。他分析这些艺术的外在形式，包括绘画的线条、色调、构图；教堂的钟楼、尖拱、造像；音乐的音程、音型、音色等等，然后将这些外在形式都升华到了艺术的内在旨归——对天主的信仰。艺术作品的创作过程，是创作者通过外在形式将自己的思想和信仰凝聚其中的过程。作品的完成便是信仰的完全表达，也走到了艺术创作的目的地。

《艺术之路》这部专著中有一篇同名文章。这篇评论可看作克洛岱尔对路径隐喻理解的概括。开篇第一句话即为:"路,是距离的物化显示,是交往的经常方式,是朝一个目的或方向的千里起步。因是借喻,头脑里会立即生出本体和喻体两个概念,但需要拿出全部耐心,全部句法知识,才能由此及彼,并巧妙运用标点,经过一程又一程,写出一条绵绵不尽的字带。"① 世间万物都在各种条件下移动,人也是如此。"人的职责,是不要固守不动。他的准则,是开步出发。从床上到桌上,从桌上到工场,从情人到人妻,从摇篮到坟墓,是他的脚非要走的基本的路,谁都避免不了。他的上帝,合适的称呼是'道',他的上帝给钉在十字架上,像指示东西南北方向的路标。"② 他认为画面上的具体形象是一种引导,引导的用意等同于直接的教义宣读,但是效果要强于后者。画面上的形象引导观看者认识自己的内心。这样说来,创作或欣赏画作、音乐、建筑等艺术的过程就是认识自我的抽象过程,如同现实世界中向着某一个目的地出发的路径。通过艺术品的外在领悟到信仰的召唤,即是顺利抵达了目的地。人们会为了达到某些地方来发现路或者修建路。"看到路,回应我们内心某种不可抗拒的东西,或许是某种更深刻的东西,世人就会懂得德尔图良

---

① 保尔·克洛岱尔:《艺术之路》,罗新璋译,燕山出版社 2006 年版,第 103 页。

② 保尔·克洛岱尔:《艺术之路》,罗新璋译,燕山出版社 2006 年版,第 103—104 页。

（160？—225？）这句话：我们在世上的全部事情，就是尽早走出去。"① 人们对于未知的远处有着探究的天性，所以对征服路途有着天生的渴望。隐喻地来说，就是人们通过各种路径来找到上帝的旨意，寻求到这世上唯一的信仰。这是克洛岱尔认为的最正确的道路，也是人生最值得的度过方式。克洛岱尔明确指出什么是人们追求信仰过程中的敌人，"对这异教的、机械的、物质的、佚乐的文明，我可谓是最顽强的敌人，咬牙切齿，一定要拼到底！凡拦我路的，我都踏过去！"② 这段话很重要，明确无疑地指出了克洛岱尔的思想倾向性，其很多剧作都是对此思想的重申和强调。寻求天主信仰是道路的终点，也就是终极目标，那么阻碍目标实现的就是道路上的障碍。作者划定了障碍的范围——"异教的、机械的、物质的、佚乐的文明"。对于象征主义作家来说，最关心的是精神救赎，同时极为拒斥推崇商业、物质和享乐的现实社会。以上分析的《城市》《给圣母玛丽亚报信》中的隐喻运用都鲜明地体现出这一倾向。

路径图式在《城市》中的普遍运用，主要涉及"目的是终点""生命是旅程""职业是路径"。同时，出于个人的倾向，克洛岱尔在基本隐喻具体运用时又做了延伸、展开和组合，形

① 保尔·克洛岱尔：《艺术之路》，罗新璋译，燕山出版社 2006 年版，第 107 页。
② 保尔·克洛岱尔：《艺术之路》，罗新璋译，燕山出版社 2006 年版，第 108 页。

成独特的诗性隐喻。第一，突出了道路的方向感——追求信仰从而拯救众人。第二，突出了道路上的指路人角色——基督或基督的化身明确出场来指引迷途的众人。第三，作者花了很大笔墨来具体描写死亡之后的情形，使得传统的"死亡是离开"同时拥有了"死亡是新的开始"的意味。相应地，死亡不再是一个悲惨的必然结局，而是为了得到救赎而必须的经历。这些诗性隐喻与作品的主题和人物形象的塑造关系密切。

路径图式在《给圣母玛利亚报信》中也构成了作品的框架和人物形象。作者除了做出与《城市》中相似的隐喻变形之外，用更多的细节填充了死亡之后的世界，即为主献身后的复活情况以及复活后的永生，来表达信仰天主终将得救的信念。除了路径隐喻，《给圣母玛利亚报信》还使用了"生命是光，死亡是黑暗"，"一生是一年""一生是一天""状态是地点"等基本隐喻。与对路径隐喻变形的倾向一致，作者对"生命是光"等隐喻的变形仍是拓展了死亡之后的状态。人死亡之后，并不可怕，会得到更好的安排，享受主的荣光和恩赐。《给圣母玛利亚报信》塑造了耶稣式的人物，传递了上帝福音，宣扬了上帝神迹。耶稣式的人物在把自身作为献祭之后，进入天堂，永享恩典。所以，传统上对死亡的认知在本剧中都改变了。死亡不再是最后的目的地，而是要继续前行的道路。死亡不再是黑夜，而是明亮的。克洛岱尔通过对基本隐喻有意识的变形，表达了对死亡的特殊观点，也实现了在宗教语境下，对人们普遍认知的改变。类似的还有长篇巨制《缎子鞋》等，在死亡这个惯常的人生终点之后，常规意义上的路径被拉长。因为死亡被作者赋予了不同于常规的情感色彩，与之相关的路径隐喻运用也体现出独特性，呈现了作者的主观倾向。克洛岱尔的理想和信仰很大程度上是通过对路径隐喻的变形运用表现出来的。

　　总之，克洛岱尔的戏剧主要表达了"因信称义"的信念。19世纪后期，人们陷入信仰坍塌后的精神真空，难以为继，克洛岱尔相信只有重新恢复信仰、因信称义才能洗刷原罪，得到天主恩赐，人类本身才能得到救赎。克洛岱尔的戏剧多次出现大段宣传教义的文字，希望人们以信仰来抵挡诱惑，以信仰来获得新生。他的戏剧是基督教文化的文学化，通过主题、人物和结构等文学要素传达出来。而这些文学要素又是通过一些基本隐喻构建起来。这些基本隐喻来自人们的日常经验，并不特定含有宗教色彩。克洛岱尔对此做了有倾向性的变形：如突出道路上的"引路人"角色，来强调上帝对芸芸众生的精神指引，死亡是另一条新道路的起点等，通过对基本隐喻的延伸、展开和组合，表达了热烈的救世理想。

第五章　安德列耶夫戏剧中由隐喻达成的生命意义

安德列耶夫是生活于 19 世纪后期到 20 世纪初期的俄国作家，自幼生活贫苦，尝遍艰难。他十分酷爱叔本华和尼采等人的学说，思想受其影响，其创作产量甚丰，主要是小说和戏剧。戏剧代表作有《人的一生》《黑假面具》以及《走向星际》等。其作品风格杂糅，并不单一，既有现实主义的传统，也有先锋艺术的融入，最终形成了他自称的"新现实主义"，也就是象征主义的风格。《人的一生》就是其象征主义戏剧代表作，是通篇都抽去了现实色彩，在昏暗的、模糊的舞台上演绎的让人五味杂陈的人生寓言。这部戏剧的人物都没有具体名字和身份，主人公就是"人"。"人"有着清晰外表和明确行为，但他不是某一个具体的社会人，而是全人类的象征。"人"的遭遇也不是个人命运的跌宕起伏，而是整个人类的处境。相应地，"人"的结局也是作者对于人类最终去处的思考。"人"的一生正是安德列耶夫所理解的作为整体的人如何在世界自处，如何获得意义的具象表达。经过文本分析会发现，"人"所象征的生命意义是建立在一系列的隐喻之上。起着贯穿全剧作用的基本隐喻有：生命是火焰，好是上，死亡是对手等。作者通过对这些基本隐喻的变形使用完成了作品主题的象征表达——虽然"人"逃脱不了命运的掌控，必然会以死亡为结局，但是人可以在既定命运面前，以意志张扬生命力，由精神上的不屈服、不妥协实现人生的意义。

第一节　由基本隐喻"生命是火焰"构建的 《人的一生》的主题

《人的一生》中，"生命是火焰"这一基本隐喻贯穿全剧，对于理解"人"命运起伏有着重要意义。序幕中，就以蜡烛火焰的明灭来隐喻"人"的际遇变化。"在太虚的黑夜中，将突然亮起一支蜡烛，这就是那个人的生命，是由一只不可知的手点燃的。请诸位留神看蜡烛的火焰，这就是那个人的生命。"①

一、关于《人的一生》

《人的一生》的人物除了"人"，还有"人"的妻子"妻"，始终穿着黑衣服的"他"，几个戴着古怪风兜的"老婆子"，一群酗酒的"酒徒"等。幕一开始，"一个名叫'他'的灰衣服

---

① 　汪义群主编：《西方现代戏剧流派作品选：象征主义》，中国戏剧出版社2005年版，第558—559页。

的人，讲述一个名叫'人'的男子的一生。"①"人"的一生经历是在"他"的无声注视下展现的，"他"没有任何动作和语言，也没有直接参与到事件发展中。对于读者来说，是和"他"在一样的角度，进行着全知全能的观察。序幕的作用类似于歌队，提示了整部戏剧的大概内容。剧本正文分为五幕，依次展示了"人"的诞生、贫穷的青年、富有的中年、凄惨的老年和死亡。"人"的母亲难产，在艰难诞下"人"之后很快去世。"人"的父亲因妻子过世十分伤心，在"人"很小的时候也去世了。"人"长成了青年，与妻子感情融洽，但因为找不到工作、挣不到钱，夫妻两个过着食不果腹的困窘生活，但是仍然有着战胜困难的勇气。到了中年，"人"功成名就，一扫早年的潦倒之态，成为让其他人羡慕又嫉妒的成功人士。他有着宽敞的大房子，各种奢华的家具，举办豪华舞会，得着众人的赞颂。但到了老年，"人"的财富丧失，唯一的儿子也被不明身份的人用石头砸死，"人"和妻子伤心欲绝，失去了所有支撑的力量。最终，"人"在困顿和无望中，借酒消愁，孤独地死去。显然，不能将"人"理解为某一个有着明确社会角色的人物，"人"是超越了一切现实层面，是人的集体群像的象征。《人的一生》用一系列的隐喻传达了作者对于生命的理解，其中最为重要的是"生命是火焰"这个基本隐喻。

火在人类文明发展史上有着关键性作用。火焰能保持身体

---

① 汪义群主编：《西方现代戏剧流派作品选：象征主义》，中国戏剧出版社2005年版，第558页。

温暖，能够烤熟食物并保证饮食的需要，能够产生亮光来照亮黑暗吓退野兽。火为早期人类的安全和生活提供了保障。依据这种具身的经验，火自然与温暖、能量和希望相联系。生命作为一个鲜活的能动存在，充满活力和无限可能。生命和火焰之间就形成了固定的隐喻。火焰作为源域，生命作为目标域，火焰的很多特性被映射到生命上。例如，热烈的火焰，正是人的最亮丽的青春和最旺盛的生命力。生命和火焰还有一个相似点，有始有终，有起有灭，所以人们通常通过保持火焰不熄的形式来达成生命长存的愿望。

二、青年时代："蜡烛燃烧得又亮又欢"

第一幕中写道："一声婴儿的啼哭破空而来。穿灰衣服的人手里握着的蜡烛突然亮了。长长的蜡烛烧得犹犹豫豫，烛光昏暗，但烛焰渐渐旺起来。"[①]"蜡烛"和"生命"联系在一起，是"生命是火焰"基本隐喻的固有含义。但是作者对这一基本隐喻做了延伸，即将不属于基本隐喻的范畴也纳入进来，这一延伸就是："是由一只不可知的手点燃的。"基本隐喻进入文学作品时，有时会经过变形，成为具有创造性的诗性隐喻。这种变形就会体现出作者除了作为一个社会人的认知共性之外的认知独特性。这个"不可知的手"就表达了作者的看法：生命的诞生是被动的和不可控的。安德列耶夫对基本隐喻的延伸处理

---

① 汪义群主编：《西方现代戏剧流派作品选：象征主义》，中国戏剧出版社 2005 年版，第 567 页。

给全剧奠下了宿命的基调。

> 转眼之间，他成了无忧无虑的小伙子。诸位请看，蜡烛烧得多亮呀！无涯无际的天空中凛冽的寒风，围着蜡烛刮来刮去，搜寻猎物，可是除了晃动烛焰外，无计可施，——蜡烛燃烧得又亮又欢。然而被烛焰吞噬着的蜡在渐渐减少。然而，蜡在渐渐减少。①

这一段表述与第二幕的内容相对应。"人"成为了青年，虽然生活贫穷，但他的生命力达到了顶峰。作为生命这个抽象概念的源域，作为目标域的火焰也变得最为明亮。"人"与妻子都非常贫穷，面黄肌瘦，都只有一件破旧衣服。他们吃不上饭，就凭想象的美食抵御饥饿。他们家徒四壁，只有寒酸的床、椅子和桌子，但是妻子会采来野外的鲜花装饰屋子。他们对街坊邻居十分友善，也得到了善意的回报和馈赠。"人"有着英俊的外貌和高大的身材。"妻"温柔贤惠，与丈夫同心同德。面对物质的短缺，他们从不缺乏对未来的信心和勇气，畅想着未来，以后要有精致的足够的食物，有建在海边的大理石别墅，要举办皇宫式的舞会……总之，充满了年轻气盛的活力和锐气。以又亮又欢的蜡烛来隐喻"人"的青春活力的同时，作者有意做了延伸，将寒风纳入源域的

---

① 汪义群主编：《西方现代戏剧流派作品选：象征主义》，中国戏剧出版社2005年版，第559页。

范畴。寒风试图吹灭蜡烛却无法得逞，火焰被晃动，却依然闪亮，更显出了火焰的抗压性，隐喻着外在的磨难想要压制人的生命力而不可得，突出了"人"的韧性。但是火焰对寒风的抗击也付出了很大的代价，那就是更加努力地燃烧，这就造成了蜡烛被更快地消耗。也就是说，"人"的生命在抵挡困难的同时也损耗了自身太多的精力。"蜡烛已烧掉三分之一，然而烛焰还很亮，蹿得高高的。"① 蜡烛发出耀眼的光亮，却也在更快地消失。生命处于巅峰状态，却也有着不可逆转的衰败走向。

三、中老年时代："蓝色的烛焰弯向地面，无力地蔓延开去，不停地颤抖着"

随着时间的推移，"人"和他的妻子步入中年，功成名就，有了社会地位、财富和可爱的儿子，但同时他们的生命力已经不再旺盛，这一变化仍是通过火焰减弱的隐喻来表现。

> 烛光变得暗了，在奇怪地闪烁，发黄的烛焰好像起了皱纹，好像在瑟瑟发抖，想找个地方躲起来。这是因为被烛焰吞噬着的蜡烛越来越短了。②

---

① 汪义群主编：《西方现代戏剧流派作品选：象征主义》，中国戏剧出版社2005年版，第573页。

② 汪义群主编：《西方现代戏剧流派作品选：象征主义》，中国戏剧出版社2005年版，第559页。

　　从外表上看，"人"已经不再年轻，他的头发已经白了，更加沉着、成熟。他的妻子虽然美丽但也老了。他们穿着考究的衣服，在豪华宽敞的家里大宴宾客，举办舞会，这一切都是他们在年轻时候曾想象过的。如今都成了现实。夫妻俩后面跟着亲切的朋友，也有阴险的仇人。宾客们在旁边议论纷纷，开始时是对主人的种种赞叹和奉承，但在等晚餐有些不耐烦的时候，又开始抱怨主人的照顾不周，甚至认为不应和主人做朋友。这时，有仆人招呼大家入座就餐，大家的议论又纷纷充斥着赞叹和奉承的语言。第三幕中，"人"和他的妻子没有说一句话。家庭经济、社会地位及名声威望的变化，都是通过旁观者也就是宾客来讲述。他们只是冷漠而傲然地走过众人。到中年的"人"，或许是可悲的，因为他获得了令人艳羡的财富，却失去了对生活的热情和对未来的向往。他的目光停滞，面色冷漠，任凭他人七嘴八舌。这些信口发言的宾客也有着一定寓意。他们臧否的依据是有没有从主人夫妇那里得到豪华的接待。得之则赞之，不得则否之。那么他们对主人夫妇的赞誉又有多少真诚的成分？或许可以这样理解，作为整体的人，自认为拥有别人的赞赏、仰慕和钦佩等，是真正的拥有吗？是否会随时随地丧失？对此，人应该保持怎样的姿态？从这一层面讲，剧作中"人"和妻子的冷漠表明的是对人生得失淡然处之的态度。蜡烛的火焰已经暗淡，相对于以前对寒风的抵抗，现在已经没有了抗衡的力量，因为蜡烛越来越短，生命已经过了大半的时间。这里用到了重叠的意象。作品中描写火焰起了皱纹，它在瑟瑟发抖，想躲藏起来，只有人才会有这些动作和特征，由此构建起了一个将要老去的人的形象。逐渐萎缩的火焰光芒与一个只会躲藏的即将年迈的人的形象重叠后，作者将"人"生命力的减弱更加具体地表现出来。"人"处在中年，表面看财富和事业处于鼎盛时期，但人生已然成为颓势。"他手中的蜡烛已烧掉三分之二，黄色的烛焰燃得很旺。"① 看似繁盛的光景下却蕴含着凄凉的气息，预示即将熄灭的悲哀。

  "人"老了，成了衰弱的老人，厄运接踵而至，财富没有了，又重回年轻时贫苦潦倒的状态。阔绰的家破败了。最可怕的是，儿子被人莫名其妙地打破了头部，危在旦夕。"人"和妻子变卖了所有的书籍换来钱为儿子看病。夫妻俩面对未知生死的儿子痛心不已，拿着儿子幼时的玩具回忆起了那些快乐的往事。他们互相安慰着，努力营造出一丝希望，但是孩子还是死去了。妻子嚎啕大哭，彻底崩溃。"人"痛失爱子，但仍然没有屈服。他怒声诅咒着，"你听着，我不知道你是谁——是上帝，魔鬼，劫运还是生命，可我诅咒你！"② 他疯狂地发泄着自己的愤怒，为什么要承受这么多的苦难，即使自己被这些苦难打倒在地，也要诅咒。"蓝色的烛焰弯向地面，无力地蔓延

---

① 汪义群主编：《西方现代戏剧流派作品选：象征主义》，中国戏剧出版社 2005 年版，第 593 页。

② 汪义群主编：《西方现代戏剧流派作品选：象征主义》，中国戏剧出版社 2005 年版，第 615 页。

开去，不停地颤抖着，缩得越来越小。"① 蜡烛火焰颤抖着，蜡烛将要用完所有的蜡，即要熄灭，隐喻着"人"也将走向生命终结。"人"经过了种种打击和坎坷，精力早已所剩无几，现在他集中起全身的力气去诅咒不公的遭遇，是用最后的生命能力去对抗。

四、人的死亡："蜡烛突然一亮，随即熄灭了"

酒店里，一群酒徒在交谈，逐渐将话题转向了"人"。在酒徒们的话语中，得知"人"的妻子已经死了。"人"披散着满头白发，坐在桌边一动不动。第一幕中的老婆子再一次上场，和众酒徒聊天，期间又明确提到了蜡烛的火焰。

现在不消多久了。他马上要死了。

你们瞧那支蜡烛。烛焰又青又细，倒伏在蜡烛边上。

已经没有蜡了，是最后一点儿烛芯在燃烧。

可还是不愿意熄灭。

您什么时候见过火自愿熄灭的？

你们俩别争了！别争了！火自愿熄灭也罢，不愿熄灭也罢，反正岁月是无情的。②

---

① 汪义群主编：《西方现代戏剧流派作品选：象征主义》，中国戏剧出版社2005 年版，第 559 页。

② 汪义群主编：《西方现代戏剧流派作品选：象征主义》，中国戏剧出版社2005 年版，第 622 页。

正因为"生命是火焰"这一基本隐喻已经深入大众的语言系统，所以读者理解这段关于烛焰熄灭的争论很容易与"人"生命结束结合起来。火焰不管是不是自愿熄灭，它总是要熄灭，人不管是不是自愿死亡，他总是要死亡。这里安德列耶夫将蜡烛熄灭的必然性来隐喻人的死亡的必然性。

酒徒和老婆子们又谈起往日舞会的盛况，甚至还让"人"去回忆这些过往。众婆子围着"人"怪笑狂舞，戏谑他，讽刺他。第五幕一开始，"人"都是坐在桌边一动不动，拼尽最后的力气站起来，要与命运做最后的搏斗。这种暂时的状态好转是人大限将至的征兆。"就在这一瞬间，蜡烛突然一亮，随即熄灭了，强有力的昏暗开始吞没一切。"①作者此处恰如其分地运用了人们对于蜡烛在最后熄灭之前会刹那间明亮的经验，构建完成了"生命是火焰"这一基本隐喻的最后一环。蜡烛突然一亮，这个细节的加入，是原有基本隐喻的展开。和延伸一样，展开也是一种变形的手段，但它没有纳入相关的新的范畴，而是填充了原有范畴。蜡烛火焰在熄灭之前会突然变亮，这恰恰隐喻着人在生命结束之前的拼命一搏。安德列耶夫之所以有意填充了这一基本隐喻原本没有涉及的细节，是很明确地显示了他的倾向性——对于命运，要有不屈服的态度。从最后"人"的诅咒来看，"人"深知死之必然，但他要做出举动，赋予自己反抗的意义，形成自我的完整一生。

---

① 汪义群主编：《西方现代戏剧流派作品选：象征主义》，中国戏剧出版社2005年版，第625页。

毫无疑问，老年的"人"是凄惨可怜的。他孤独在世上长大，经过了跌宕起伏、大喜大悲，又重归孤独。他的生命力由弱小，到强盛、衰落，再到消失。人们结合日常生活关于蜡烛的经验，可以体会到生命的种种类似的特质。蜡烛和生命的相似性是一种经验相似性，并不是客观存在的。人们有了相关的经验之后在两者之间建立起连接，并保持着这种连接对人们理解事物的有效性。

与此剧类似的，"生命是火焰"这个隐喻也出现在《奥赛罗》中。奥赛罗熄灭火，就是拿走了苔丝狄蒙娜的生命。奥赛罗在决心杀死苔丝狄蒙娜前，有这样的自述："让我熄灭了这一盏灯，然后我就熄灭你的生命的火焰。"[①] 这一隐喻引导我们将火燃烧的日常知识与生命的概念连接在一起。刚燃烧时的火苗是人的幼年，火光热烈时是人的成年，快熄灭时是老年，灰烬则是死亡。灰烬熄灭后将不会重新燃起火焰，人的生命一旦消失，就不会再回来。

第二节　由基本隐喻"生命是光"构建的《人的一生》的主题

安德列耶夫用了多个源域来映射生命这个目标域，体现了隐喻的系统性，除了"生命是火焰"之外，主要有"生命是

---

① 莎士比亚：《莎士比亚全集》第3卷，朱生豪译，人民文学出版社2010年版，第440页。

光""好为上"等。作者在运用这些基本隐喻的过程中也融入了自身的思想倾向。

一、生命是光

"生命是光"与"生命是火焰"都是利用了光亮、温暖与人的生命力之间的相似处而形成的基本隐喻。初升的太阳带来光亮，一天的正午是阳光最充足、温度最高的时段，万物生长获得能量。太阳落下去了，大地将失去光明和温暖，绝大多数的动物都要安静下来。夜晚则完全失去了太阳的踪迹，大地笼罩在一片黑暗与寂静之中，就如死亡，一切冰冷而可怕。而且以光的消失来隐喻死亡，还与人的另一个普遍认知有关：看不见即是无法理解，即是未知。黑暗中，没有了光亮，人们看不见周围的事物，对一切失去掌控。就如死亡本身，人们对它也是充满了未知，但又没有任何方法可以验证到底死亡之后会是个什么状态。所以，人们根据自然界的经验，构建了"生命是光"的基本隐喻。光线愈强，人的生命力愈强，光线愈弱，人的生命力愈弱。当黑夜到来，光完全消失，人的生命也就彻底终结了。

第一幕里的光线是昏暗的。第二幕的舞台说明，第一句就是："一切都沐浴在明亮、温暖的光线下。"[①] 因为这一时期，"人"最为健壮，充满活力。他为人友善，也得到他的街坊邻

———————
① 汪义群主编：《西方现代戏剧流派作品选：象征主义》，中国戏剧出版社2005年版，第573页。

居的真挚的回报。虽然贫穷，但这一切仍是那么美好。所以这一时期的光也是明亮的、温暖的，让人愉悦。第三幕的光线很有意味，可以看出是作者精心设计过的。"人"到中年，功成名就，美宅华服，实现了世俗意义上的成功，但对生活的热情消退了。对于周围那些信口雌黄、缺少真诚的宾客们采取了漠视的态度。更重要的是，他的寿命已经过了大半，在表面的繁华之景下颓势已经开始显现。那么这一阶段的光是怎样的呢？大厅内是冰冷的白色，窗户被染黑，投不进一丝的光亮。吊灯是照明的来源，"天花板被电灯光照的雪亮，而下边的灯光却要暗得多，以致墙壁看上去像是淡灰色的"①。作者将灯光设置为了上下两个层面，上层雪亮，下层昏暗。这一光线设计与"人"的生命力状态的实质非常贴切。灯光强，则是生命力强，但是这里的强只能是表面，内里余量早已不足了。第四幕的光线是这样的："总的来说，不管人的房间里多么明亮，黑忽忽的高大的窗户也会把亮光吞灭"②。"写字台上搁着一盏昏暗的油灯，灯罩是尖顶的，呈黑色，桌面上摊着一张图纸，油灯在图纸上投下一个昏黄的光圈。"③ 第五幕开始的舞台说明："光线模糊、摇晃、闪烁、昏暗，头一眼什么也看不清楚"。在

---

① 汪义群主编：《西方现代戏剧流派作品选：象征主义》，中国戏剧出版社2005 年版，第 591 页。

② 汪义群主编：《西方现代戏剧流派作品选：象征主义》，中国戏剧出版社2005 年版，第 603 页。

③ 汪义群主编：《西方现代戏剧流派作品选：象征主义》，中国戏剧出版社2005 年版，第 603 页。

"人"死后，"暮色慢慢加浓……暮色更加浓黑了……黑暗降临了……伸手不见五指的漆黑笼罩了一切"。① 在剧的最后一段舞台说明中，作者对光的变化做出了有层次的处理。最终，光线消失了，黑暗来到，死亡掌控了一切。和"生命是火焰"这一基本隐喻贯穿全剧一样，"生命是光"这一基本隐喻也为《人的一生》的意义表达提供了架构。光的变化有明确的表述，昏暗—明亮温暖—上面雪亮下面暗得多—昏暗—漆黑，形成鲜明的层次，分别隐喻着生命的脆弱—强大—维持—衰落—消失。

二、好为上

好为上，是一个深刻影响人们日常生活的基本隐喻。人们常常用空间的"上"来理解一些意味着"好"的概念。好的状态都是向上的。如莱考夫曾举例过的，"高兴为上，悲伤为下"，身体挺直的姿势通常与高兴愉悦的精神状态有关，而人一旦受到打击，身体就会佝偻，不复挺拔。"健康和生命为上，疾病和死亡为下"，人在健康的时候会充满活力，身体保持直立，一旦生病，就只能躺下来休息和治疗，而一旦死亡，更是一个平躺的状态。一个健康、强壮的、有活力的人必然是站立的，他一旦倒下，就意味着患了疾病或者受到伤害。类似的还有"地位高为上，地位低为下""道德为上，堕落为下"等。这些隐喻，在作为隐喻的意象图式来说，都与人在空间中的身

① 汪义群主编：《西方现代戏剧流派作品选：象征主义》，中国戏剧出版社2005年版，第625页。

体姿势有关。以此意象图式为基础，我们的生活中确实存在着大量的相关隐喻，借此来理解某些抽象事物和抽象状态。《人的一生》采用了"活着为上"的基本隐喻，并与"健康为上"，"高兴为上"共同形成了对全剧意义的建构。作品中涉及"人"和妻子的身体姿态也是一种隐喻，说明他们的精神状态以及命运起伏。

　　"人"的青年时代，虽然饥饿难耐，但没有向磨难俯首称臣。年轻的"人"一上场，姿态是昂首挺胸，"人的动作轻盈、迅速，好似一头幼兽，然而姿势却是人类所特有的：潇洒、富有精力，富有自尊。"[①] 中年的"人"只有在宾客面前走过的动作，他沉着又威严。"人"的朋友们和"人"一样，"他们走路时都显得很自豪，一个个挺着胸，步子迈得自信而又坚定"[②]。抬着头，挺着胸，器宇轩昂的身体状态隐喻着"人"无所畏惧的内在精神。他的儿子被人伤害，凶多吉少，变卖仅剩的家产请来大夫，"人""走路时微微弯着腰，但头颅仍然挺得笔直，白眉下的目光冷峻、坚定。"[③] 虽然遇到了痛彻心扉的变故，但"人"的身体状态告诉我们，他不想认输。妻子已经找不到精神支柱，想要向上帝祈求，也想让"人"跪下祈求，"人"十

---

① 汪义群主编：《西方现代戏剧流派作品选：象征主义》，中国戏剧出版社
　2005年版，第579页。

② 汪义群主编：《西方现代戏剧流派作品选：象征主义》，中国戏剧出版社
　2005年版，第598页。

③ 汪义群主编：《西方现代戏剧流派作品选：象征主义》，中国戏剧出版社
　2005年版，第607页。

分勉强地跪下来：

> 这是我在祈祷，你看到了吗？我弯下衰老的膝盖，匍
> 伏在你面前的尘埃里，吻着泥土——你看到了吗？也许我
> 过去曾经得罪过你，那么请你原谅我，原谅我。……可
> 现在我跪倒在尘埃中；吻着土地，央求你把生命还给我儿
> 子。我在吻你的土地呀！①

这里关于是不是"跪下"的争执，其实是关于是否要妥协
求饶的争执。"人"一向以昂然的站姿出现，双膝着地喻示生
命状态、健康状态、精神状态的变化。膝盖是实现"跪下"这
个动作的最主要的身体关节，而"跪下"在不同的文化中通常
表现绝对的谦卑和服从。所以在中西方文化中，"膝盖"已经
蕴含谦卑和服从，蕴含着对秩序的认同，意义固化。"人"不
想放弃对自己命运的掌控，不想将希望寄托于对上帝的祈求。
在妻子的强烈要求下，他的意志力也在减弱，表现在形体上，
便是由"站着"成为"跪下"。"人"在情急时刻的下跪不是出
于本心的，也就是说他并不想完全屈服于命运。妻子在祈祷完
之后说他的态度不够谦恭，有点傲气，而他并不承认。但从最
后回光返照似的行为和话语中，我们还是看到了"人"的性格
是一以贯之的不屈与反抗。尽管他在妻子的强迫下，跪下来祈

---

① 汪义群主编：《西方现代戏剧流派作品选：象征主义》，中国戏剧出版社
2005 年版，第 609—610 页。

祷，身体做出了恭顺的姿态，但还是潜藏着那么一丝无奈。到最后命运完全显示出了狰狞的面目，"人"做出了徒劳而悲壮的一击。

最后出现的"人"，在桌子边，面对不公的命运，凝聚了仅剩的力量，"人站了起来，伸直腰干，昂起白发苍苍的、英俊的、庄重的、威严的头颅"[①] 对命运发出自己的诅咒。最后的舞台说明是"瘫倒在椅子上，头向后一仰，死了"[②]。这个动作表明的是"人"的身体姿态彻底由直立成为平躺，不复为向上。"人"的身体形态和舞台说明相结合，在视觉和心理的垂直维度上完成意义表达。

第三节　由基本隐喻"死亡是对手"构建的 《人的一生》的主题

作家还通常采用拟人化隐喻，将死亡视为一个人来理解——"死亡是对手"。前面几章已经多次讨论的"事件是动作"的基本隐喻在本剧中依然是重要的隐喻。《人的一生》中抽象"命运"是由最常见的动作者——人来掌控的，作品中有一个非常重要的形象——"他"。首先看剧作中对"他"的描

---

① 汪义群主编：《西方现代戏剧流派作品选：象征主义》，中国戏剧出版社2005年版，第625页。
② 汪义群主编：《西方现代戏剧流派作品选：象征主义》，中国戏剧出版社2005年版，第625页。

写完全是一个人的形象。他穿着肥大的灰色衣袍，顶着灰色的风兜，他的面部像用石头刻出来的，"声音坚毅，冷淡，没有一丝一毫激情，就像是雇来念经的人，以一种阴郁的淡漠唪读命运之书。"① 此后，对"他"的描写一直围绕着阴冷无情展开。在序幕中，他宣读了"人"一生的经历，在此后的每一幕中，都站在屋子的犄角处，擎着蜡烛，不发一声地冷漠观看着发生的一幕幕悲喜。"他"虽自始至终以人的形象出现，有人的面貌、人的语言和人的行动，但显然，"他"是抽象概念的具体化，是"命运"的拟人化。命运好像是由一个人来掌控的，这个人拥有绝对的权威。"人"的命运就成为由一个动作者（"他"）实行的动作（掌控）。"事件是动作"的基本隐喻结合了"死亡是对手"的基本隐喻。人都惧怕死亡，总是试图躲避，或者反抗。所以就有了视死亡为对手或者敌人的惯常用法。人们将死亡想象为一个有着强大战斗力的对手或者敌人，想尽各种办法延长生命的做法就经常表达为"同死亡做斗争"。在序幕中，"他"也即是命运，已经宣称"诸位命中也注定要死"②。所以，命运在这意义上就成为"人"的敌人。"他"就成为一个常规意义上的对手形象。既然是对手，那么必然会引入战斗的范畴。在《人的一生》中，"人"始终处在战斗对抗

---

① 汪义群主编：《西方现代戏剧流派作品选：象征主义》，中国戏剧出版社2005年版，第558页。

② 汪义群主编：《西方现代戏剧流派作品选：象征主义》，中国戏剧出版社2005年版，第560页。

的状态。

> 人：(以无所畏惧的挑战的姿势傲然挺立，把一片橡树叶扔向穿灰衣服的人所站的那个屋犄角，同时对着那边说) 喂，你，那边是怎么叫你来着，叫你劫运、魔鬼还是生命，我把一只手套扔给你了，要同你决斗！……所以我要同你决斗。我们来斗剑吧，……喂，出来应战呀！
>
> …………
>
> 人：……喂，你来回击吧！……喂，你来回击吧！
>
> …………
>
> 人：我若战胜了，我将引吭高歌，……我若被你击中，默默地倒下……我还是要尽我最后的力量高呼：人的凶恶的敌人，你并没有战胜我！①
>
> …………
>
> 人：…… 我 被 解 除 了 武 装！ —— 快来跟我肉搏吧！……②

　　一瞬间，所有嘈杂的一切都停了下来，"人"站起来，发出了英雄般的怒吼，他无畏无惧，但未等到后面的话语说出，生命

---

① 汪义群主编：《西方现代戏剧流派作品选：象征主义》，中国戏剧出版社2005 年版，第 583—584 页。

② 汪义群主编：《西方现代戏剧流派作品选：象征主义》，中国戏剧出版社2005 年版，第 625 页。

就戛然而止。无情冷漠地，只是擎着蜡烛冷眼观看，从不正面应战，却注定会胜利的那个"他"就隐喻了命运的绝对掌控。"他"的形象与命运的内涵之间的隐喻关系正是基于人们的普遍认知，并进一步具体化和戏剧化。此外，这里不仅是"事件是动作""死亡是对手"的两个基本隐喻的组合，还要结合人们日常生活中的知识，如战斗需要武器，所以才有了关于剑、盾、铠甲、流血、伤口等元素的参与，做出了范畴的延伸。再进一步说，人类之间的斗争可能会用到武器也可能不用武器，可能会是温和的斗争，可能是惨烈的斗争，可能会不伤毫发，可能会血流成河。作者有意向残酷斗争的方向来引导，所以才用了"伤痕累累""血流如注"这样的状态表述，这是强调了人与命运搏斗的残酷性，更是为了强调人之为人如何从必定的死亡结局中来救赎自身，建立意义。临死前的"人"，已经一无所有，受尽苦楚，却还不愿屈服，以最后的怒吼来实现精神的完整。"人"倒下了，正像所有现实中的决斗结束后，失败那方会倒地而亡一样。命运胜利了，打败了人，也完成了关于命运的拟人化隐喻。

除了以上讨论的贯穿全剧的基本隐喻，还有一些隐喻出现在某处语言表达中。如"人"和妻子相濡以沫、贫富相依，"人和他的妻子一动不动地保持原来的姿势，后来两人一齐朝对方转过身去，拥抱接吻。"[①] 作者就采用了两个基本隐喻的组合，

① 汪义群主编：《西方现代戏剧流派作品选：象征主义》，中国戏剧出版社2005年版，第584页。

"爱是一个整体","情感上的亲密是身体上的亲昵"。再如夫妻
俩在看孩子小时候的玩具,"人"有一段关于玩具小马的回忆,
回忆中反复出现的是骑着马离去的表述。父亲问儿子要骑着小
马到哪去,儿子回答:"奔往很远的地方,""去吧,去吧,我
的小骑士"①。这里暗含的是"死亡是离开"。因为马是传统的运
输工具,想到马这种动物,就会联想到人骑马到某个地方去。
这里选择玩具小马作为回忆的对象也与人们对马的普遍认知有
关。孩子将要死去,也就是要骑马到一个很远的地方去,从而
永远地离开。"人"和他的妻子早已经有预感,儿子恐怕很难
得救,带着这种暗含的恐惧,"人"就回忆起孩子小时候说过
的骑马到远方去的情节。这不能不说是一种情感和认知上的
契合。

第四节　关于生命的隐喻呈现出的系统性

以上主要考察了《人的一生》中"生命是火焰""生命是
光""好为上""死亡是对手"等基本隐喻,作者对这些基本隐
喻的运用、变形和组合构成了作品的主题意义。用多个具体
事物"火焰""光""上""对手"等对抽象概念"生命""死亡"
进行认识,体现了隐喻的系统性。如表5-1所整理:

---

① 汪义群主编:《西方现代戏剧流派作品选:象征主义》,中国戏剧出版社
2005年版,第608页。

表 5-1 《人的一生》中的隐喻系统

	源域			目标域
阶段	火焰	光	身体姿态	生命状态
1	蜡烛突然亮了，烛光昏暗，但烛焰渐渐旺起来	屋里渐亮	无	诞生
2	蜡烛燃烧得又亮又欢	一切都沐浴在明亮、温暖的光线下	人的动作轻盈、迅速，潇洒、富有精力，富有自尊	青年时代，生命力最为旺盛
3	烛光变得暗了，在奇怪地闪烁	天花板被灯光照的雪亮，而下边的灯光却要暗得多	步态沉着，威严，又有几分冷漠	中年时代，生命力开始衰退
4	蓝色的烛焰弯向地面，无力地蔓延开去，不停地颤抖着	油灯在图纸上投下一个昏黄的光圈	走路时微微弯着腰，但头颅仍然挺得笔直	老年时代，生命力即将衰竭
5	蜡烛突然一亮，随即熄灭了，昏暗吞没一切	伸手不见五指的漆黑笼罩了一切	瘫倒在椅子上，头向后一仰	死亡

　　"人"所代表的整体的人类，既是一种生物体，也是具有社会属性的成员，生命力均有着由盛及衰的必然性。人们以具体去理解抽象的隐喻思维，就形成了关于生死的诸多习惯用法，形成隐喻系统。人们对事物的认识是系统的，并非单独存在。每一个隐喻都突出了源域和目标域的某个方面的相似性进行映射，这一个方面的相似性就突出了目标域的一个方面的特征。以多个源域来映射目标域，才能更全面地理解目标域。这些源域形成一个系统，结合各自所附属的知识，共同帮助人们理解目标域。目标域越复杂越重要，人们使用的源域就越多，

是开放性的。

理解《人的一生》中蜡烛火焰、舞台灯光和人物的身体姿态的描写时，不能认为是随机的，也不能孤立着来看，要作为一个整体来看。作者在基本隐喻的基础上，结合自身的倾向性，突出某一方面的知识和经验创造出了比基本隐喻复杂的带着特殊含义的诗性隐喻。因为基本隐喻显示的是人们思维的某些固定模式，但并不显示对目标域的倾向性和态度。作者要想传递出自身的主观态度，必然要加以填充。第一阶段蜡烛"是由一只不可知的手点燃的"。这是一种带着神秘色彩的不可知论。第二阶段寒风试图吹灭蜡烛却无法得逞，突出了生命的抗压性。蜡烛要么不燃烧保持黑暗以延长存在时间，要么燃烧发出光亮而缩短存在时间，这是必然的矛盾。同样，作者将蜡烛这种日用品本身的特质纳入了"生命是火焰"的基本隐喻，拓展了内涵。读者从自身对蜡烛这一物品的经验出发，很容易产生对人生选择的思考：人生要么退缩逃避，追求平淡无味但安稳无忧的生活，要么拼搏无畏，求索热烈激荡但起伏不定的生活。应该如何？作者的意图是明确的，那就是勇敢燃烧！面对现实的牵绊，人应该寄希望于信念，也就是剧中的主人公坚信自己能够打败目前的困难。第三阶段"蜡烛已烧掉三分之一，然而烛焰还很亮，蹿得高高的"[1]。人在创造出辉煌的时候，必然以时间的消耗为代价。人越要辉煌，所付出的代价越多。是

---

[1] 汪义群主编：《西方现代戏剧流派作品选：象征主义》，中国戏剧出版社2005年版，第573页。

否要有所保留，延长生命时长？作者显然是不认可的。经过了第四阶段的蜡烛的颤抖，到了第五阶段，蜡烛在熄灭前忽然亮了一下，这是对人生命力最后爆发的赞赏。明明马上油尽灯枯，却也要发出最后的力量来反抗。还有对"好为上"的扩展和组合中也能看出类似的倾向。人无论什么时候都是以高昂的身体姿态出现，中间只有一次跪伏在地，言语之间还带着傲慢。从这些由基本隐喻到诗性隐喻的变形之中，就显出了《人的一生》的主题表达：死亡不可避免，但是不可避免并不代表人必然会害怕死亡。"人"自始至终没有妥协过。他一直在反抗命运中的种种灾难和祸患，在临死之前还要大叫继续战斗，要诅咒不公的一切。每个人都将面对死亡，必然的死亡结局并不能取消生命的意义，那么如何建构意义？在既定命运面前，淋漓尽致地张扬生命力，不怯懦、不屈服，实现自我价值，完成精神上的胜利。《人的一生》中的隐喻系统让我们看到了人如何实现人生意义的努力。

第六章　泰戈尔戏剧：以隐喻完成的有限与无限的统一

　　泰戈尔的戏剧数量有 40 多部，包含了不同的风格，成就最高、最富有个人特点是象征主义戏剧，包括《春之循环》《南第妮》(《红夹竹桃》)、花钏女 (《齐德拉》)、《国王》(《暗室之王》)、《邮局》① 等。泰戈尔的象征主义戏剧与西方的象征主义潮流宗旨相似，都反对现代化的工业文明，致力于灵魂的救赎和精神的皈依，抒情风格浓厚，重视表现，不重再现，重视抒情，不重冲突。泰戈尔的很多象征主义戏剧是抽象观念的具体化，以诗人情怀去关注人类的精神出路。"抒情的成分在泰戈尔的戏剧中占有相当的比重，他作为抒情诗人的特性在戏剧中也有充分的反映。他的重点或注重的焦点不在戏剧冲突，而在

---

① 河北教育出版社 2000 年版的《泰戈尔全集》中的 16—18 是戏剧卷，是由印度语、孟加拉语和印地语译出，有关作品译为《南第妮》《花钏女》等。中国戏剧出版社 1958 年版的《泰戈尔剧作集》由英文译出，有关作品译为《春之循环》《齐德拉》《暗室之王》等。

于带戏剧性的描写或倾诉。"① 既然重点不是戏剧冲突，那么便不能按照生活逻辑去看待故事的人物和情节发展，因为这些更多是作者观点的感性演绎，而非理性推理。"对泰戈尔来讲，用戏剧抒发思想和情感永远比编排矛盾冲突和戏剧情节更为重要。"②

　　泰戈尔的思想有着神秘主义色彩，是一种泛神论。万物皆有神，万物本是同体，人与自然互相依赖，共同形成世界。世间最重要的真理就是有限与无限的统一，生存与追求的统一。"我们的生命中也有有限的一面，那就是我们每前进一步都在消耗自我；但我们的生命中还有无限的一面，那就是我们的抱负、欢乐和献身精神。"③ 有限与无限统一，人神合一是超越了时空限制适用一切的自然法则和宇宙秩序，这是泰戈尔象征主义戏剧的一贯主题。这一主题体现在泰戈尔象征主义戏剧中就是对于大自然的热爱和歌颂，对于信仰和真理的追求，而且通过运用"人是植物"的基本隐喻将这两者结合起来。如《春之循环》《齐德拉》《国王》等戏剧中"人是植物"的基本隐喻反复出现，有了相对固定的意义，并和其他基本隐喻一起共同形成作品主题的象征意义。通过对这一基本隐喻的解读，能够把握剧作的主题以及作者的整体思想。

---

① 刘安武：《关于泰戈尔的戏剧》，刘安武、倪培耕、白开元主编：《泰戈尔全集》第 16 卷，河北教育出版社 2000 年版。

② 冉东平：《论泰戈尔的静止戏剧》，《戏剧艺术》2014 年第 2 期。

③ 泰戈尔：《一个艺术家的宗教观——泰戈尔讲演集》，康绍邦译，上海三联书店 1989 年版，第 56 页。

　　"人是植物"这一基本隐喻的出现是建立在人的普遍认知基础上的。植物总是死亡的结局。有的植物是在规律支配下自然的死亡，如落叶；有的植物是有人的参与，比如庄稼被收割，那么被收割的时刻就是死亡的时刻。泰戈尔对"人是植物"隐喻的运用有自身的特点，就是突出了植物死后在第二年会重新生长，在"死亡是冬天"的隐喻运用中突出了春天会在第二年重新到来。虽然对于个人来说，生命都是有限的，但对于整体人类，生命却是无限的。人类生存与自然界的规律一致，是顺应了宇宙的不变规则，是以自身的有限与宇宙的无限的和谐共存。这种个人有限与宇宙无限的结合，消解了个人必然死亡的命运所带来的悲剧感。泰戈尔强调了大自然的生生不息，表明他对人类的出路是持乐观态度，充满希望。

第一节　由基本隐喻"人是植物"构建的 《春之循环》的主题

　　"人是植物"这一基本隐喻贯穿全剧，与其他隐喻一起，揭示了《春之循环》的主题。人与植物的关系由来已久。在自然状态中，植物一般在冬天凋零或死去，而作者在《春之循环》中强调了植物会在春天来临时再次生发，如此往复。作者用优美的笔触在感觉、视觉、嗅觉、触觉形成通感，以植物的可感具体的形象来投射了抽象的生命状态。

一、人与植物的关联

原始社会中，植物是人们的食物来源和生活保证之一。人们选择那些产量较高、能量较高的植物进行培育作为食物。那些作为庄稼的植物品种与人类的生存息息相关。人们对于这些植物的生长习性非常熟悉，渐渐用植物的特性来表示人的特性，形成了"人是植物"的基本隐喻。整株的植物，整株植物的某一部分，植物的生长周期，植物的生长习性都可以来投射人的生命和生活。日常生活中以植物的状态来表示人的状态极为普遍，比如"小朋友们茁壮成长"。"他这几年努力奋斗，硕果累累"，"他的生命之花已经凋零了"等。这是人们千万年来与植物特别是庄稼的密切关系的反映。这种密切关系是人们理解生命这种抽象概念的省事又有力的途径，并因其有效性长期延续下来。这些隐喻已经进入人们无意识的语言系统，并参与构成了一个历史、现实、未来相互交织的日常生活空间①。

因为植物与季节之间的天然联系，所以"人是植物"与"生命是一年"两个基本隐喻经常一起使用。春天，自然界的植物和动物都在快速生长，而到了冬天，万物进入冬眠或生长缓慢的状态，生命力减到最弱。如此一来，季节与人生之间建立起固定的投射关系。一般来说，生机勃勃的春天，隐喻着一个人的少年和青年时代，他们身体强健，朝气蓬勃。夏天是成熟的中年。万物繁盛，郁郁葱葱，天气炎热，万物有着最强的

---

① 张兆林：《聊城木版年画生产传承中的女性角色研究》，《民俗研究》2020年第4期。

生命力，如同一个人褪去了青涩，无论在智力还是人生阅历上都是最成熟自如的阶段。秋天是老年，没有了夏天炽热的生命力，风吹叶落，一片萧瑟，就如人已度过了最炫目、最耀眼的阶段，精力下降，抵抗病痛和打击的能力也大大减弱。冬天是死亡，白天变得极为短暂，阳光变得奢侈，冬天里万物的生存都变得艰难，植物和动物都要经过寒冬的考验，就像人一样失去了生命力，只能接受死亡的必然结局。这样，植物与季节有着先天的关联，又因为植物与人在长久生活中建立起后天的关联，所以季节与人生也有了关联。形成"人的一生是一年""死亡是冬天"这样的隐喻。

　　在这些普遍认知之外，文学还可以从自身的设定点出发，创造出很多新鲜的诗性隐喻，从而反映人们思考的多面性。例如，人到老年，经历过一切风霜磨难，是生命力最脆弱的时期，但同时也是人生经验最为丰富、看世事最为透彻的时期。对每一个经历丰富且善于思考的作家来说，追寻人生意义和命运真谛都是一个不可避免的主题。人在不同阶段，会对人生有不同的感悟，正如辛弃疾词云："少年不识愁滋味，爱上层楼。爱上层楼，为赋新词强说愁。而今识尽愁滋味，欲说还休。欲说还休，却道天凉好个秋。"再如叶芝的诗《随时间而来的智慧》所表达的人生感受就是典型的由"人是植物"这一基本隐喻来构建的：

　　　　虽然枝条很多，根却只有一条；

> 穿过我青春的所有说谎的日子，
>
> 我在阳光下抖掉我的枝叶和花朵；
>
> 现在我可以枯萎而进入真理。①

这里把人想象成了植物，有着枝条、根、枝叶、花朵、枯萎这些植物的要素。植物掉落了枝叶和花朵，枯萎了，但是根始终如一。人经历了青春，进入了老年，获取了一直存在但被忽视了的真理。

二、《春之循环》里的"人是植物"的隐喻

泰戈尔将歌曲直接作为戏剧的成分，参与进人物的情感表达和情节的推进，这类似于古希腊戏剧中歌队的作用，可以对剧中人或者事做相应的评论。歌曲的安排使得全剧的情节发展和冲突酝酿受到阻滞，但带给全剧一种高远的诗性情怀。人物的内心独白也是泰戈尔惯用的手段。歌曲和内心独白是由某个人物来做出的，在戏剧整体结构中，这些歌曲和内心独白对于其他人物并不一定是必须了解和接受的，更多是作者为了传达某些思想而有意为之，让戏剧有了更多的空间和时间来充分传达作者的思想观念，烙印着作者个人主观的痕迹。

《春之循环》开头是国王因为耳后出现了两根白发而恐慌不已，觉得这是死亡将要来到的信号。诗人与国王见面，认为

---

① 叶芝：《叶芝文集：抒情诗·诗剧·卷一·朝圣者的灵魂》，王家新编选，东方出版社 1996 年版，第 73 页。

生命是不会结束的，会通过更迭实现常新。国王担心白发意味着青春逝去，随即而来的就是死亡。诗人说了巧妙的隐喻："国王，如果这个青春凋萎，便让它凋萎。另一个'青春之后'又要来了。为了做你的新妇，她会把纯白的茉莉花环放在你的头上。"① 由此，"人是植物"开启了全剧的系统性隐喻表述。"青春"这个抽象的人生阶段和"凋萎"这个植物状态直接放在一起，青春就像盛开的花，青春逝去就像花开过后的凋萎。所以这里的"青春凋萎"是借助了植物这个中介，将本是无形无状的一种状态通过视觉感十足的花的形态表现出来。人们结合对花的观察，不仅可以联想到花瓣凋落的视觉，还可以联想到花香全无的嗅觉，实现了感觉、视觉、嗅觉的通感。一种无可名状的抽象概念立刻被赋予了鲜活可感的具体形象。青春的消失正如鲜花的凋萎一样不可避免，但不应感到悲伤，因为这个青春消失之后，还有别的青春会出现，就像鲜花会在来年开放一样，是自然规律。诗人告诉国王，要做"舍弃者"，只有懂得舍弃才能获得大道，"外面的世界中一切都是变化，都是生命，都是运动。那个边走边舞，吹着笛子，和生命的运动一齐不断活动、不断前进的人，他才是真的'舍弃者'"②。这是对"如果青春要凋萎就让它凋萎"的进一步解释。因为世间万物没有固定

---

① 泰戈尔：《泰戈尔剧作集：春之循环》，瞿菊农译，中国戏剧出版社 1958 年版，第 9 页。

② 泰戈尔：《泰戈尔剧作集：春之循环》，瞿菊农译，中国戏剧出版社 1958 年版，第 11 页。

的，变化才是真理。有生便有死，有起便有灭，有聚便有散。只有将个人放置于宇宙的规则中，才能超脱于个人的得失和恩怨。"我们要有所失才有所得。我们不相信什么永久不变的东西。"① 接下来，为了让国王进一步明白生命的真谛，诗人准备了一部戏剧。

　　　　——在世界神话里这支歌曲顺着它的次序转过来。在每年四季的戏里，"冬天"这位老人的假面具揭去了，"春天"的景色极美丽地显现出来。这样我们看见老的永远是新的。
　　　　——好，诗人，关于歌曲就是这些：可是还有什么？
　　　　——哦，那就是生命的全部。②

　　诗人向国王介绍戏剧的内容，其实是全剧思想的概述。冬天直接以老人的形象出现，但苍老只是他的假面具，美丽的容颜就藏在面具之下。这里很自然地将人生阶段与自然四季相对应，"生命是一年"的基本隐喻就如此顺畅地运用出来。大自然四季的转换让我们看到"老的永远是新的"，而这是"生命的全部"。泰戈尔从更宏观的角度来考虑生命的本质，生命不仅会像四季那样必然由繁盛到衰败，而且还意味着不断循环。

---

① 泰戈尔：《泰戈尔剧作集：春之循环》，瞿菊农译，中国戏剧出版社 1958 年版，第 11 页。
② 泰戈尔：《泰戈尔剧作集：春之循环》，瞿菊农译，中国戏剧出版社 1958 年版，第 11 页。

正如《春之循环》中以剧中人的口吻说出："自然里的春天的戏剧与我们生活中的青春的戏剧是相应和的。我不过是从那位世界诗人的抒情剧中偷了这个情节来罢了。"① 观众在看戏剧，里面的人物也在看戏剧。这是一个戏中戏结构。戏中戏既是演出给国王看，也是演出给观众看。国王作为剧中的观看者，也是观众思想的代言者。

第一幕的序曲，是十分优美的《竹之歌》《鸟之歌》和《盛开的金香花之歌》，这是一个诗意盎然的春天世界。百花盛开，鸟声婉转，一切都处在生长的希望之中。最开始是一群男孩子上场，他们代表的是一种植物——"竹子"。竹子生长迅速，生命力十分旺盛。它们渴望着春风的到来，热切地盼望着，等待着春风把它们"摇醒"，从而能够"享受新叶的快乐"，等待着春风"把生气吹进我的枝叶里"②。这些优美又充满童趣的歌曲，把稚嫩的孩童形象与破土而出的新竹结合在一起。然后是一群女孩子上场，她们代表的是"小鸟"。小鸟在空中飞翔，歌唱着天空的光明、森林的火焰和春日的微风。"森林的火焰，所有你的花的火把正在燃烧；你以你青春的热情吻红了我们的歌曲。"③ 花儿在最美的时节恣意开放，浓烈的美犹如火

---

① 泰戈尔：《泰戈尔剧作集：春之循环》，瞿菊农译，中国戏剧出版社 1958 年版，第 20 页。

② 泰戈尔：《泰戈尔剧作集：春之循环》，瞿菊农译，中国戏剧出版社 1958 年版，第 22 页。

③ 泰戈尔：《泰戈尔剧作集：春之循环》，瞿菊农译，中国戏剧出版社 1958 年版，第 23 页。

把在燃烧，这是由花儿怒放的视觉形象过渡到了火把燃烧的视觉状态。然后以"青春的热情吻红了我们的歌曲"，将火把的燃烧隐喻为青春的热情，是通过炽热的触觉建立起火把和青春的经验相似性，这样青春也有了触觉上的温度，并以这种温度将歌曲"吻红"，就像火把的温度会把靠近的事物照成红色一样。盛开的鲜花，犹如燃烧的火把，充满了热量，就像热烈奔放的青春年华。这样作者就将源域——盛开的鲜花，映射到目标域——火热的青春，利用感觉的跨域性，建立起了鲜花和青春之间的隐喻连接，运用植物最美丽的花朵的部分来隐喻人最美好的青春。接下来，是另一群代表着"金香花"的男孩出场，"我的运动在我的宁静的深处，在新叶的快乐的生长里，在怒发的花潮里，在新生命向着光明的看不见的推动上"①。这一段的歌曲，同样是选用了植物的叶子和花朵的部分，以叶子的生长和花的怒放来投射新生命的成长。序曲结束后，便是人们开始寻找一个老人，"有人说他是白的，像死人头骨一样。也有人说，他是黑的，像骷髅的眼窝"②。很明显，这个老人是死亡概念的具体形象。"那老人的寒气已经刺入你们的骨头里了。"③老人是死亡的象征。这个隐喻的设置本身是主观的，但是它的

---

① 泰戈尔：《泰戈尔剧作集：春之循环》，瞿菊农译，中国戏剧出版社 1958 年版，第 24 页。

② 泰戈尔：《泰戈尔剧作集：春之循环》，瞿菊农译，中国戏剧出版社 1958 年版，第 31 页。

③ 泰戈尔：《泰戈尔剧作集：春之循环》，瞿菊农译，中国戏剧出版社 1958 年版，第 33 页。

依据却是人们惯常的认知习惯。老人身上有寒冷的气息，就是运用的"死亡是冬天"的基本隐喻。死亡本是完全抽象的一种状态，与季节无关，可以发生在任何时间，但是因为冬天给人的肃杀之感，人们往往将死亡给人的绝望之感与冬天给人的哀伤之感相结合。所以，虽然老人这个形象本身与冬天没有特别的联系，但是因其死亡的内涵，自然与冬天和寒冷联系起来了。

第二幕开始仍然是序曲。与第一幕的序曲是单纯歌颂春天和生命不同，第二幕的序曲歌唱的是春天和冬天之间的互动，隐喻着生命与死亡的互存。

第三幕的序曲，舞台说明是"冬天正在拉开他的面具——他的隐藏着的青春将要显现了"①。与之对应的是接下来的《春之使之歌》，表达的是死亡的新面貌就是新生，仍以"生命是植物"来隐喻，如"太阳在他的光芒中笑着、等着，看着你从灰色变成绿色"②。一个盲歌手自称可以带章特拉去找老人，他边走边唱着歌：

> 让引路的在四月的微风中，
> 穿过黑夜轻声地告诉你。

---

① 泰戈尔：《泰戈尔剧作集：春之循环》，瞿菊农译，中国戏剧出版社 1958 年版，第 48 页。

② 泰戈尔：《泰戈尔剧作集：春之循环》，瞿菊农译，中国戏剧出版社 1958 年版，第 49 页。

在这旷野里，

我只有用你花环的芳香来引导我。①

这里与第一幕的序曲照应，四月的微风照应了春天的微风，花环的芳香照应了百花盛开。

以此为过渡，第四幕序曲《归来的青春之歌》更是全篇皆以繁花似锦来隐喻青春，事实上，题目是青春之歌，内容里并没有出现任何"青春""人生"这样的字眼，也就是说，通篇都是基于隐喻而构建。与前几幕的序曲不同的是，第四幕序曲的名字都越过了"春""冬""花""鸟""竹"这些暗示季节的字眼，直接展示了青春和春天之间的隐喻关系。为何是归来的青春之歌？因为春天里的花朵都开放了，也就是说，生命完成了它的循环。孩童互问互答，他们提问："你是谁呀？"又回答："我是伐古花"，"我是巴奴花"，"我们是上了光明之岸的芒果花"，"我是西慕花"，"我是加米利花"，"我们是丛生的新叶"。②百花锦簇，是为春天到来，也即隐喻着人的青春年华。百花年年开放，春天常更常新，人的青春也是如此，不会终止。在第四幕的后半部分，青年们因为路途不顺利，怀疑起了当初的动机，有了挫败感。这时，跟随盲歌者的章特拉回到了他们中

---

① 泰戈尔：《泰戈尔剧作集：春之循环》，瞿菊农译，中国戏剧出版社1958年版，第54页。

② 泰戈尔：《泰戈尔剧作集：春之循环》，瞿菊农译，中国戏剧出版社1958年版，第55—56页。

间，并宣告老人已经来了。青年们议论到老人又像个小孩，好像是第一次见到似的。老人和小孩的形象对立地重叠在一起，以前的老朋友变成了好像是初次见面，这里的矛盾正展示了剧作的核心思想：在有限中与无限结合，在死亡中获得新生。

再看最后的《春节之歌》：

> 四月已醒了。
> 生命的无边之海，
> 在你前面阳光的照耀下汹涌澎湃。
> 一切遗失都已失去，
> 死亡淹没在海的波涛里。
> 你心里带着四月的快乐，
> 勇敢地投入到生命之海的深处。[①]

这是泰戈尔哲学思想的总结。四月已经醒了，四月是春天的季节，百花争艳，竞吐芬芳，犹如人的青春时代，总是有着强大的生命力。即使个体总是以死亡的方式消亡，但是在自然万物的生命循环中，死亡并不可怕，因为它必然预示着新生，所以说"死亡淹没在海的波涛里"。

人与自然合一的思想，让整部《春之循环》沉浸在自信而热烈的情绪中。作为个体的人，要超越个体的有限性，投入

---

① 泰戈尔：《泰戈尔剧作集：春之循环》，瞿菊农译，中国戏剧出版社 1958 年版，第 72 页。

到生命的大循环中去。生命力如大海，永远不会枯竭。《春之循环》以神采飞扬的春天气息歌咏着一切的美好。在泰戈尔看来，大自然万物常新的无限性超越了个人有限性，在自然规则下，可以将个人的有限与自然的无限合一，由此达到对个体的救赎，免除个体必然消亡的悲伤。整部《春之循环》都洋溢着生命的热情。

三、《春之循环》的主题与其他基本隐喻

《春之循环》中的其他基本隐喻与"人是植物"的隐喻运用一起体现了作品的主题。

（一）对"时间是改变者"的运用和变形

一般认为时间流逝不可逆，在时间中已经真实发生的事情也不可逆。时间与生命和死亡的概念不可分割。所以，不仅生命和死亡有着丰富复杂的基本隐喻，时间也有着相对固定的隐喻用法。时间之所以重要其实就是因为它与人的生命紧密结合在一起。在时间里，人出生了，随着时间的流逝，又迎来了生命的终结。对时间概念的理解，与一些终极问题紧密相连。

人们对于时间最基础的认知是"时间是改变者"。在时间中，人和事物都在改变——生长、破坏、消失等。因为发生的改变多种多样，那么在隐喻中时间也就有了多个改变者的面貌，不同的信息反映了改变的不同本质和对象。"时间是改变者"里面暗藏了由"事件是动作"而来的拟人化隐喻。人们一般并不认为事件是自己发生的，而是有一个事件的实施者，也就是动作者。改变是事件，但人们经常将其想象为是一个动作，既然如此，就要有动作者来实行这个动作。因为改变都是在时间中或急或缓地进行的，所以时间本身往往会被视为这个动作者，当然通常是人。综合起来，人们往往认为事件就是时间这个人做出的动作。

"时间是窃贼"也是常用的隐喻。"时间是窃贼"其实是"时间是改变者"和"生命是拥有"这两个基本隐喻的组合。为什么时间会被认为是窃贼？因为生命是珍贵的拥有，所以它才可能被偷走。年轻时候是人最宝贵的时期，拥有美貌、力量、健康等，所以经常会有时间偷走青春的隐喻。将时间视为窃贼，让我们能通过窃贼的特征来理解时间的特征。窃贼总会去偷那些贵重的东西，所以时间偷走的是生命、青春、健康等这些人人都视若珍宝的东西。而一旦贵重的东西丢失了，人就会感觉到特别的痛苦和无助。所以将时间隐喻为窃贼，正可以形象地说明，随着时间流逝，人们所珍视的很多东西都不可避免地改变了。

"时间是收割者"这个是"时间是改变者"和"人是植物"的基本隐喻的组合。如果整个植物都被砍倒了、收割了，那么就意味着死亡。如果是植物某一个部分被收割了，那么就意味着人失去了一部分拥有，如年轻美貌。这个隐喻解读表明，我们不仅可以用不同的基本隐喻带来多样化的解读，也可以通过强调同一个基本隐喻的不同方面来进行多种解读。

"时间是吞噬者"是"时间是改变者"加上了吃东西这个

常识。一般来说，吃掉某个东西，这个东西就消失了。而且，我们吃东西是渐渐地、按照一定的节奏来吃，这就像时间是一点点地吃掉某种特质，如青春是一天天不知不觉地失去的。所以，时间是吞噬者，即时间是一切事物的毁灭者和生命的终结者。

"时间是追捕者"是"时间是改变者"加上了路径隐喻。当我们移动在生命的道路上试图抵达生命中的目标（路径上的目的地）时，是在跟时间比赛。当时间赶上了我们，阻止了我们继续行走，就是死亡。我们想用行动避免死亡，注定是徒劳的。时间就像追捕者，最终会抓住人，这无法改变。

总之，将时间视为窃贼、收割者、吞噬者、追捕者等，都是将时间视为一个改变者，再加上其他的具体信息来定义这个改变的本质。因为时间的不可逆性，所以时间做出的改变也是不可逆的。[①]

第二幕的序曲中，泰戈尔将"时间是改变者"的基本隐喻做了反方向的变形。时间虽然是改变者，但是这种改变是可逆的。时间夺走的人的健康、青春、美貌、生命力，还可以再拿回来，重新获得。生命是循环不息的，所以才有了"我们撕开时间的口袋，取回他的掳获品"[②] 这样的表达。时间被做了拟

---

① 此处关于时间隐喻的提法参考了 George Lakoff and Mark Turner. *More than Cool Reason: A Field Guide to Poetic Metaphor*. Chicago: The University of Chicago Press, 1989: 34-43 的相关内容。

② 泰戈尔：《泰戈尔剧作集：春之循环》，瞿菊农译，中国戏剧出版社 1958 年版，第 35 页。

人化的处理，他是一个人，会背着一个大口袋，这个大口袋里装的是人们珍视的生命等。这个人想要背着口袋永远走开，但现在春天的使者出现，将他口袋里的东西重新取回来。这是一个非常有创造性的诗性隐喻，是对人们普遍接受的认知观念的改变，也是作者想要着意表达的个人哲学。

（二）对"死亡是离开"的运用和变形

"死亡是离开""死亡是去往最后的目的地"这些基本隐喻前面已经多次提及，此处不再详述。

《春之循环》中有这样一首《冬之歌》：

离开我吧，

让我去吧。

我要驾着船去到寒冷的北方，

为了冰岸的宁静。

朋友们，你们的笑声，

笑得真不是时候呀。

你们把我的道别声

变成了欢迎新客的歌声。

万物又把我

拉回到它们心中的跳舞圈里。①

① 泰戈尔：《泰戈尔剧作集：春之循环》，瞿菊农译，中国戏剧出版社 1958 年版，第 36 页。

　　之所以把整个《冬之歌》摘录下来，是因为这里面包含着丰富的基本隐喻，主要是"死亡是离开""生命是一年""生命是旅程"，并在此基础上做了极有创造性的变形，使之成为既情感优美又有着深刻哲理的诗性隐喻。死亡是永远的离开，是不可避免的人生终点。它的认知基础是路径图式。所以，歌曲里会有"让我去吧"。"让我去吧"是在道路上行走，走向那终点不可能再回来。"驾船"和"冰岸"是对"死亡是离开"的展开，填充了离开的工具和离开后要去的地方等细节信息。而对这些信息的填充也不是随机的，是来自"生命是一年"而延伸出的"死亡是冬天"的隐喻。"驾船""寒冷的北方""冰岸"是对"死亡是离开"和"生命是一年"的延伸、展开和组合。因为人们惯常认为生命与自然四季的生命力的强弱相对应，"生命是一年"，所以在此冬天是死亡的隐喻。依照人们对于季节的经验，一般很少将死亡与温暖的春天和炽热的夏天相联系，将离开后要去的地方想象为严寒的北方，更加符合人们的认知习惯。这样，通过基本隐喻的组合，作者就依赖人们可以自然接受的经验创造出了符合心理预期的文学话语。但接下来，与对"时间是改变者"反其意而用之相似，作者对"死亡是离开""死亡是冬天"又做出了充满逆反性的使用。春天的笑声"把道别声变成了欢迎新客的歌声"，并且又把"拉回到它们心中的跳舞圈里"。死亡本是一次不可能返回的路程，但发生了奇迹，生命又回来了，本是离开前的告别，却变成了重逢的见面。本是悲伤的死亡场景，却喜感地成为重生之境。作者对"时间是改变者"和"死亡是离开"的变形用意是一致的，打破常规，给人心理上的突转，从而突出个人的倾向性和价值观念，这凸显了泰戈尔的辩证思想。"你带着你的青春的珠宝，藏在你的灰色的破衣里"[1]则进一步巩固了由"时间是改变者""死亡是离开"的变形使用而引起的突破常规的效果。青春其实并没有随着时间的流逝而消失，苍老的终结意味着青春的即将回归，通过这样的诗性隐喻，个人的有限与人类的无限达到了统一。

（三）对"生命是旅程"等的运用和变形

《春之循环》中还有一群青年人要去找老人的情节。他们在寻找的路上碰到了船夫、更夫、油商，于是有了含有寓意的对话。青年陈述的目的，就是要找到那个老人，而船夫、更夫、油商给出了对老人的印象和评价。因为老人是死亡的象征，所以他们的回答就是对死亡的看法。有意思的是，船夫、更夫、油商的回答全部是日常生活的基本隐喻的再现，因为他们没有领悟到万物循环的哲理，所以他们都是在常规意义上使用的，没有做出有倾向性的变形。青年问船夫是否知道老人在哪里，船夫回答："我只管路途。但是谁的路，或是什么意义，我是没有机会过问的。因为我的目的是码头而不是住处。"[2] 这是"生命是旅程"的基本隐喻。船夫代表的普通人只是被动地

---

[1] 泰戈尔：《泰戈尔剧作集：春之循环》，瞿菊农译，中国戏剧出版社 1958 年版，第 37 页。

[2] 泰戈尔：《泰戈尔剧作集：春之循环》，瞿菊农译，中国戏剧出版社 1958 年版，第 38 页。

经历着人生，至于人生的意义如何，从来都不考虑。青年问更夫是否知道老人在哪里，更夫回答："你寻访他的时候，他也在找你们。""我是晚上打更的。我看见人却看不清面孔。"① 更夫的工作是在夜晚，白天的亮光完全消失之后。他在黑暗中看到了老人，但又看不清老人的面貌。这里运用的是"死亡是黑夜"和"看不见是未知"两个基本隐喻的组合。青年问油商那老人的情况，油商回答："我想我昨晚曾远远地看见过他""黑黑的。……黑得像黑夜一样。"② 这里运用的是"死亡是黑夜"的隐喻。所以，船夫、更夫、油商的回答都是关于死亡的常规隐喻。大众是在常规意义上使用隐喻，也就是认为死亡是一种必然的可怕的事情，是表达的一种普遍观念。而青年们作为作者的代言人，则是在非常规意义上使用这些基本隐喻，将其变形为新鲜的诗性隐喻，表现出有限中的无限性，体现出领悟到的生命真谛。正因如此，以船夫、更夫、油商为代表的大众对青年的话和做法完全不能理解，更夫几次重复道："他们疯了！完全疯了！简直疯了！"③

作者运用了"人是植物""时间是改变者""死亡是离开"等基本隐喻，强调了个人生命由盛到衰的必然轨迹，但他并没

---

① 泰戈尔：《泰戈尔剧作集：春之循环》，瞿菊农译，中国戏剧出版社 1958 年版，第 39 页。
② 泰戈尔：《泰戈尔剧作集：春之循环》，瞿菊农译，中国戏剧出版社 1958 年版，第 44 页。
③ 泰戈尔：《泰戈尔剧作集：春之循环》，瞿菊农译，中国戏剧出版社 1958 年版，第 47 页。

有停留于此基本认知，而是利用延伸、展开和组合等将基本隐喻变形为有新鲜感有创造力的诗性隐喻，凸显了全剧一直在倡导的有限与无限是一体的思想。这是作者对基本隐喻的生命力的再丰富。为了更突出主题，作者还设置了只能从基本认知层面理解生命有限性的人物，如船夫、更夫和油商。他们不了解生命奥秘，不了解人与自然合一理念，表现在语言上就是完全依照人们的一般认知来表达思想，未能体现出独特性。

第二节　由基本隐喻"人是植物"构建的《花钏女》的主题

泰戈尔另一部戏剧《花钏女》，也贯穿了"人是植物"的基本隐喻，利用植物、季节和生命之间的经验相似性，构建起了全剧的主题意义和人物形象。

一、关于《花钏女》

全剧的主人公是花钏女和阿周那。花钏女是玛尼布尔国王的公主，英勇善战，很有正义感，被父亲作为男孩来养育。她学会了种种本是男子才会的本领，会拉弓射箭，懂王权法典，会料理朝务，性格趋于男性化，身体粗壮硬朗，却缺少温柔娇情的女性美。阿周那是俱卢王室的王子，是众所周知的英雄。另外还有两位人物：爱神和春神。花钏女见到阿周那的一瞬间，她女性的角色被唤醒，一瞬间竟不知如何反应。后来，在强烈爱意的驱动下，她脱下男装，换上已经不习惯的女装，盛装打扮，主动去找阿周那表达爱慕之情。但被阿周那以已经许下独身十二年的重誓为由而拒绝。花钏女受到打击，恍然大悟，明白了女性柔弱之美比学识和力量更能征服一个男子的心，所以愿意付出一切代价来换得一天的美貌，让她能够享受到幸福美满的一天。春神和爱神不仅答应会成全她，还慷慨地送给公主一年的美貌。花钏女如愿成为绝世美人，阿周那立刻被吸引住，热烈地赞美她的美丽并主动表白。公主提醒阿周那有着十二年独身的誓言，但阿周那毫不掩饰地说："名声是虚假的，英勇是虚妄的，我今日才豁然开朗，人世宛如南柯一梦。唯独你完美无瑕，唯独你至高无上，你就是世界财富！"①两人成为爱情伴侣。渐渐地，阿周那对单纯的美貌起了厌倦之心，又想起要做一番事业：同时，他总觉得公主似乎有心事，不能完全看透她。这时村民们遇到了危险，平时保护他们的花钏女公主已经不见踪影。阿周那并不知道眼前娇弱的美人就是传说中英勇的公主，对花钏女的事迹感佩不已，甚至产生了心灵上的共鸣。与神约定的最后一夜，花钏女揭开面纱，恢复了丑陋的容貌，坦然说出了一切的真相，希望自己可以不靠美貌获得阿周那的爱情，可以做他最有力、最诚挚的助手，同甘共苦。阿周那十分高兴，欣然答应，觉得生命圆满了。

戏剧情节非常简单，人物也极少，没有错综复杂的人物关

---

① 泰戈尔：《泰戈尔全集》第 16 卷，刘安武、倪培耕、白开元主编，河北教育出版社 2000 年版，第 282 页。

系和激烈紧张的矛盾冲突。冲突主要来自人物的内心。花钏女在祈愿实现之后，陷入了美貌与精神的冲突中。她原来容颜丑陋、形体粗壮，但精神上十分富足，履行王国保护者的职责，得到村民的由衷爱戴。自从有了美貌，她所有的价值就是与阿周那在温柔乡里沉醉。最后，她终于又找到了心理平衡的支点，重新找回了精神的力量。

两位神祇一位是爱神，一位是春神。两位大自然的神合力给花钏女以美貌，并促成其爱情的幸福。爱神让世界上的男男女女囚禁在爱情的牢笼里无法自拔。春神则是掌管季节，保证万物的生命力能够击退固有的衰亡。花钏女请求爱神和春神给她一天的美丽，但两位神给了她一年的时光，"我们要赐予你整整一年辰光，让你肢体绽放出茂盛春花的丽彩！"① 这是全剧第一次出现了"人是植物"的基本隐喻。以"春花""茂盛""一年"的关键词语建立起了植物、春天和生命之间的连接。接下来，这些基本隐喻的组合一直持续到剧末。

二、花钏女的状态变化与"人是植物"的隐喻

"人是植物"的基本隐喻在运用时会根据具体语境来选择以植物的整体为源域还是植物的部分为源域，《花钏女》显然是选取了植物的一部分——花朵来映射花钏女的爱情。因为在植物的全部组成部分中，一般来说花朵是最为艳丽的，它色彩

---

① 泰戈尔：《泰戈尔全集》第 16 卷，刘安武、倪培耕、白开元主编，河北教育出版社 2000 年版，第 273 页。

斑斓，婀娜多姿，更适合作为爱情的表征。

两位神祇让花钏女具有了心之所愿的绝佳美貌，就犹如世上盛开的最鲜艳夺目的花朵。自然界中，春天是花朵最为争奇斗艳的季节，由此，花钏女有着一年的美貌，就犹如一年不再是四季交替，而是春天常驻，生命力饱满。在接下来的文本中，反复多次出现关于春天和花朵的隐喻。阿周那："我来到了玛纳斯湖畔，那儿盛开着绚丽多姿的鲜花。"① 花钏女："湖池的柔美岸畔，我把春日的花瓣收集，把温馨的花床铺成。"②"从七叶树上展开芬香四溢的茉莉花。"③"我小心翼翼把茉莉花藤叶折弯，把射在他脸上的流水般阳光挡遮。"④ 阿周那与花钏女定情的那一夜，两人的对话或者内心独白中处处充满着花的香气，茂盛的繁花将他们围在一个幸福的小世界里。花香满溢，这是春天的力量，隐喻着人的生命力达到的最佳状态。但花钏女随后反思，觉得没有了精神支撑的美貌是徒有其表，感到很空虚："我这个女性的甜蜜温柔，也如同残花上的花瓣凋落。"⑤

---

① 泰戈尔：《泰戈尔全集》第 16 卷，刘安武、倪培耕、白开元主编，河北教育出版社 2000 年版，第 282 页。

② 泰戈尔：《泰戈尔全集》第 16 卷，刘安武、倪培耕、白开元主编，河北教育出版社 2000 年版，第 285 页。

③ 泰戈尔：《泰戈尔全集》第 16 卷，刘安武、倪培耕、白开元主编，河北教育出版社 2000 年版，第 286 页。

④ 泰戈尔：《泰戈尔全集》第 16 卷，刘安武、倪培耕、白开元主编，河北教育出版社 2000 年版，第 289 页。

⑤ 泰戈尔：《泰戈尔全集》第 16 卷，刘安武、倪培耕、白开元主编，河北教育出版社 2000 年版，第 290 页。

所以她请求神收回赐予的美貌，而神的回答也以花和春天来隐喻生命："我若把它收回——把这个虚假的伪装抛掉，你如同冬日没有花叶的干枯藤枝。"① 由春天里的百花争艳到冬天里的干枯藤枝，隐喻着生命由旺盛到衰竭。接着，春神继续给予劝告：

> 当开花季节即将结束，
> 花果季节随之而临，
> 柔和花壳成熟凋落；
> 那时你将把自我骄傲显露，
> 阿周那把你真我见到，
> 他将庆幸自己的新命运。
> 走吧，孩子，
> 现在回到自己青春的欢乐里去！②

这几句劝告类似于古希腊戏剧里经常会出现的神谕，既隐晦，又有着难以抵挡的诱惑。春神还是以季节和季节里相应的植物情况做喻，要花钏女尽情投入青春的欢乐，也就是享用花开季节里的生命力。

---

① 泰戈尔：《泰戈尔全集》第 16 卷，刘安武、倪培耕、白开元主编，河北教育出版社 2000 年版，第 292 页。
② 泰戈尔：《泰戈尔全集》第 16 卷，刘安武、倪培耕、白开元主编，河北教育出版社 2000 年版，第 292—293 页。

　　阿周那想与花钏女建立一个稳固的家室，但花钏女却心知自己美貌不可长久，就有了一段以花自喻的回应：

> 我可是一朵森林之野花，
>
> 当森林之野花枯萎，
>
> 你鄙夷地把它丢弃在冰冷的石头上，
>
> 还是让它滞留在温馨的家里？
>
> 每天在森林的内宫，
>
> 野花枯凋着，
>
> 败叶飘零着，
>
> 枝蔓折断着。
>
> 短暂的生命就在那儿——
>
> 每时每刻都在盛开，衰败——
>
> 当黄昏来临，
>
> 我的游戏将全部结束，
>
> 我也随同林中千百次瞬间消逝的欢乐，
>
> 凋谢之后回到泥土消失无影踪。[①]

　　花钏女以花来隐喻自己的命运。她知道，一年之期到后，她会恢复到丑陋的面容，与阿周那之间的情缘自然结束，正如野花枯萎之后被遗弃一样。她眼中的花已经不是原来的充满温

[①]　泰戈尔：《泰戈尔全集》第 16 卷，刘安武、倪培耕、白开元主编，河北教育出版社 2000 年版，第 294 页。

情和浪漫的样子，而是正在走向死亡，花瓣正在枯萎，叶子到处飘落，连枝蔓也伏在地上，不复挺立。当黄昏来临，亮光消失的时候，野花的生命走向终结，她的爱情也将面临幻灭。野花会在泥中腐烂，不复存在，她的爱情和生命也将消失得无声无息。在自述中，花的状态与人的状态天衣无缝地融合在一起。花钏女句句在说花，其实句句是在喻自己。因为有"人是植物"的基本隐喻作为沟通基础，读者便可以很容易地领会其中意蕴。

阿周那逐渐对传说中英勇善战的公主心生仰慕，厌倦了只有柔情没有事业的日子。作者并没有直接表述阿周那的变化，而是通过花的状态的隐喻来暗示。阿周那第一次与公主见面时伴随着对鲜花的无限歌咏，现在却变成了对花的厌弃，"从这窒息的空气中，从受到诅咒的花儿浓烈沉醉芬香中，从森林停滞的盲目胚胎中，让我们一块走出去！"①剧作从一开始一直持续的"人是植物"的基本隐喻，观众已经建立起花与人之间的稳固关联。花还是那样的花，芬芳还是那样的芬芳，最初让阿周那沉醉的鲜花现在却让他窒息，对花的态度的改变暗示着他对爱情态度的改变，隐喻着他对花钏女由仰慕变为了厌倦。最后一夜，已经领悟到生命本质的花钏女，坦然地让神拿回这一年的馈赠。她不再为美貌即将消失而恐惧和无奈，而是展示出勇敢的接纳：

---

① 泰戈尔：《泰戈尔全集》第 16 卷，刘安武、倪培耕、白开元主编，河北教育出版社 2000 年版，第 313 页。

花儿短命就是神的祝福！

若与春之花儿一同凋谢，

我死得灿烂荣光。①

作者将花的状态与人的状态已经完全融合了。如果春天的花儿凋谢，那么她自己也将死去。

我经历了巨大亲证，

从天堂的森林里，

采撷了美丽的鲜花，

供奉在你脚下。

倘若膜拜已结束，

花儿若已凋谢，

那么我的主，

请你下令，

我把这个已毫无价值的花枝，

扔掷到庙外去。②

这时的公主已经不是当初那个为了得到爱情不顾一切的花

---

① 泰戈尔：《泰戈尔全集》第 16 卷，刘安武、倪培耕、白开元主编，河北教育出版社 2000 年版，第 304 页。

② 泰戈尔：《泰戈尔全集》第 16 卷，刘安武、倪培耕、白开元主编，河北教育出版社 2000 年版，第 318—319 页。

钏女了。她明白了美貌之于人生，并不是最重要的。她凭借自己的力量对民众予以保护，并给了心仪之人阿周那以坚贞温柔的心灵。她不再依赖美貌而求得阿周那的施舍，她要成为阿周那的有力助手，共同去经历最真实的生活。得知一切真相的阿周那，从心里真正接纳了公主。在泰戈尔看来，青春美貌就像娇艳的花朵，但总会有失去的那一天，这并不表示生命力的丧失，反而是领悟到了生命的真谛。因为青春总是有限的，只有精神上的充实才能实现生命的意义，由此实现有限与无限的统一。

三、《花钏女》中的其他基本隐喻"生命是火焰""死亡是对手"

"人是植物"的基本隐喻贯穿始终，并与其他基本隐喻一起组合，形成新的诗性隐喻。文本中有如下描写：

> 我是季节之神。衰落和死亡之魔鬼无时不在渴求，把世界吸吮得形销骨立。我尾随他们不间断地发起攻击，那场战斗旷日持久。我就是这个宇宙的永驻青春。①

这里出现了"人是植物"和"死亡是对手"的组合。季节之神以春神的姿态出现，是因为春天是植物蓬勃生长的季节，

① 泰戈尔：《泰戈尔全集》第 16 卷，刘安武、倪培耕、白开元主编，河北教育出版社 2000 年版，第 262 页。

有着旺盛的生命力。春神(生命旺盛)要与每年必到的秋天(衰落)和冬天（死亡）做斗争，以此保证自然界可以达到平衡和代谢。这里用到了拟人化隐喻，将衰落和死亡具体化为魔鬼的形象，魔鬼成为掌控衰落和死亡的动作者。掌控生命更新的春神就成为与魔鬼对立的另一个动作者。自然界生命的不同阶段就隐喻化为春神与魔鬼之间的"攻击""战斗"的形象化斗争，这里用到的基本隐喻是"死亡是对手"。

春神为了维持花钏女的美貌，也即是维持春天的繁盛而不得不付出更多的精力时，她感到很累，这样说道：

> 我已疲惫不堪，我现在请求原谅。朋友，收拾起自己施展射箭本领的战场！我日夜戒备着，我期待的火堆里扇风到何时！①

春神因为违背了自然规律要为生命的持续繁盛而消耗了太多精力，感觉总在"戒备"，这是延续了前面所述的战斗隐喻。在这里，春神还用了"生命是火焰"的基本隐喻，以火焰的光亮程度表示生命力强弱。她要不停地向火焰扇风，以保证火焰的持续。这里又是用到了人们日常生活中的经验。自人们学会了使用火之后，就明白扇风可以使火苗更旺盛。"我不时打盹儿，头耷拉下来，扇子从手中脱落，燃烧的火焰从灰烬中暗淡

---

① 泰戈尔:《泰戈尔全集》第 16 卷，刘安武、倪培耕、白开元主编，河北教育出版社 2000 年版，第 296 页。

下来。我又惊醒，我又吹进新的空气，在残火里扇起新的光亮。"[1] 作者对"生命是火焰"的基本隐喻做了延伸，增加了扇风这个动作，强调了扇风对火焰的重要作用。春神要不断地努力才能保持花钏女的美貌，唯恐春天逝去，唯恐生命力减弱，努力保持着春天的长盛不衰。但这也违背了自然的规律，不能进入应有的四季循环，不能进入常更常新的境界。神最后也不再继续这种违背规律的抗争，春天常在恢复成四季交替，隐喻着花钏女也恢复了凡俗的容貌。作者最后落脚在阿周那和花钏女的共同醒悟，坦然接受自身的有限性，将个人有限融入天地无限。再次表明，只有有限和无限合一的理念才有助于个人终极问题的解答。

第三节　由基本隐喻"人是植物"构建的其他戏剧的主题

"人是植物"的基本隐喻在泰戈尔戏剧中运用很普遍。相比《春之循环》和《花钏女》的贯穿始终，其他戏剧更多是在局部的运用，如《国王》和《坚定寺院》，

《国王》主角是王后苏德尔希娜，她被关在一个暗室里，不能见光。宫女解释说，是国王说只有在黑暗中才能与王后相会。国王和王后在暗室相见后，王后一再要求见到国王的

---

① 泰戈尔：《泰戈尔全集》第 16 卷，刘安武、倪培耕、白开元主编，河北教育出版社 2000 年版，第 296 页。

真面目。最后国王答应在即将进行的一个集会上出现，但要求王后自己辨认。《国王》中赶去参加节日盛会的人里，有一个老爷爷，他唱着春天的歌，呼唤着春天的到来："在崭新的青色光泽的车上，在铺着花的道路上，在激动的芦笛声响起时，在花浸透花粉时。来啊，我的春天，来啊！"[1] 此后，还有"浓密的嫩叶丛""野茉莉花丛"等一系列属于春天的植物入诗。一个着王服的人出现了，开始大家都认为他是国王，后来又发现其实真正的国王是悄悄隐藏的，这是假的国王。正如老爷爷所说的，国王和所有的人是融合在一起的。"难道春天只是盛开的花朵的聚会？难道你不看枯叶和落花的游戏？""节日的国王正注视着，落花的游戏。"[2] 这时的歌曲就提示了关于春天的辩证含义，一方面，春天是生命的生长期，另一方面，在生长过后也有着衰落的必然，但是死了才会复生，这是一个过程。王后错将那着王服的人认作了国王，看到他出众的王者气概，非常开心。后来王后才发现被欺骗，她不能接受真国王那丑陋的外表，执意回到自己的娘家。由于假冒国王者的诡计，王后和她的父亲都陷入了危险之中，这时候真国王救了他们。王后终于认识到，国王的美不在于外形，而在于内在的力量。她感到自己和国王达成了精神的契合。为了表示对国王内在力量的虔诚，她也抛

---

[1] 泰戈尔：《泰戈尔全集》第 17 卷，刘安武、倪培耕、白开元主编，河北教育出版社 2000 年版，第 159 页。

[2] 泰戈尔：《泰戈尔全集》第 17 卷，刘安武、倪培耕、白开元主编，河北教育出版社 2000 年版，第 178 页。

弃了华丽的王后服装，衣着寒碜，拒绝乘车，一直走向国王所在的地方。她满身尘土，却以这尘土为傲，将其比作"香粉"。

老爷爷说：

> 现在，我们进行春天节日的最后节目吧，愿花粉长存，愿南风现在扬起尘土。今天我们大家一起带着满身灰尘去到我们的主人那里，到那里去看他也满身泥土地坐着。①

《国王》中"人是植物"的隐喻运用将此剧指向模仿古代植物神复活的仪式，作者想要表达的依然是生命的生生不息。戏剧中"人是植物"的隐喻运用有两个关键点：

第一，作者突出了"春天"这个季节。国王所说的集会的时间——"今天是三月十五，春天的一个节日。"②春天的节日，是一个关键的节点，很多民族举行植物神复活仪式都是在这个时间。关于春神死亡和复苏的巫术仪式，即植物复活的巫术仪式都是明确发生在春天的节日里。随着人们对自然思考的深入，由举行相信自己力量的巫术仪式到举行相信神灵力量的宗教仪式，都是在春天进行。"关于季节带来的变化，最令人注目的是温带植物所受的影响。季节对动物的影响虽然也大，却

---

① 泰戈尔：《泰戈尔全集》第 17 卷，刘安武、倪培耕、白开元主编，河北教育出版社 2000 年版，第 222 页。

② 泰戈尔：《泰戈尔全集》第 17 卷，刘安武、倪培耕、白开元主编，河北教育出版社 2000 年版，第 156 页。

不这么显著。因此在涉及驱除严冬召回春暖的巫术戏剧时，很自然的把重点放在植物方面，草木形象比鸟兽更为突出。"①"春天的节日"是原始人类进行植物神相关活动的最重要的一个时间点。《国王》中时间的明确提示，佐证了国王是植物神的化身，他那神秘又有力的力量让春天永久回归，从而万物繁茂。

第二，春天节日的最后节目里突出了"尘土"这个物质，并暗示抛弃华丽外表，以尘土遮面才会与国王真正融合为一体。尘土，是植物神复活仪式中必不可少的要素，因为庄稼等植物必须要在土中才能成活。植物神与人在尘土中找到共同复活的根基。在泰戈尔看来，植物神复活代表的自然力量是人们要遵循的规律。以王后为代表的人从不了解自然力量到最后心悦诚服地信仰，是以自身的有限存在与自然的无限循环结合在一起，从而体悟了朴实的道理。全剧始于春天的节日，结束于春天的节日，国王作为植物神的化身，完成了新旧力量的更替。

总体来看，这是旧的国王被人丢弃，重新树立起更加强大的国王的过程，也即是新的植物神被肯定、被崇拜的过程。所以今天是一个伟大的日子——意味着新生。

《国王》还在局部用到了"人生是旅程"和"生命是光"的基本隐喻。试举几处：王后苏德尔希娜忏悔自己曾经虚荣的过失，认识到国王做的是符合真理之事。此后，她一直以道路做隐喻："当我走在你的道路上失误时，我看到你亲自暗暗在

① 詹姆斯·乔治·弗雷泽：《金枝：巫术与宗教之研究》，徐育新、汪培基、张泽石译，大众文艺出版社1998年版，第299页。

路上和我一起行进。"① "当我是王后的时候，两只脚只是踩着金和银，今天走在他的尘土上，我才能消除命运的过失。今天和我那带着尘埃和泥土的国王一起在这尘埃和泥土中一步一步地结合起来了。"② 这时歌声响起来，"已经黎明了，路已走完……你的旅行完成了，请擦干眼泪，羞愧、恐惧溜走了，尊严和骄傲沉没了，已经黎明了。"③ 王后经历了思想上的转变，完全信仰了国王代表的真理。她的探索就是在路上行走的过程。在道路上失误隐喻着思想上的偏执，路上的相伴隐喻着国王代表的真理的实践，旅行完成了隐喻着精神上的探寻完成。而国王对王后展现出完全的接纳，认为她已经获得了精神的新生时，语言仍然是隐喻的：

> 今天我完全打开这所暗室的大门，这儿的一幕已经完了。来吧，跟着我来吧，来到外边的明亮处。④

只有人与自然融为一体，才能在自然中找到个人生命力量的源泉。作者通过两个隐喻的运用，暗示王后所代表的人类已

---

① 泰戈尔：《泰戈尔全集》第 17 卷，刘安武、倪培耕、白开元主编，河北教育出版社 2000 年版，第 220 页。

② 泰戈尔：《泰戈尔全集》第 17 卷，刘安武、倪培耕、白开元主编，河北教育出版社 2000 年版，第 221 页。

③ 泰戈尔：《泰戈尔全集》第 17 卷，刘安武、倪培耕、白开元主编，河北教育出版社 2000 年版，第 221—222 页。

④ 泰戈尔：《泰戈尔全集》第 17 卷，刘安武、倪培耕、白开元主编，河北教育出版社 2000 年版，第 224 页。

经悟到了这个真理。"你的旅行完成了"和"外面的光亮处"，分别利用了人们在日常生活中惯用的走到目的地是实现了目标的隐喻和看见即是理解的隐喻。

再如《坚定寺院》里，也有"人是植物"的基本隐喻的部分运用。作者将绿色庄稼的生长来隐喻人的生命力的爆发。土地、芬芳、绿色、稻田、长穗、收获这些植物的意象与诗歌、欢狂、欢笑、欢歌表达人的生命力的意象非常自然地结合在一起，读者对这些意象的互相交织能够顺利接受的认知基础就是人与植物的相似性。

> 我们耕种快活非凡。
>
> 地里劳作从早到晚。
>
> …………
>
> 书写绿色生命之歌，
>
> 显现出一行又一行；
>
> 啊，好年轻的诗人！
>
> 在节拍下跳舞狂欢。
>
> 稻田长穗摇摇摆摆，
>
> 整个大地欢笑起来；
>
> 收获季节金秋阳光，
>
> 欢歌起舞满月晚上。①

---

① 泰戈尔：《泰戈尔全集》第 17 卷，刘安武、倪培耕、白开元主编，河北教育出版社 2000 年版，第 252 页。

极为类似的还有泰戈尔的戏剧《古鲁》里面的歌曲：

> 我们在欢乐中耕种田地。
>
> …………
>
> 我们在谱写绿色的生命歌曲，
>
> 一行行展现在广阔的田野里，
>
> 是哪一位年轻的诗人
>
> 伴着舞蹈的旋律已略带醉意？
>
> 谷穗迎风摇摆，整个大地充满笑意，
>
> 笑声回荡在初冬的金色霞辉和新月的光华里。①

第四节　泰戈尔对"人是植物"隐喻的运用与原始仪式含义的契合

　　泰戈尔对"人是植物"及其他基本隐喻的运用都彰显了其主题：在有限之中达到与无限的结合。个体生命虽然有限，但可以在与大自然秩序的融合中获得个人的精神新生。如《春之循环》中象征着死亡的老人被赋予了常更常新的含义，《花钏女》象征着青春的花钏女最终与自然规律达成和解等。从更大的范围看，"人是植物"的隐喻反映的人与植物的关系得到了

---

① 泰戈尔：《泰戈尔全集》第 17 卷，刘安武、倪培耕、白开元主编，河北教育出版社 2000 年版，第 362 页。

人类学的支撑。

弗雷泽经典人类学著作《金枝：巫术与宗教之研究》用了大量篇幅考察了原始巫术仪式中潜在的人与植物的联系。全书一个主要观点是，原始社会人们认为树木有着超乎寻常的神的力量，这既是一种万物有灵论，也是一种巫术信仰。所以人们崇拜树，崇拜树上的神灵，这些神灵对植物的生长起着关键的影响。为了保证植物顺利生长，获得好的收成，人们就举行一些寓意为植物神死亡和复活的仪式。这些神庇护的是关系着人们生存的五谷的产量，只要这些神不会衰老，永远青春，那么五谷就会永远丰收。《金枝：巫术与宗教之研究》还考察了在世界不同地区出现的同一种习俗，就是在每年春天要运回村子里一棵高大茂盛的五朔节树，年年更新，目的即是祈求植物之神能够保佑丰产。有的地方则是用人来代表树的更新，如绿衣乔治节，就是选出一个年轻人，或者浑身挂满树叶，或者头上顶着稻穗，或者全身披着桦树树枝，人们簇拥着游行，以祈祷雨水充足、草木丰美。

弗雷泽还考察了很多送走死神的仪式。这些仪式是将代表死神的草人或木偶扔掉或烧掉或埋掉。重要的是，与此同时人们还要迎接新生，这个新生便是由春天、夏天来代表。如在波西米亚，孩子在烧掉代表死神的草人之后，要唱："我们现在把死神送出村庄，把新的夏天带进村庄，欢迎，亲爱的夏天，绿色的小谷粒。"① 这里，夏天或者春天就是生命的隐喻。又或者是扔掉死神后，再带回一根青色的树枝，以此来代表新的生命。"任何一棵树，或者某棵树，甚或某棵个别的树，这种观念是相当具体的，足以提供一个基础，由于逐渐概括的过程，从这个基础上就可以得到一个更广泛的草木精灵的观念。但是这种关于草木的总概念很容易与草木在各季节中的表现混淆起来；所以用春天、夏天或五月代替树精或草木精灵就是很容易很自然的事了。"② 原始人以极大热情做出这些仪式，就是为了粮食作物可以丰产，保证人们可以有更大的概率存活。

《金枝：巫术与宗教之研究》还考察了埃及和西非的多位神祇的死而复生的仪式，详细阐述了阿蒂斯、阿多尼斯等植物神的含义，指出很多民族每年春天都有一个隆重的节日来哀悼植物神的死亡同时也庆贺他的重生。神祇们每年死亡又会复活，就寓意着植物死亡又会复苏。古巴比伦人悼念塔穆兹的赞歌里，就把他比喻为缺水的植物。由此可见，早在数千年前，人们就把神作为植物来理解。在另一首悼念他的古代挽歌里，也叙述了因为塔穆兹的逝去，香草不得生长，玉米不能孕育，芦苇不能茁壮，翠柏不能翠绿等。又比如阿多尼斯的死亡复活仪式，也与植物息息相关。阿多尼斯的很多特征正是植物的特

---

① 詹姆斯·乔治·弗雷泽:《金枝：巫术与宗教之研究》，徐育新、汪培基、张泽石译，大众文艺出版社 1998 年版，第 286 页。

② 詹姆斯·乔治·弗雷泽:《金枝：巫术与宗教之研究》，徐育新、汪培基、张泽石译，大众文艺出版社 1998 年版，第 291 页。

征，人们是把植物的特征形象化了在阿多尼斯身上。弗雷泽认为，"植物每年死亡和复活，原是人类从野蛮到文明的每一阶段中现成地表现出来的观念；这种不断的衰谢和再生规模巨大，人的生存又紧密地依靠着它，两者合起来就使它成了一年中自然界给人印象最深的现象，至少在温带是如此。"① 那么，为什么人们要以极度的虔诚去模仿植物神祇的复活与再生？因为当时原始人已经度过了采集狩猎阶段，进入农耕时代。这时的人们生存依赖的是植物，尤其是谷物。他们必须尽全力地保证谷物的好收成，而生产条件极为有限，就把愿望寄托在掌管植物的神祇身上，通过各种类似的仪式，祈愿谷物丰产。从树神到谷神的过渡，是为了更加实用。弗雷泽还介绍了法国作家里南的理论。里南认为："在他们简单的心灵里，可能是把草木精灵复活的思想与死者鬼魂这一非常具体的观念混在一起了，死者在春天随着早开的花卉、随着谷物的嫩绿、随着树木五色缤纷的花朵重又复生。这样，他们对自然的死亡与复活的观点就会带上他们对人的死亡与复活的观点以及他们个人的忧愁、希望与畏惧等的色彩。"② 在埃及，奥锡利斯被视为谷物的化身，得到河水灌溉后就长出谷芽，就是庄稼成长的预兆。"埃及人从他们伟大的神的死亡和复活里不仅取得他们今生的食物

① 詹姆斯·乔治·弗雷泽：《金枝：巫术与宗教之研究》，徐育新、汪培基、张泽石译，大众文艺出版社 1998 年版，第 313 页。

② 詹姆斯·乔治·弗雷泽：《金枝：巫术与宗教之研究》，徐育新、汪培基、张泽石译，大众文艺出版社 1998 年版，第 315 页。

和生计，而且取得超越死亡的永生的希望"①等。总之，《金枝：巫术与宗教之研究》通过人类学考察，认为发生在世界各地的这些仪式，实质都是在摹仿植物的生长特性，通过植物的死亡和复活，来实现生命永远繁盛的愿望。

《金枝：巫术与宗教之研究》以人类学视角考察了人与植物之间的密切关系。这种从原始时代开始的具身经验为人与植物之间形成的固定隐喻打下坚实基础。这种经验基础一直延续至今，"人是植物"的隐喻业已成为集体无意识。这些都说明，"人是植物"这个隐喻是基于原始人类的认知习惯，而且这种方式具有有效性和长期性。泰戈尔将植物隐喻普遍应用于戏剧创作之中，通过诗性隐喻的创造来实现戏剧中"有限"与"无限"统一的主题。大自然的四季变化年年相同，肃杀的冬天过去，一定会是盎然的春天。春天必然会走，冬天必然会来。繁花绿叶凋落之后在来年还会重新生长，如此往复，亿万年不变。

泰戈尔思想的重要来源是印度古代奥义书哲学和印度教毗湿奴派教义，有强烈的泛神论色彩。奥义书哲学认为，万有同源，皆出自梵，梵是一种无限的存在，而现象世界和人是有限的存在，人的灵魂与宇宙精神具有实质的同一性。达到梵我如一是泰戈尔追求的最高精神境界。在"有限"中证悟"无限"的欢乐，是他象征主义戏剧要表达的主题。一方面，"有限"与"无限"体现为人与自然的感应，大自然是规律、秩序、美

---

① 詹姆斯·乔治·弗雷泽：《金枝：巫术与宗教之研究》，徐育新、汪培基、张泽石译，大众文艺出版社1998年版，第349页。

好、生命的象征。人顺应规律，与自然融为一体，是最理想的状态。顺应自然不仅是泰戈尔身心的安憩之所，还是解决人类终极问题的方法。另一方面，"有限"与"无限"体现为个体人的死亡与群体人的繁衍的统一。人总要面对死亡，如何认识死亡，如何解决死亡带来的必然恐惧，是每位严肃思考的作家都要面对的问题。人类群体，代代繁衍，以整体的繁衍生息来突破个体必然死亡的困局。追求人性与神性合一，有限与无限合一，是为泰戈尔的观念，这一观念通过植物和生命之间的隐喻关联而鲜明表达出来。

第七章　循环图式隐喻与叶芝戏剧的情感表达

　　叶芝是爱尔兰著名诗人和剧作家，敏感多思，崇尚直觉。他的创作和社会活动与当时的时代有着密切的关联，体现了一位作家对社会对未来的严肃思考。叶芝以诗歌闻名，其实戏剧也是其创作的重要组成部分。1885 年发表戏剧习作《雕像之岛》，到 1939 年的最后一部戏剧《库丘林之死》，叶芝一生创作戏剧共 26 部。其戏剧基本可以分为三个创作阶段：早期的戏剧主要以爱尔兰的神话传说为题材，表达出浓重的民族主义思想，《凯瑟琳女伯爵》《心愿之乡》《黛尔德》为代表作。中期戏剧的神秘主义色彩突出，民族意识的表达不再是显性的。叶芝模仿日本能剧，创作出《在鹰井畔》《骸骨之梦》这样的高度仪式化的戏剧，将动作减到最少，充满写意。晚期的戏剧体现了叶芝自己的哲学观念，展示了他对世界的独特理解。相较于中期戏剧，晚期戏剧的现实色彩更为减弱，几乎成为直觉世界的表现，风格上也愈加晦涩难懂，融合了炼金术、占卜术、藏传佛教等，以《三月的满月》《苍鹭蛋》《炼狱》《库丘林之死》为代表作。

叶芝生活的年代为 19 世纪后期和 20 世纪前期，社会正在高度的工业化，消费主义盛行。面对这样一个时代大势，叶芝的戏剧体现出鲜明的审美现代性，对社会展开批判，认为理想的社会应该拒绝功利、拒绝工业化。在叶芝看来，中世纪是秩序井然、淳朴高尚的，是理想的社会状态。他试图通过建构一个救赎灵魂的家园来拯救处于精神困境的人们，这个家园就是中世纪化的社会。叶芝的信心来自其循环的历史观，认为经过目前这混乱的阶段，理想的时代就要到来。本章以特纳在《文学的心灵》提出的故事投射理论来探讨叶芝戏剧中的情感倾向。故事投射理论在文学研究中如何具体运用还需要更多实践，在此仅做一尝试。

第一节　作为故事投射的寓言

第一章已经提及了特纳将混合理论应用到文学研究上，将文学的本质视为不同空间的故事之间的投射。文学作品往往将一个容易理解的故事投射到一个不容易理解的故事上，即成为寓言。特纳认为，这是人们的思维方式在文学上的体现。特纳的观点是在莱考夫和特纳本人以往观点的基础上的深化，是将限于文本中具体语言的隐喻分析扩展到了整个文本中。混合理论的核心观点仍然是隐喻是人的思维方式，只是说并不一定体现在某处具体的语言上。这是在大的层面上对隐喻是人的思维方式的认可。特纳认为，文学作品就是一个以熟悉的事物（故事）来投射另一个不熟悉的事物（故事）的隐喻（寓言）。"寓言是人类一种根本的认知能力，普遍、有力，而常见。"①

故事看起来是无穷尽的，但其中有很多基本的抽象故事。特纳讨论了寓言的最基础和最共同的模式。这些基础和模式对日常思维、理性和动作来说都是必须的，对文学作品的创作来说也是必须的。无论是日常生活，还是文学作品，意义都是来自多个心理空间的跨越连接，是动态的和分散的。意义是跨越多重空间的映射、粘合、连接、混合、综合的复杂操作。

特纳强调，人每时每刻都生活在一个物理世界的空间中，所以对空间十分熟悉。空间内的距离和位置是具身的，所以人们惯常以可感具体的空间概念去理解其他模糊抽象的非空间概念，包括时间概念。人最熟悉的是自身，经常把人作为源空间故事中的行动者，然后将其投射到本来没有行动者的事件中。人这个被虚构出来的行动者就成了隐喻的行动者。一个并没有行动者的非空间的事件故事在文学作品中就往往表述为一个有着明确行动者的空间故事。对于人们依赖空间和身体理解抽象概念的普遍性，特纳是这样概括的："可以比较适当地说，我们对于空间和身体故事的理解如此丰富，寓言能力是如此之强，所以想象力可以将空间和身体故事任意投射在任何概念范

---

① Mark Turner. *The Literary Mind*. Oxford: Oxford University Press, 1996: 56.

围中。"① 在空间中发生的关于事件的小故事，是人的思维的创造，来自人的生物机制和生活经验。

特纳将已有的隐喻理论放置于空间这个概念中，做出了新的理解。特纳的主要观点如下所述：人在空间中有一些经常性的动作，如人为了取东西或做某种事情走过一段路程，所以行动者往往是移动者。另外，人们在空间中最基本的动作还有抓住或者握住什么东西。我们拿到了什么东西，就是把这种东西纳入自己的控制范围之内，可以根据自己的目的来处理这件东西。所以，行动者也可以是操纵者。如"他抓住了这个机会"，就是将源故事中的抓东西投射为了目标空间中的控制和掌握。反之，"他丢掉了这个机会"，也是同理，把机会这个抽象事物想象为某个具体事物，"抓住"或"丢掉"就是"能够利用这个机会"或者"不能够利用机会"。虽然能不能利用这个机会并不必然涉及人的身体和人在空间中的状况，但因为这样的隐喻表达是人认识和理解新事物的有效工具，所以人们已经习以为常，并没有任何沟通上的障碍。所以说，人这个行动者往往表现为移动者或者操纵者。两种情况还经常会结合在一起，也就是说，源故事空间中的行动者既是移动者又是操纵者，那么源故事就成为一个移动者通过空间移动去操纵某物。人作为动作者，既是走过去的移动者，也是拿到东西的操纵者。移动的效果就是动作的效果，移动的方式就是动作的方式。操纵的效

---

① Mark Turner. *The Literary Mind.* Oxford: Oxford University Press, 1996: 51.

果就是动作的效果，操纵的方式就是动作的方式。通过这样的方式，这个源故事就能够投射到多种多样的目标故事中，成为各种抽象的非空间故事的隐喻。特纳也指出，也不是所有的投射中都要有一个通常是人的动作者，事件本身可以就是移动者或操纵者。也就是说，空间故事包括有行动者的动作故事和没有行动者的动作故事。"令人印象深刻，而且很显著的是，我们总是能够将空间和身体故事投射到社会、心灵和抽象的故事中。"[①] 这里，特纳指出的是人类思维的整体特征，而文学作品就彰显了这种思维习惯。特纳对空间故事投射的几种情况做了总结:[②]

表 7-1　特纳对空间故事投射类型的划分

源故事	目标故事
空间动作	空间动作
空间事件	空间动作
空间动作	空间事件
空间事件	空间事件
空间动作	非空间动作
空间事件	非空间动作
空间动作	非空间事件
空间事件	非空间事件

前面很多章节都论证了"事件是动作"的基本隐喻存在和应用的普遍性。它可以根据目标域的不同，来延伸出其他的基

---

① Mark Turner. *The Literary Mind.* Oxford: Oxford University Press, 1996: 51.

② Mark Turner. *The Literary Mind.* Oxford: Oxford University Press, 1996: 49.

本隐喻。本章将依照特纳在《文学的心灵》中提出的观点，在叶芝的戏剧作品中整体观照"事件是动作"隐喻的使用。叶芝的戏剧中，有很多是以空间里的动作故事来投射时间里的事件故事，本章欲以此为切入点探讨叶芝戏剧中的循环思想以及所表达的感情倾向。叶芝自建哲学系统，认为无论人的个性特质还是历史发展阶段，都是循环的。在一定的时刻，就能到达那个最理想的状态，由此完成荡涤污浊，万象更新的愿景。循环，必然涉及时间，只有在时间之中，循环才能完成。本章就以空间动作为源故事，非空间事件为目标故事的寓言来解读叶芝戏剧的循环思想是如何建立的，其情感是如何表达的。

循环图式是最重要的意象图式之一。人的生存必须依赖于循环系统。身体正常运转必须保证各个循环系统的工作，如心跳、呼吸、消化、清醒和睡眠等。也就是说，循环首先是来自人的身体经验。所以"我们将我们的世界和万物放入其中，视为循环的过程：白天和黑夜，季节，生命的过程（从出生到死亡），植物和动物发展的阶段，天体的运行等"①。约翰逊认为，循环主要有两种形态：第一，是类似于一个圆的循环状态。循环开始于某个最初状态，经过一系列相关的互相联系的事件，结尾又回到最初的状态，重新开始一个新的循环模式。循环就意味着对最初状态的回归。循环是沿着一个指向从开始到结束，事件只能是向前发展，后退是不可能的。一个循环内一个

---

① Mark Johnson. *The Body in the Mind:The Bodily Basis of Meaning ,Imagination, and Reaction*. Chicago: University of Chicago Press, 1987: 119.

状态只能经历一次，在下一个循环中才会有这种状态的重新出现。这种圆圈式的循环是最主要的一种循环方式，但它不能显示出一个事物哪个状态是突出的。因为在圆圈式循环中，每种状态的地位都是一样的，没有突出和不突出的区别。第二，是一个正弦波的循环状态。这种循环中，并不是每种状态都是平等出现。如生命的形式并不是简单的重复，其中有建立也有消解。比如，人的感情状态在某个时段会突然很强烈，脱离了平时的平静状态，经过一段时间的发泄或者调整，感情状态又会恢复到平时的平静状态，这也是一个循环。有周期性的升高或降低，最终又回到水平线，这是正弦波线式的循环。再如人的一生本来每个阶段都是平等的，但人们往往会把青年时代作为一生的顶点，而将老年时代作为一生的低谷。除了自然的循环，还有社会习俗或者传统的循环。如小时的循环、月的循环、星期的循环、假期的循环、日常的循环等等。这些社会意义上的人为规定的循环几乎都没有什么自然基础，但一旦得到公认，就会发生强制性力量，社会成员都要来遵守。循环图式是人的最基本的关于经验和理解世界的图式之一，提供了一种在大范围内理解事件顺序的方式。

叶芝在思考中逐渐建立起自成一家的哲学思想体系。他并不以基督教为信仰，而是以自创的体系为未来出路的指引。叶芝晚年有一部重要的著作《幻象》，严格来说，这部书不属于文学作品，而是他关于世界规律的总结，是他自己的哲学之书。《幻象》中译本的译者西蒙说："《幻象》是一个清晰而完整的象征体系，诗人试图借此体系来控制宇宙。《幻象》也可以说是叶芝诗歌的潜结构的表述，它极大地丰富和深化了叶芝对于人类复杂经验的感受。"①《幻象》表达的世界图景是圆形的，其最基本的思想就是循环论。叶芝认为，不管是一个人的性格特征，还是整个历史的发展方向，都是循环的。这种认知决定了叶芝在戏剧中的情感表达——将希望寄托于历史循环，由此来表达对于未来的救赎。下面主要以《猫与月》和《炼狱》为例来分析作者的循环思想如何通过投射来实现，也就是说，作品是如何由投射而成为一个隐喻的寓言，在此基础上，分析作品的情感特征如何展现。

第二节　循环隐喻与《猫与月》的情感表达

叶芝因庞德介绍接触了日本能剧。叶芝高度赞赏能剧，认为高度仪式化的能剧就是最为理想的戏剧样式，并模仿能剧创作出了《在鹰井畔》（1917 年）、《艾玛的唯一嫉妒》（1919 年）、《骸骨之梦》（1919 年）、《卡尔弗里》（1920 年）四部剧作，合称为"四舞剧"。在晚期创作中，《猫与月》延续了"四舞剧"高度仪式化的风格，人物设置简单，情节简略，强调哲理。人物是空间中的动作者，以空间动作来投射非空间事件，由此形成隐喻。本节分析其中的循环隐喻如何表达出作品的情感倾向。

---

① 叶芝：《幻象》，西蒙译，作家出版社 2006 年版，第 252 页。

一、关于《猫与月》

《猫与月》是一部独幕剧，只有两个人物，一个盲人和一个跛子，都是乞丐。一上场，两人在寻找圣泉，因为传说中圣泉可以治好残疾，所以他们怀着这样的希望去艰难地寻找圣泉。两个人互相合作，盲人背着跛子，跛子为盲人指路。一直没有找到的情况下，两人又开始互相指责。盲人怪跛子领路方向不对，跛子怪盲人迈的步子太小。终于找到圣泉后，两人由日常琐事谈论到即将遇到的圣灵。两人说出了不同的希望，跛子认为相比较于恢复正常的站立，还有更伟大的事情，但盲人认为最好的事情就是见到光明，除此之外没有更有价值的事情。这时第一个乐师代表神灵说话了。神灵让两个人选择被治愈还是被祝福。盲人问跛子神灵在哪里。跛子说："我完全看不到他。他或者在灰色的树中，或者在云端上。"① 这时盲人选择恢复视力，也就是被治愈。神灵提议说，不如选择被祝福，这样虽然眼睛看不到光明，但会和神灵永远在一起。盲人说出必须要恢复视力的理由，是因为有人看他是个盲人总是偷他的东西，他一定要保护自己的所有。跛子提供了不同的回答，他想要被祝福，认为这是比治愈残疾更伟大的事情。神灵让两个人的要求都得到了满足。盲人视力正常了，看到了周围的世界，却看不到神灵。跛子因为被神灵祝福，已经不同寻常，他

---

① William Butler Yeats. *The Collected Works of W. B. Yeats* Ⅱ. Ed. David R. Clark and Rosalind E. Clark. New York: Palgrave. 2001: 449.

说："他就在你前面，满是皱纹的脸正在笑着。"① 神灵又开口说话，让跛子背着他，跛子说自己仍然是残疾，不能背负别人，但神灵说已经在他背上了，跛子并没有感到丝毫的重量。跛子背着神灵跳起了舞，扔掉了拐杖。全剧终。

二、《猫与月》中的循环隐喻

《猫与月》的情节与题目中的"猫"和"月"没有任何关联，"猫""月"只出现在乐师的歌唱中。需要说明的是，叶芝在戏剧中有意识地恢复了古希腊戏剧中歌队的角色和作用。古希腊戏剧中往往以歌队来承担部分叙述的功能，进行事件的评述，发出观众的疑问等。文艺复兴之后，戏剧的现代分类逐渐形成，歌队在戏剧中退出。叶芝有意识地使歌队重新出现。歌队所演唱的内容往往自成一体，能够独立欣赏，也与戏剧对白有着内在的关联。《猫与月》中歌队的歌唱围绕着"猫"与"月"进行，和戏剧情节没有直接关联，却有着点名主题，表达情感的作用。

第一个乐师代表的是神灵，他的歌分三节，都是关于"猫"和"月"的。最重要的是第三节：

米纳罗舍在草丛中匍匐前行
从月光处到月光处。

① William Butler Yeats. *The Collected Works of W. B. Yeats* Ⅱ. Ed. David R. Clark and Rosalind E. Clark. New York: Palgrave. 2001: 450.

　　头上神圣的月亮，

　　已进入另一种月相。

　　米纳罗舍知否，他的瞳孔

　　一变再变，

　　由满月变新月，

　　由新月变满月，周而复始？

　　米纳罗舍在草丛中匍匐前行，

　　孤单，自负，明智，

　　对着变幻多端的月亮，抬起

　　多变的双眼。①

　　这段唱词是全剧的戏剧故事结束之后，跛子跳起舞蹈时乐师所唱的。"猫"米纳罗舍和天上的"月"有着对应的象征寓意。猫一直奔跑于草丛之中，漫无目的，它的眼睛是"多变的"。天上的月亮在"满月""新月"之间周而复始地变化。唱段中的也是题目中的"猫"与"月"和两个主人公有什么关联呢？或许可以这样理解："猫"代表的是盲人，他注重的是肉体，是现实生活，不重视精神的皈依和提升，因而不能达到自我完善。"月"代表的是跛子，注重的是灵魂，是精神生活。

---

①　因为叶芝戏剧中的歌曲有时也会作为诗歌单独发表，此处的歌曲即属于这种情况，所以本文选择的是已有的中文译本，见叶芝：《叶芝文集：抒情诗·诗剧·卷一·朝圣者的灵魂》，王家新编选，东方出版社 1996 年版，第 108 页。

盲人和跛子一开始都看不到神灵，但在做出不同的选择之后，跛子已经可以见到神灵，而盲人虽然摆脱黑暗，但依然看不到神灵。相对于仍停留于尘世的盲人，跛子已经成了圣徒，得到质的改变，经过了奇妙洗礼，到达了永恒的精神世界。盲人能看见了，但思想仍停留在过去，停留于琐碎的客观生活，其本质没有变。跛子代表的是理想状态，他重生之后的舞蹈标志着一个新的循环开始。

之所以做出这样的理解，依据的是叶芝关于人格类型的观点。《幻象》是叶芝自创的哲学体系，其晚年的文学作品很大程度上是对《幻象》所表达的思想的图解。叶芝在《幻象》中创造了一个重要图形——月相大轮，以此来分析人的人格类型。月相大轮的基础是太阴历的循环周期所要经历的二十八种月亮的变化形态，由此规定出月亮的二十八个相位，再以这些相位对应人格的二十八种类型。月相大轮的第一相为满日，即纯阳，代表完全的客观，与之相对应的是第十五相，为满月，即纯阴，代表完全的主观。其他各相则是根据月相每天不同的形态来确定代表的人格类型中主客观比例的变化。叶芝认为，每个人的人格类型首先有自己根本的性质，是属于主观类型还是属于客观类型，但这是在变化的，主观类型和客观类型处于此消彼长的状态，就如月相在不断变化来实现循环一样。不仅具体到个人的人格类型是如此，人类社会的历史阶段也是如此，不断地在不同状态间变化，最终形成循环。"第一相和第十五相，各为全部客观和全部主观，并非人类的体现，因为没有特征间的冲突，人类生命是毫无可能的。"① 可以看出，叶芝将人格类型和历史阶段的变化视之为必然，认为在变化之中才有了本质的形成。在所有的二十八相中，叶芝把第十五相视为完美的状态。依据是人的四种机能："意志，创造性心灵，命运的躯体，面具。"② 只有在第十五相位上时，意志和创造性心灵才会同一，命运的躯体和面具也会同一，所以这是最理想的状态。

结合这些表述，可以将《猫与月》的人物设置与人格类型相联系。剧一开始，盲人和跛子都处于第一相位，即完全的客观，关心的是日常生活中的琐屑，灵魂和精神上的提升不在考虑之内。盲人的选择让他在复明后仍处于物质追求层次，仍是完全的客观。跛子的选择让他在被祝福之后成为精神上的胜利者，演化为对立的相位，处于对精神的追求中，代表了完全主观的状态。盲人和跛子变成了对立的相位。跛子处于第十五相，是根本的相位，体现的是叶芝所肯定的理想状态。相位的变化永不停歇，只有暂时的理想状态，不会有永远的理想状态。所以从这个角度说，《猫与月》体现了叶芝总结的人格类型及其运动的规律。

人格类型的变换是抽象的，作者设置了盲人和跛子两个人物，从全剧的结构上说，两个人物的设置可以认为是一个隐喻。动作者——一个盲人，一个跛子，以空间动作来投射非空

---

① 叶芝：《幻象》，西蒙译，作家出版社 2006 年版，第 16 页。
② 叶芝：《幻象》，西蒙译，作家出版社 2006 年版，第 16 页。

间（时间）事件。通过他们的行为以及行为的结果，来展示时间中人格类型的循环。合唱大都是诗歌的形式，其演唱对全剧具有提示的作用。《猫与月》一开头，就是乐师的演唱，第一句是："这只猫四处走动，月亮像一个陀螺般旋转。"① 这句开场词是全剧的核心。跛子所代表的理想人格如月亮一样，总是在变动循环之中。盲人代表的非理想人格如猫四处走动，不能进行变动循环，永远不能找到正确的方向。《猫与月》中的歌唱，提供了在关于两个人物的源故事和关于人格类型转化的目标故事之间进行投射的文本依据，跛子以受到祝福的空间故事隐喻了人格类型转换的非空间故事。由此，可以将《猫与月》视为一个基于循环图式的寓言。

叶芝的《三月的满月》，类似于《猫与月》，情节与题目没有直接的关联，也可以视为以月亮的变化来表示人格类型状态的变化。"三月的满月"在作品中多次提及，是作者有意为之，因为叶芝认为这是个神秘的历史时刻。还是引用《幻象》中对于此时间的论述："古代伟大的牺牲者，基督、恺撒、苏格拉底——爱情、正义、真理——是否死于春分后第一次满月之下呢？基督死于此时，正如复活节的日期所示；恺撒死于此时——留心，3月15日——苏格拉底也是在此时被宣判。这时圣船起航，最近的研究结果表明，是驶往提洛岛去参加3月的一个庆祝阿波罗和大地复苏的节日。三月节是否开始于新月

---

① William Butler Yeats. *The Collected Works of W.B.Yeats* Ⅱ. Ed. David R. Clark and Rosalind E. Clark. New York: Palgrave. 2001: 445.

呢？当圣船驶进港时，比雷埃夫斯上空的月亮是否是满月呢？苏格拉底喝下毒药时是否是满月呢？在我写下这些话时，回想运行的太阳的位置，我怎能不毛骨悚然呢？古代奇书在沉默中守护的究竟是什么呢？"① "三月的满月"这一时刻与"猫与月"相似，都承载了《幻象》中对人格类型和历史阶段发展的思考。《三月的满月》中猪倌这一天的被杀就是叶芝的观念——上帝是在三月的满月这天实现复活的具体表达。所以，猪倌也是以在空间中的动作来隐喻生死状态转化这种非空间的事件。

无论是《猫与月》，还是《三月的满月》，叶芝强调的是"循环"，可以看作是循环图式的隐喻。戏剧作品在整体上来说，成为一个关于循环隐喻的寓言。这不仅是具体文本片段上表现出来的基本隐喻和诗性隐喻，而且是在整个结构上显示出来的寓言故事，表达了叶芝希望人格通过循环来完善的情感倾向。

第三节　循环隐喻与《炼狱》的情感表达

如上所述，以故事投射思维去看待戏剧，戏剧可以分为两层：一层是源域，一层是目标域。两个故事共享相同的意象图式，这也是将戏剧作为故事投射的前提，由此可以展开整体性的隐喻解读。

整体的隐喻解读一定程度上是开放的。但是读者也不是完

---

① 叶芝：《幻象》，西蒙译，作家出版社 2006 年版，第 159—160 页。

全自由的，首要的限制是解读要合乎情理。读者要结合作品中的语言、结构、作者的思想特质做出解读，并不能天马行空随意为之。最重要的就是故事投射所用到的意象图式必须存在于我们的认知中，不能随心所欲地进行只适合这部作品的解读。循环图式的隐喻也可以作为解读叶芝《炼狱》的切入点，由此与《猫与月》形成对应，共同来探讨叶芝所表达的情感倾向。

一、关于《炼狱》

《炼狱》情节很简单，主人公是父子二人，即老人和男孩。老人的母亲是这座大房子中的小姐，坚持嫁给地位低贱的马夫。结婚后马夫将小姐家的财产全部挥霍掉。小姐死于难产。老人就是小姐与马夫的孩子。他在十六岁时将父亲刺死，四处流浪。男孩听到这些原委之后，要把老人刺死。但最后的结果是老人刺死了男孩，也就是刺死了自己的儿子。老人杀子的动机是杀死了儿子，家庭的罪恶就不会再延续下去，这样母亲的灵魂就会得救。老人在杀子之后，说的是：

> 注意那棵树。
> 它好像净化的灵魂兀自伫立，
> 尽是清冷、甜蜜、闪烁的光辉。
> 亲爱的母亲，现在窗内又暗了，
> 但是你在光辉里因为
> 我已将所有后果解决。

　　《炼狱》因为极具有象征意义，所以对其解读众说纷纭。此处对这部作品的解读主要是从叶芝对历史的看法这一角度来进行。《炼狱》中的小姐是贵族，她执意与下等人马夫结婚，这象征着不同等级的人结合所带来的贵族阶层的堕落。马夫的疯狂行为毁灭了历史悠久的贵族传统。爱尔兰文学中往往通过描写贵族居住的大房子来表达对贵族命运的关注，叶芝的《炼狱》也通过对大房子的描写体现了对于历史的态度。大房子被焚毁的结局传递了作者对大房子所象征的贵族文明瓦解的惋惜之情。

二、《炼狱》中的循环隐喻

　　对于《炼狱》的主题解读必须结合爱尔兰的历史。一方面，经过 18 世纪末的土地联盟运动和现代民族主义运动的冲击，爱尔兰传统的社会形态已经动摇，居于统治地位的贵族阶级的财产被收回国有或者被破坏。他们失去了原有的地位和人们的崇敬，社会地位急速下降。这种外在的社会变化让叶芝对于贵族的处境感到焦虑。另一方面，叶芝认为，贵族内部开始进行跨阶级的通婚导致了贵族血统的混淆。两个方面的原因共同造成了贵族文明的衰败。爱尔兰进入一个快速工业化和物质化的阶段，对于物质的追求使得人心浮躁。叶芝对这种状态非常敏感，也很无奈。这种心态也体现在其诗歌当中，如《柯尔庄园的野天鹅》和《柯尔庄园和巴列利塔，一九三一年》等。叶芝向往的是贵族的生活方式，认可的是贵族统治下的宗法社会，回避了工业社会的趋势。那么在当时的历史情势下，如何能够再实现理想社会的形态？叶芝给出的答案是历史循环论。他所坚信的历史循环论并没有多少现实的依据，而是建立在其一贯的神秘主义思想基础上。

《炼狱》中这个家庭罪恶的开端就是小姐嫁给马夫，带来家庭的严重被创，此后罪恶随着繁衍而传递。老人刺死儿子，是阻止了罪恶的继续传递，也是对以往既有罪恶的救赎。一切又回到了开始的状态。叶芝通过这部戏剧，表达了对贵族与下层阶级通婚的否定。他认为是不同门第间的通婚造成了贵族的堕落，正如高贵的小姐和低贱的马夫的结合只会带来家毁人亡的结果，由此也造成历史的倒退。叶芝认为人需要洗刷罪孽，净化灵魂。如果人曾经犯下罪孽，那么死后就无法得到解脱，必须要从炼狱里回到犯下罪孽的地方，只要得不到宽恕，这种罪孽就要一再地重演。待到惩罚结束，所有的罪孽才会消失。老人杀死儿子，就是洗刷罪孽的方式，希望母亲的灵魂可以得救，整个家族的罪孽也可以消失，重归平静。这里，老人的家庭状态的变化象征的是整个社会状态的变化。其家庭状态由平静秩序到混乱颠覆再到平静秩序象征着贵族文明由统治地位到被颠覆再到恢复统治地位。

《幻象》中的月相大轮不仅可以代表人格类型的变化，也可以代表历史时期的特征以及历史发展的规律，尤以卷三《鸽子或天鹅》最为突出。叶芝认为历史分为公元前的2000年；公元元年到公元1050年；从1050年到当时这三个阶段。公元前 2000 年以古希腊罗马文化为代表，由宙斯和丽达来孕育的。公元元年到公元 1050 年以贵族文明为代表，由圣父和圣母玛丽亚来孕育的。从 1050 年到当时以文艺复兴为代表。这三个阶段中叶芝最为推崇的是第二个阶段，并认为贵族文明的巅峰代表为查士丁尼执政时期的拜占庭艺术。但是随着历史发展，拜占庭艺术所代表的完美状态被打破，所以社会陷入混乱。在这一阶段的最后时期，叶芝认为它的状态是"人类在等待死亡和审判，世俗的机能一无所用，人类在世界的混乱面前一筹莫展，也许潜意识地相信世界就要毁灭了"①。这种混乱持续一段时间后，历史迎来第三个阶段，这一阶段中完美的时期为文艺复兴时期。在第三阶段的最后时期，社会又陷入混乱，"螺旋在井然有序、非常理智地衰落"②，人类社会和各种艺术形式都走向颓势，也就是叶芝对当时所处时代的看法。那么这种混乱持续一段时间后，又会迎来新的阶段——"人们也许会长期满足于那更为琐碎的超自然的祝福……人们将不再把上帝的概念与人的天才、人类的生产方式分离开来。"③ 他尤为强调接下来的理想时代的文化特征是贵族文明再次兴盛，由此实现历史阶段的循环。在叶芝看来，贵族文明的结束带来了一个无序和迷狂的时代，但未来历史还会重回贵族文明支配的秩序世界。在一个情感被物质所压迫的时代，叶芝相信这只是历史循环发

① 叶芝：《幻象》，西蒙译，作家出版社 2006 年版，第 191—192 页。
② 叶芝：《幻象》，西蒙译，作家出版社 2006 年版，第 201 页。
③ 叶芝：《幻象》，西蒙译，作家出版社 2006 年版，第 211 页。

展的一个痛苦的必经阶段，经过混乱与颠覆，必将重回稳定有序。

叶芝高度认可反商业主义、反工业主义，崇尚艺术的贵族阶层，认为其代表着爱尔兰的真正精神，同时反对中产阶级所代表的商业主义和消费文化。两者之间有着巨大的鸿沟，而要恢复到贵族文明的途径就是等待历史阶段的循环。从这个角度说，《炼狱》是以循环图式为基础的寓言，通过老人的所作所为的空间故事来隐喻历史循环的时间状态，表达了作者期望人类和社会重新获得新生的情感。《炼狱》既是一曲献给过去的悲歌，更是寄托着希望的未来之歌。

叶芝作品中月亮频繁出现，其哲学理论也是以月亮的变化为基础来进行设计。究其原因，一是在人们看来月亮本身的变化就是极有规律的循环。每一天，月亮在相应的时间上出现的位置、大小、朝面都有规律可循。这种循环经过千万年，不曾更改，总是会反反复复出现。人们可以很轻易地总结出规律。所以月亮是代表循环规律的最常规意象之一。二是月亮的循环有明显的圆与缺的变化。圆这个形状意味着万事的圆满或者最顶端的状态，然后由圆到缺，又由缺到圆，用正弦波线来表示，圆表示顶峰，完全不见表示低谷。这种客观状况极易被附带上社会思想和人文价值。三是叶芝的思想明显属于循环论。无论是世界秩序观念还是人的性格类型划分，可以说，月亮是代表循环图式的最适合对象之一，成为表达循环论的最好媒介。其中，春天的满月，即三月十五这个日子更被叶芝赋予了不同寻常的含义，在不同的戏剧中反复出现。春天本来就有万物萌发的含义，那么春天的月圆之夜比其他月圆之夜有着更多的寓意，是达到完满的标志。如叶芝在《复活》的注释中写道："我们可能开始认为除了灵魂的存在别无一物，所有的知识都是记忆，所有的灵魂都是独一无二的，那些灵魂，那些原型，日积月累变成更大的记忆单位，最终变成永恒的记忆单位，与最初产生时一模一样。"① 一个循环结束，另一个新的循环开始了。这就是叶芝世界秩序的循环观。工业社会轰鸣的机器声碾碎了宁静的田园时代。消费社会创造出了对物质的欲望，人们陷入对物质的向往不能自拔，对物质的过度欲望导致了精神世界的坍塌。叶芝就像一个灵界的使者，致力于传达生命的启示，暗示宇宙中的无形力量。面对社会大潮下的精神危机，他将人的终极关怀指向神秘的未知力量，以作品营造出顽强的精神追求，用循环隐喻表达了对人格类型自我完善和恢复历史秩序的信心和情感。

弗莱在《批评的剖析》中也极为肯定循环对于人们思想的意义。他将一年四季循环的概念引入了叙事结构的论述，将喜剧、传奇、悲剧、嘲弄和讽刺分别称之为春季的叙事结构、夏季的叙事结构、秋季的叙事结构和冬季的叙事结构，认为这些叙事结构在文学作品中会如四季般循环出现。人们将自然的循环理念引入社会生活，循环是一切的本质。"过程的基本形式

① William Butler Yeats. *The Collected Works of W. B .Yeats* Ⅱ. Ed. David R. Clark and Rosalind E. Clark. New York: Palgrave. 2001: 725.

便是循环运动，兴盛与衰落、努力与休息、生命与死亡的相反交替，是过程的节奏。"[1] 这种文学观点完全没有自然基础，但也采用了循环图式的隐喻，证明了循环图式在人的意识中扎根之深。

第四节　认知对戏剧情感表达的影响

本节欲在前面论述的基础上分析认知对情感表达的影响。

观众观看戏剧时的情感体验是如何发生的，对于戏剧研究是一个至关重要的问题。任教于威斯康星大学的诺尔·卡罗尔教授将认知引入戏剧情感研究，采用认知文学批评方法，对于情感体验的发生机制提出了成体系的观点，即标准的预聚焦理论。这一理论主要体现于其专著《超越审美》（2001）和《艺术的三个维度》（2010），以及论文《戏剧与情感》（2015）。

卡罗尔的出发点是研究作品如何引发读者相应的感情，从中归纳出具有某种普遍性和程序性的内在机制，提出了一个明晰的理论框架。概言之，读者之所以会产生某种情感体验，是因为作者着重突出了与这种情感相关的情况设置（包含着情况或人物的特定特征）。这种情况设置导致了读者的认知状态，从而引发相应的情感特征。所以，文本的创作是作者依据自己的认知状态进行的"预聚焦"过程。具体来说，预聚焦理

---

[1]　诺思罗普·弗莱：《批评的剖析》，陈慧、袁宪军、吴伟仁译，百花文艺出版社 2006 年版，第 226 页。

论主要分为三个层面：第一层面，观众的情感由认知状态来决定。第二层面，观众的认知状态（主要是注意），由作者的预聚焦的创作方式来引导。第三层面，观众与作者或演员的情感可能并不完全一致，但它们都属于同一效价内的情绪。卡罗尔的预聚焦理论，搭建了一个融合认知科学和情感流通的理论框架，为戏剧及其他文学作品与读者之间的情感关系做出了新颖的解释。观众观看某种类型或流派的戏剧总会产生不同性质的情感，卡罗尔将认知视角引入戏剧的传统问题，提出了一个十分有价值的思路。

卡罗尔的理论并不属于认知隐喻理论的范畴，主要是对认知和情感之间关系的研究。但是将卡罗尔的理论与前面对隐喻的探讨相结合，可以在认知和情感之间的关系中看到隐喻的潜在作用。认知、隐喻、情感三者的互相影响成为解读文学作品的情感发生的有价值的角度。作者对于读者认知的引导，还是以隐喻为落脚点，通过隐喻这个体现思维特点的桥梁，来达成作者和读者之间理解的基础。将卡罗尔的理论与认知隐喻理论相结合，可以看到叶芝戏剧所体现的一个重要的认知特点是认为世界是处于循环之中，这一认知特点决定了叶芝的情感倾向，那就是将拯救世界的希望寄托于通过循环实现的个性人格的完善和历史阶段的完善上，相应地，表现出对所处时代的否定情感。下面展开分析。

卡罗尔对认知与情感的论述建立在对认同说的反对之上。他列举了柏拉图、奥古斯丁、卢梭、布莱希特等人的认同说主张。认同说认为观众情感体验的产生是因为受到了剧中人物情感的传染，是在感性上完全认同了人物的情感而发生。如柏拉图认为学生一旦接触到文学人物的负面品质和情绪，会自然受其感染，也形成相似的负面品质和情绪。戏剧因为表演特性，具有激荡情感的天然优势，必然与情感的结合。情感与理性相对，情感总是在颠覆理性。所以，他要将诗歌也包括戏剧驱逐出理想国。卡罗尔着重反驳了柏拉图的观点。他抓住的一个关键点是：认同说的前提是"假定人物、演员和观众的情感状态都是完全一样的。"① 但卡罗尔经过文本分析之后认为，不但演员的情感与人物的联系不具有同一性，人物的情感和观众的情感也不一样。原因就是观众与人物的目标具有非对称性，"感情是有指向对象的，如果两种独特的感情目标是同一的，他们需要指向同一个目标。这在戏剧中不常见，因为人物的感情目标和观看者的感情目标是不对称的"②。之所以剧中人物和观众经常处于同一感情状态，"不是因为他们是处于一个认同的过程，而是因为这一过程是凭借人物的状态来引发的观看者的状态"③。也就是说，观众的情感是因为对人物状态的理性认识促成的，而不是因为受到人物情绪的感染。由此，卡罗尔指出："柏拉图

① ① Noël Carroll ."*Theater and the Emotion*," in The Oxford Handbook of Cognitive Literary Studies. New York: Oxford University Press, Lisa Zunshine ed.2015: 320.

② Noël Carroll ."*Theater and the Emotion*," in The Oxford Handbook of Cognitive Literary Studies. New York: Oxford University Press, Lisa Zunshine ed.2015: 321.

③ Noël Carroll ."*Theater and the Emotion*," in The Oxford Handbook of Cognitive Literary Studies. New York: Oxford University Press, Lisa Zunshine ed.2015: 322.

最根本的观点是艺术本质上是指向感情的，这会损害理性，然后对社会产生损害。这个假设认为情感和理性是不相容的。"①但实际情况是："理性和情感不是对立的，因为理性是情感不可消除的一部分。"②认知状态决定了情感状态，人进行相关的认知判断是产生感情的必然。认知既然和情感结构结合在一起，那么理性和情感就不应是柏拉图所认为的绝然对立的关系。所以，"感情并不必然是非理性的。它们有合适的理性的标准，可以接受逻辑的检验。它们很自然的对理性和知识进行反应"③。

　　一部戏剧要带给观众怎样的情感体验？这首先是个认知的问题。两者密不可分，而且认知通常起到极为关键的作用。叶芝的象征主义戏剧有意隔离现实，全力营造纯粹的精神世界。舞台上的表演引导观众进入灵魂疆域，而不是进入现实社会。他努力探讨人类的精神出路，避免使其走入茫然和陷落，情感体验指向的是崇高和神秘。无论是从主题的选择还是人物角色的设定，均将此种情感推向极致。叶芝认为最好的艺术有着自身的生命，可以不依赖外在就达到完美的充实境界，而这种境界可以超过时间而永恒，这就是面向人的生命本质、人类的整

---

① Noël Carroll . "*Art, Narrative and Emotion,*" in Beyond Aesthetics. Cambridge: Cambridge University Press, 2001: 219.

② Noël Carroll . "*Art, Narrative and Emotion,*" in Beyond Aesthetics. Cambridge: Cambridge University Press, 2001: 219.

③ Noël Carroll . "*Art, Narrative and Emotion,*" in Beyond Aesthetics. Cambridge: Cambridge University Press, 2001: 222.

体命运、关于精神永恒、关于灵魂救赎的崇高。与戏剧性反讽涉及表层文本和潜文本之间的张力① 相似，戏剧冲突也致力于内在化，情感世界隐藏在看似静态的场面下。作者试图引发观众的是这样一种关乎终极关怀的震撼，而非某个单独的人在社会中生老病死的感触。作者要引发观众这样的情感，必须要建立在传达自身认知的基础上。只有将自己的认知通过作品传输给观众，观众才可能产生预期的情感。

具体来说，叶芝戏剧要表达的对这个世界的基本认知是对超验世界的永恒追求和神性存在的不变信念。要让观众产生对精神世界的渴望，必须要展现出叶芝本人的观念：现实世界远非生活的一切，精神救赎要在循环中实现。也就是说，观众与戏剧的情感共鸣，并不是因为受到演员的台词和肢体语言的感染而进入戏中人物的精神状态，而是取决于与戏剧的认知一致，情感其实是作为对理性的自然反应而存在。

以上主要阐述了作者通过引导观众的认知状态，从而促成观众的情感状态。那么，作者如何塑造观众的认知状态呢？卡罗尔主要谈及了认知中的注意力这一方面。他认为，日常生活中我们的注意力是分散的，但在戏剧里，作者有意地将观众的注意力吸引到特定的地方，如戏剧中某些特定的情景、人物的某些性格或品质等。虽然表面看来，观众的注意力是自由的、主观的，但其实是被作者有预期地固定在某些地方。至于

---

① 参见赵文兰：《叙事修辞与潜文本——凌叔华小说创作的一种解读》，《山东社会科学》2017 年第 11 期。

作者将观众的注意力聚集到什么地方，与作者想引发观众什么样的情感有关。"剧作者、导演和演员所做的就是为了突出某些情况的特征，也就是和预期引起的相关的感情的那些状况。""简单说，根据感情严密相关的状况来选择和强调情况的特征。""剧作家和导演团队做了许多选择，即在日常生活中对我们有触动的感情的选择。他们是预聚焦的，那些虚构的事情在我们面前以这样一种方式运行，这样的话，剧作想要表现的感情会表现的顺利而可靠。标准的预聚焦是对观众情感的发动。团队已经预想到各种考虑来让我们进入相关的感情状态，并鼓励我们扩大这种感情状态。"[①] 对此，卡罗尔做出总结，"无论是口头还是视觉艺术，都是预聚焦的。情况或人物的特定特征被描写或叙述凸显出来。这些情况将控制或决定着我们的情感状态，我们把文本的这个属性称之为，文本都是被预聚焦的"[②]。

预聚焦对于作者来说，十分重要，非此不能引发观众的情感特征。"标准的预聚焦是处理观众感情的最重要的机制之一。不管观众是否分享了人物的感情，感情交流都是由预聚焦场面进行的。"[③] 也就是说，作者和观众之间的中介并不是认同说中的由演员扮演的人物，而是预聚焦的场面。这个场面主要包括情节、情

① Noël Carroll ."*Theater and the Emotion*," in The Oxford Handbook of Cognitive Literary Studies. New York: Oxford University Press, Lisa Zunshine ed.2015: 322.

② Noël Carroll . "*Art, Narrative and Emotion*," in Beyond Aesthetics. Cambridge: Cambridge University Press, 2001: 227.

③ Noël Carroll . "*Theater and the Emotion*," in The Oxford Handbook of Cognitive Literary Studies. New York: Oxford University Press, Lisa Zunshine ed.2015: 323.

境、情况等。这些经过了作者的筛选和布置，再排列在观众的眼前，通过人物的表演传达出来。观众产生了某种情感，不是因为人物表达了这种情感，而是戏剧预聚焦的场面让观众形成了特定认知，由认知再得出情绪感受。同时卡罗尔还强调了情感形成后还会对注意力形成牵引，观众在潜意识里希望接下来的情节会验证目前的情绪状态，就会将注意力集中于目前的情绪范畴有关的场面之中。"我认为是一个标准预聚焦的文本结构引起了感情的聚焦反映。也就是说，一个标准预聚焦文本将我们的注意力带向某些特定情节，刺激一个情感式反应，情感反应又将促进我们的注意力，情感将我们和文本绑在一起"。① 总之，"感情是与认知相联系的，表达感情可以提供理解。对观众感情反应的引发不是一个可有可无的认知和理解过程。而且，叙述作品中的感情的真正功能是对观众注意力的管理。"②"作者与读者处于同一个背景，文化的或生物的，这有助于作者激发感情。不管是特定感情的经验的标准，还是什么会引起观众对人物和目标的关心，还是对情况如何发展的倾向，因为作者和读者处于一个背景下，所以作者可以把自己作为探测者预测读者对文本的反应。他们可以用自己的反应去预测观众关心的标准的倾向，和对遇到的标准预聚焦的

---

① Noël Carroll . "*Art, Narrative and Emotion,*" in Beyond Aesthetics. Cambridge: Cambridge University Press, 2001: 228.

② Noël Carroll . "*Art, Narrative and Emotion,*" in Beyond Aesthetics. Cambridge: Cambridge University Press, 2001: 231.

感情状态。"①

如前所述，叶芝的戏剧要表达的对这个世界的基本认知是对超验世界的永恒追求和神性存在的不变信念，从而引发观众的崇高和神秘之感。那么，作者是怎样以此为中心进行预聚焦场面的处理呢？怎样来引导观众的注意力形成此认知呢？

首先，时空的模糊性。戏剧必然要发生在时间和空间之中，所以时间和空间的设置是必不可少的戏剧元素。古希腊戏剧的时空设置是中性的，按照较为简单的模式处理。到 19 世纪时，现实主义戏剧主张时空现实化，自然主义戏剧更是要求时空的设置与人们惯常的物理的时空划分完全一致。象征主义戏剧则主张重现中性特征，解除了时空与戏剧情节的必然关系。戏剧的时空设置不一定与惯常的物理时空一致，减弱了现实主义戏剧和自然主义戏剧中对时空条件的依赖。叶芝戏剧中时空的设置很少有确定的表述，时间往往是含混的，空间往往是模糊的。如《猫与月》《炼狱》为代表的作品，有意避开现实时空的限制，大大增加了戏剧情节的象征意味，将探讨的范围延伸至无形的精神世界，延伸到人的内心探讨。

其次，不重结构的逻辑性。叶芝的戏剧在结构上呈现片段式的拼贴。独幕剧中情节的发展比较突兀，如《炼狱》中老人对男孩的行刺等在逻辑上很难说通。多场次的剧中，场与场之间的过渡也有类似的问题。人物的动机缺乏合理的解释，行动

---

① Noël Carroll ."*Art, Narrative and Emotion*," in Beyond Aesthetics. Cambridge: Cambridge University Press, 2001: 230—231.

缺乏说服力，不是按照逻辑性来组织的。这样的用意在于，作者目的不是要讲一个跌宕起伏的故事，而是要阐明自己的思想观念。读者或者观众不局限于是否符合现实的逻辑，是否采用以往的固定结构模式，而是聚焦到这种场面带来的丰富想象空间。

再次，情节上的非完全陈述。在戏剧实践中情节弱化，各部分的功能也不再泾渭分明。叶芝善于运用情节上的留白和跳跃。留白部分给读者或者观众以丰富的想象空间。情节的跳跃则突破了原来起承转合的固有顺序。在偶然的统领下，戏剧的情节之间没有明显的分野，而是相互融通。

最后，善于借用古代仪式。象征主义戏剧很多都是宗教仪式或巫术仪式的再加工，叶芝的戏剧也是如此。戏剧与仪式的融合使戏剧形成了朦胧高蹈的气氛，将观众带入震撼与迷醉的境界，聚焦人与神秘力量的交流以及全人类的整体命运，由此产生迷狂化效果。仪式化指向的是人的精神和灵魂，有意忽略了现实世界。没有时空限制和现实束缚，同时具有强大指涉力、发散力和心理认同感的原始仪式就成为戏剧所营造的精神世界的恰当表征。

通过以上方式，叶芝将观众的注意力引导到超验世界和神性存在上，引导到人格类型和历史阶段的循环上，得出世界要依赖循环来得救的结论，再由此引发崇高和神秘的情感。

情感体验的认知动力体现了情感的文化性，观众的认知评价对情感体验的影响更多是通过记忆、情感记忆以及思维等来实现。在每个观众的记忆、情感记忆以及思维方式中，都有着文化的隐形支配力量。也就是说，认知不可避免地具有历史性和社会性。乔纳森·H. 特纳将文化分为宏观水平的文化和中观水平的文化。宏观水平的文化主要指国家的基本价值观，提供了普适性的道德原则。"这些宏观水平的文化过程限制了人们在所有情境中的公正认知。这些文化定义的公正概念在生命早期习得，并且在以后的对话和实际行动中持续地被强化，成为什么是情境中的公正分配的知识储备的一部分。"① 特纳将中观水平的文化设定为一定的社团单元和范畴单元，社会的人依据一定标准被分为不同的社团和范畴。宏观水平的文化通过社团和范畴来作用于人与人之间的微观互动。社会中具体的人与人之间的微观互动如果受所处社团和范畴的文化浸染较深，那么自然地，也会更多地刻下所处整个国家的基本价值观和道德原则的文化烙印，人与人之间的情感激发也越容易产生一致性。宏观、中观、微观的文化以记忆的方式储存于人脑中，随着戏剧情境的引发，结合个人的情感记忆和思维方式，形成对场面、人物、情节等的具体认知，并在具体认知支配下形成既有集体色彩又有个性差异的情感体验。这一过程体现了情感体验形成的社会性特征，也说明了为什么同一文化背景下的观众比较容易产生共鸣。

　　需要说明的是，观众的情感与戏剧的情感表达可能会不

---

① 乔纳森·H. 特纳：《人类情感——社会学的理论》，孙俊才、文军译，东方出版社 2009 年版，第 140 页。

一致。

　　叶芝的戏剧表达的基本认知是超验世界和神性存在，这造成了观众对作品和人物解读的模糊性。其作品张扬的是深沉的情感和丰富的想象，要恢复的是感性的力量。它拒绝物质主义，远遁于神秘的彼岸的精神世界中，主张以直觉和感悟的方式与世界融为一体，本身的情感指向就比较含混、游移、感性，而非确切、固定、理性。而作者预聚焦之后的文本给予观众的认知则同样充满模糊和神秘气息。由此，观众的认知趋向多元化，由此生发的情感不一而足。观众情感和人物情感之间的契合程度具有了更多不确定性，更多多义可能。

　　总之，叶芝在戏剧中意图重建精神家园，并将重建的希望寄托于历史的循环。他否定当时的社会，肯定中世纪的时代，按照他的思想，类似中世纪的秩序井然的时代将通过循环来实现。这样的观念体现在戏剧创作中，运用了循环图式这样的普遍认知，体现为循环隐喻。由循环隐喻，作者表达了对拯救人类的热望和重建秩序的信心。结合叶芝的诗歌，可以更清楚地看到这一点，如《基督重临》中所表达的：中心四散，世界要陷入混乱，但是神的启示就要显灵，基督就要重临，世界的秩序到时就会恢复。总之，作者的基本认知决定了戏剧的情感表达，而读者或观众的认知状态，由作者的预聚焦的创作方式来引导，如时空、情节、结构等的设置等。通过此个例的隐喻分析，为戏剧情感生成的探讨提供了一点尝试。

第八章　象征主义戏剧受喻者的
认知主体性

前几章都是从作者的角度来探讨隐喻的运用，本章主要是从读者的角度来探讨隐喻的接受。象征主义戏剧的作者作为隐喻的施喻者是认知主体，读者作为受喻者也是认知主体。前者的主体性体现在隐喻创作的过程，后者的主体性体现在隐喻理解的过程，两者的结合才是隐喻的最后完成。这是认知隐喻理论所持的经验主义真理观的自然推演。哲学解释学也涉及了接受的多样性，虽然并不是单就隐喻来谈，但对本研究也有启发意义。哲学解释学与经验主义真理观一样，从理论上肯定了读者的主动性，肯定了读者或因客观原因或因主观原因导致的对隐喻做出自我理解的权利。

第一节　受喻者的认知主体性与经验主义的真理论

莱考夫和约翰逊在《我们赖以生存的隐喻》和《体验哲

学——具身心智及其对西方思想的挑战》等专著中着重强调了理解的经验性特征，提出了经验主义的真理论，为受喻者的认知主体性提供了支持。

一、经验主义真理论与体验哲学

客观主义真理论只肯定事物的客观属性，忽视了人在理解事物时的主观性。而主观主义真理论则相反，过分夸大了人的主观性，而无视了人的理解也一定是存在于特定的自然和文化环境中的。认知隐喻理论所秉持的经验主义真理论是在对客观主义真理论和主观主义真理论进行辨析的基础上提出的。它否认了客观主义真理论认为真理是绝对客观存在的观点，也否认了主观主义真理论认为想象不受限制的观点。经验主义真理论代表人物莱考夫认为，真理依赖于理解，理解源自人在世界中的相关经验，不主张有绝对真理的存在。同时，莱考夫强调了理解的不完全性，否定人能获得全部真理。经验主义的真理论与客观真理论相比，增加了人的理解，强调了理解所需要的经验，与主观真理论相比，又强调了理解的有限性和真理的相对性。

经验主义真理论基于体验哲学，既有对真理阐释的认同，也顾及了个人的重要性。体验哲学的出发点是人们依据体验来理解周围事物。莱考夫和约翰逊的《体验哲学——具身心智及其对西方思想的挑战》是从认知层面对隐喻进行研究的哲学基础，也阐明了经验主义真理论的哲学基础。《体验哲学》第一部分论述了体验哲学是怎样对西方传统哲学形成挑战。第二部分是对基本的哲学概念的认知理解，包括事件、因果、时间、自我、心智和道德等。第三部分是对一些重要哲学理论的评论。第四部分是体验哲学的总结论述。专著的分析都是以语言为分析对象，但也可以给文学研究提供参考。

《体验哲学》第一部分一开始，作者就列出认知科学的三个主要发现：心智是基于具身的；思考多数是无意识的；抽象概念很大程度上是隐喻的。认知科学在体验哲学的创立中扮演了一个关键角色。认知科学是自我认识的重要来源之一。作者提出的问题是，当我们以这些发现来重新考察哲学时将发生什么？作者认为，人的心智和经验都是体验性的，由此建构起来的概念、范畴和推理也是体验性的，是人在与外界互动的过程中产生的。作者将这种建立在对心智具身化的经验性理解基础上的哲学称为体验哲学。体验哲学的基本主张是：无意识性认知；体验性心智；思维和语言中概念隐喻普遍存在。

无意识性认知是指人的认知过程人自身是感觉不到的，也就是说思维过程是无意识的。人感觉不到自己的思维过程，这个过程非常快同时也非常复杂。作者的这个论断依赖的是来自认知科学的发现——研究表明，大多数的认知过程如听觉、注意、记忆等都是无意识的。体验性心智部分的主要观点和《我们赖以生存的隐喻》中相似。人的认知过程首先是通过身体对外界形成的经验，包括了个人的身体经验、心理经验、情感经验、文化经验等。这些经验对人整个的认知思维起着重要作用。如果是抽象的概念或不明确的概念，就需要借助那些容易理解的概念（如空间、方向、物体等）来掌握，这就是概念系统中隐喻的产生。"经验具有体验性势必会影响认知。我们只能讨论所感知和构想的事物。而我们所能感知和构想的事物又与身体构造和经验有关。"① 经验是基于与自然、与他人、与文化的互动而获得的经验，具有具身性，也具有有效性。经验在得到验证之后，就进入文化系统，具有了普遍性。概念即是人类以自身经验通过隐喻构建出来的，所以概念是建立在人经验的具身性和体验性的基础上。概念的本质是隐喻性的，隐喻的理解方式使得人们有能力去认识抽象思维，也就是通过具象的源域来理解抽象的目标域。"隐喻是理性和想象的结合。所谓理性，包含范畴化、蕴涵和推论。而有关想象的一个方面是用另一件事去看一件事。这样，隐喻是想象的理性化。"② 理性包括了逻辑、推理、范畴等，而隐喻则需要在两个事物之间寻找相似性，寻找相似性的过程离不开想象，这样隐喻统一了人的理性和想象，是想象的理性化表达。隐喻普遍存在，但不同文化系统中的人，有着不同的概念系统，那么理解世界的方式就会相应地有差异，也就产生了真理观念上的差异。总之，隐喻是以经验为基础，体验哲学理论的建立，使关于隐喻的理论更加具有说服力。

《体验哲学——具身心智及其对西方思想的挑战》为隐喻

---

① 谢之君：《隐喻认知功能探索》，复旦大学出版社 2007 年版，第 55 页。
② 胡壮麟：《认知隐喻学》，北京大学出版社 2004 年版，第 80 页。

的认知研究提供了支持。但也存在一个问题，那就是对隐喻形成和使用的语境论及不足。有些隐喻是基本的，体现了所属文化的最基本的性质；有些隐喻是跨越文化而存在的，说明其反映了人类的共同认知习惯；有些则可能不仅在文化之间有冲突，在文化内部也有矛盾的用法。语境这个因素就必须要认真考量。所以，既要注意到文化范围内的隐喻概念的不一致性，也要看到不同文化之间隐喻概念之间的不一致性。

二、考察受喻者认知主体性的必要性

前面以代表性象征主义作家的部分戏剧作品为解读文本，分析了其中隐喻的运用。戏剧的诗性隐喻是以基本隐喻的变形的面貌出现的。基本隐喻沉淀着人的思维方式，凝固着人们对很多问题的根深蒂固的见解，是人认知习惯的体现，这是文学作品作为人的创作成果的共通性。同时，象征主义戏剧秉承着特定的理念将基本隐喻做了有倾向性的延伸、拓展和组合，这样的结果便是，呈现出的诗性隐喻的旨归都是人类灵魂的救赎和精神的皈依。这是象征主义戏剧作为人的一种创作成果的特殊性。基本隐喻隐含的共通性由人的一般认知来决定，诗性隐喻隐含的倾向性则由作者的特殊认知来决定。毫无疑问，象征主义戏剧的作者作为创作隐喻的一方也就是施喻者具有主体性。同时要注意的是，诗性隐喻的意义不是由作者单独来决定的，还需要读者也就是受喻者的理解。以认知来考察象征主义戏剧的隐喻，还要结合读者的因素，要考察读者的认知和情感对理解隐喻以及理解作品的作用。对于这些延伸、拓展和组合而后的诗性隐喻如何理解，读者有可能与作者本意产生冲突。又因为象征主义戏剧的诗性隐喻在变形时极大发挥了想象力，不拘泥于现实的限制，更造成了意义解读多样性的可能。

作者通过自身的具身经验来形成诗性隐喻。诗性隐喻的创作过程是作者对各种感受进行融合，对多样经验进行调动的过程，是生理机制和文化体验共同作用于认知的过程。过程中，作者创作出从源域到目标域的映射。那么对于读者来说，这个顺序就是相反的。读者面对的是具有作者个性的诗性隐喻，隐含着作者的各种感受和多样经验，隐含着生理机制和文化体验，这时读者需要依照作者的指示去寻找源域和目标域之间的独特关联。所以，对于作者来说，是一个从目标域寻找适当源域从而建立起独特关系的过程。而对读者来说，是一个从源域出发寻找源域与目标域之间独特关系的过程。作者表达的是自身的认知：第一，读者能否挖掘出这种诗性隐喻背后的认知并不是确定的；第二，读者能够寻找出作者的认知观念，是否认可也是不确定的。所以，作者和读者在作品的不同阶段互为主体，主体与主体之间碰撞的结果充满多种可能性。

由此出发，象征主义戏剧意义的发生不仅是依据作者的意图及其在剧作中的设定，而且是更多将读者的理解作为意义实现的一个重要组成部分。离开了读者这一维度，戏剧内涵就无法全面呈现。但读者能够与作者完全同频，可能只是一种理想状态。因为最后的呈现方式毕竟是文字，作者的很多个人感受和经验在转化为文字的过程中已经被掩盖。读者面对模糊的可以多义理解的隐喻，想完全捕捉到作者细微的用意，只能是在理论上做到。大多数情况下，并无法核实读者对诗性隐喻的理解是否与作者的创作本意相符。如本书对于象征主义戏剧的解读，也只是一个角度而已，仅仅是作为一种尝试。

三、以经验主义真理论考察受喻者的认知主体性

诗性隐喻的创造，是作者以一般认知结合了自身的个人情感和独特认知，而对诗性隐喻的理解也是如此。除了动用人们共有的认知习惯外，还要结合读者个人的认知和情感。作品的诗性隐喻突破了以往的约定俗成，打破了心理定势。为了理解这诗性隐喻从何而来和要表达的含义，读者就要动用自身的经验。如果该隐喻表达唤起了读者相关的经验，读者就会认可此诗性隐喻的创造。读者的反应其实是一次验证的过程。作者对于源域的加工是不是合经验的，是不是有效的，那要看读者这个独立的认知主体是否能够在作者已经建构的源域和目标域之间的关联中找到认同感。最理想的结果是，读者识别并认可了诗性隐喻的构成意图，与作者形成共鸣，文本的意义最终以尽可能符合作者原义的方式完成。这样就达到了作者和读者的共情，作品的思想才能被顺畅地传递出去，才会跨越时代、民族、文化等界限而拥有了无穷的生命力。但也有可能读者并不认可诗性隐喻的创造，那么作者想要通过此隐喻传达的信息就很可能会被阻断。

接下来的问题就是，读者依据什么来接受或者不接受诗性隐喻？读者作为一个独立个体，他要依据的是自身的知识结构、情感经历、人生经验、主观倾向等，除了自身的因素，还有中观层面的所在群体的影响和宏观层面的所处文化体系的因素。读者如果在源域的理解中挖掘到了作者所暗含的目标域，并且通过具体的源域理解了抽象的目标域，那么诗性隐喻就达成了它的使命。读者要做到这一点，除了运用共同认知，还要对作品中诗性隐喻的源域和目标域之间的联系也有相应的经验。也就是说，读者在理解诗性隐喻时要调动两方面的经验：一种是普遍经验，以熟悉的事物来理解不熟悉的事物；另一种是具有作者进行创作时所依据的独特经验。如前几章所述，诗性隐喻不仅仅是存在于具体的句子中，它也可以作为一个作品被整体理解，那么这种整体理解就与作品的主题和情感有了直接的关系。所以，读者对诗性隐喻的理解既可以是对作品局部的体验，也可以是对其整体思想和特色的把握。可以说，读者对诗性隐喻的理解过程其实是作为一个认知主体和作者这个认知主体进行对话的过程。

还要说明的是，读者的认知和情感是相互交融的。对于一部文学作品，读者的认知评价总是在情感发生之前，虽然这个评价过程不一定被本人意识到。文学作品本身并不能直接形成情感，作品和情感之间必须以认知评价作为桥梁。也就是说，是评价决定了引发的情感是愉悦、悲伤、恐惧还是愤怒等。换言之，情感是否会发生，以怎样的性质发生，以怎样的程度发生，都视主体的认知评价而定。同时，读者的理解是一个复杂微妙的过程，可能会出现变化和波动，并非一蹴而就。读者调动经验对作品形成初步认知，从而导致初步情感体验形成，读者会在不自知的状态下带着这种情感状态去期待下面的情节发展。而下面的情节发展又会给读者新的认知，这种新认知或者加强初步认知而巩固初步情感，或者颠覆初步认知而消解初步情感，是一个不断进行的直至阅读作品结束的过程。这个过程中，情感并不是一个完全被动的被决定体，它会对认知过程形成反馈，调整其方向，校正其预期。由此，情感与认知形成互动，共同影响了读者对隐喻理解的主体性。

读者之间解读隐喻的结果很可能带有明显的差异性。对同一部作品中的隐喻，不同读者之间会有理解或不理解、认同或不认同的区别，甚至同一个读者在不同的情况下也会产生不同的感受。可以这样说，因为没有一个读者的各方面经历和体验是完全一致的，所以很难说哪一个诗性隐喻，即使是最经典的诗性隐喻，能够得到读者完全相同程度的接受。有的时候读者会超越作者所设定的源域和目标域之间的关联，做出更加有主动性的延伸、展开和组合。这不应被视为逾越作者权威，而是作品生命力丰富的体现。一部文学作品的诗性隐喻，应该可以容许多种解读的可能。作者和读者之间的认知有差异性，读者与读者之间的认知有差异性，既然是客观存在，那么也没有必要有意去消除。

总之，受喻者个人经验的多样性客观上就造成了隐喻理解的多样性。读者理解隐喻的过程是主动创造的过程。不是读者对作者原义无限靠拢，而是将文本意义生成的途径立足于自身经验之上。读者的经验是理解作品中隐喻的必要条件，任何一种解读都从过程中实现，而不是满足于唯一的作者原义的揭示。每种对于隐喻的解读都体现了具体特性，将象征主义戏剧的隐喻理解指向相对和多元。

第二节　受喻者的认知主体性与哲学阐释学的互释

哲学解释学作为 20 世纪有广泛影响力的哲学及文化思潮，对社会科学多学科的研究提供了新的视角和途径。哲学解释学认为"此在"与我们的身体、语言、社会、历史不可分割，将理解视为此在存在的方式，将理解置于本体论地位，强调任何理解都是对象与主体的视域融合，具有不可避免的历史性，阐释的着重点从文本本身转移到交流过程。哲学解释学的基本观点可以给受喻者的认知主体性以理论支持。

一、理解是"此在"的存在方式

解释学古已有之，最初的含义即是明确词篇等文本的意思，排除歧义，显示意义。19 世纪的哲学家施莱尔马赫将解释学系统化了，使其由仅针对文献的技术性的诠释上升为适用于多种学科的系统性理论。他的核心观点是解释应该尽可能还原文本产生时的历史语境，深入写作背景，恢复作者注入文本中的原义，避免对文本的误解。在读者如何可以把握作者的原义这一点上，施莱尔马赫建立了自己的依据。他认为虽然作者和读者有时代、个性、心理等各方面的差异，但具有普遍的人性和共同的情感，这就保证了两者具有相通和理解的桥梁。以此为基础，读者以自身具备的条件去主动理解作者的创造意图和过程，形成符合后者原义的解释。施氏对理解过程的重视，使得解释学成为一种认识论。接下来狄尔泰又将解释学的对象由文本文献推广到人类的历史和生活，归根结底，解释学要解释的是人的生命表现。只有通过这种解释的方法，社会科学才能得以真正理解。由此，他努力使解释学成为社会科学的方法论。他的"体验""表达""理解"等概念对此后的解释学发展产生直接影响。解释学也由认识论推进到方法论。两位哲学家促成了解释学由古典向现代转变。

　　哲学解释学由海德格尔开创，他以存在的本体论研究"理解"，将解释学上升到本体论层面，从而使其摆脱了认识论和方法论的范畴，成为一种哲学体系。理解构成"此在"，是"此在"的存在方式。理解成为此在的本体论条件。理解本身就是人在世界中的方式，是人存在的方式。海德格尔进一步论述了理解和解释的关系。理解构成解释的基础，解释则为理解的发展。海德格尔的学生伽达默尔是哲学解释学的集大成者，延续了本体论观点，即解释学不是认识论，也不是方法论，而是人存在的模式。对文艺作品而言，理解亦是其存在方式。"正如任何其他的需要理解的文本一样，每一部艺术作品——不仅是文学作品——都必须被理解，而且这样一种理解应当是可行的。因此诠释学意识获得一个甚至超出审美意识范围的广泛领域。美学必须被并入诠释学中。这不仅仅是一句涉及问题范围的话，而且从内容上说也是相当精确的。这就是说，诠释学必须整个反过来这样被规定，以致它可以正确对待艺术经验。理解必须被视为意义事件的一部分，正是在理解中，一切陈述的意义——包括艺术陈述的意义和所有其他传承物陈述的意义——才得以形成和完成。"① 传统意义上的对文本的解释完全不能囊括解释的本体论含义。"哲学解释学的中心关注人的存在和世界的最基本的状态，关注人类理解活动这一人存在的最基本模式，去发现一切理解模式的共同属性。"② 探求理解这一模式的规律，明确理解的条件，显现人的世界的经验，辨清人与世界的关系，寻觅人生的真理，才是哲学解释学的目的。

接着再回到戏剧，"现代主义者既是现代荒原的描述者，又是迫切探索挽救人类危机之路、走出荒原的拯救者。对非理性的倡导，即是他们探索的一条拯救之路"③。象征主义流派所展现的正是现代主义文学的非理性特征，非理性既构成了象征主义戏剧的思想特质，也构成了其艺术特色。象征主义戏剧表达的是神秘经验和精神体验，这决定了戏剧整体呈现含混、游

---

① 伽达默尔：《诠释学 I：真理与方法》，洪汉鼎译，商务印书馆 2007 年版，第 231 页。

② 王岳川：《当代西方最新文论教程》，复旦大学出版社 2013 年版，第 181 页。

③ 张雪飞：《个体生命视角下的莫言小说研究》，中国社会科学出版社 2018 年版，第 129 页。

移、晦涩的美学风格。与基本具有确切、固定、明晰这些特征的古典戏剧相比，象征主义戏剧本身对读者而言就是超越了期待视野的异质存在。现实主义戏剧对现实生活的高度凝练，自然主义戏剧对日常生活的尽力摹仿，都使观众对舞台上发生的一切产生熟悉感和掌控感。生活的细节、生活的语言，让读者对戏剧产生似曾相识的归属感。象征主义戏剧则打破这种归属感，有意保持距离，创造出陌生感。所有这些都让戏剧的意义处于一个未明状态，而读者正是使未明走向可明的必然要素。对象征主义戏剧而言，隐喻的理解过程，即是完成作品意义的过程，而读者也通过此种理解实现自身生命价值的树立和人生意义的观照。所以理解亦即实现人的存在的途径。戏剧作品的隐喻意义不能独自存在或实现，读者的创造行为是作品不可或缺的组成部分。对作品的解读是揭示文本意义的必然途径，而非其自然生成。理解是"此在"的存在方式，这种哲学上的本体论为象征主义戏剧的审美解读提供了新的视域和理论支撑，拓展了文学研究的界限。

二、"视域融合"与隐喻意义多种解读的合理性

读者理解对于象征主义戏剧隐喻的意义生成起着至关重要的作用。那么，由读者理解的不同，可能会使戏剧的隐喻解读产生多种答案。这些多种答案存在的合理性在哪儿？哲学解释学的"视域融合"观点可能会提供一定启发。

相对于古典戏剧意义阐释的明确性和稳定性，象征主义戏

剧的意义阐释则明显体现相反的特点：模糊性和多义性。古典戏剧的作者是作品意义的规定者，读者对其的理解就是要尽可能地接近于作者的原义，而非做出自己的解读。作者会努力赋予其作品完整而统一的意义，读者也习惯于去发掘这个完整而统一的意义，两者的心理都指向一个作品中所蕴含的那个明确和稳定的意义。象征主义戏剧则打破了意义的明确、稳定、完整和统一。面对这样的作品，读者首先是惊愕，因为这是一种与以往的戏剧完全不同的阅读或观看感受。继而他的兴趣被激发、感觉被激活，开始尝试运用自己的知识、背景、经历、感受去理解作品中不甚明了的意义的答案。自然，也就有了对作品隐喻意义的多样解读。象征主义戏剧的角色、情节、语言、结构等要素都缺乏具体所指。隐喻给语言的所指和能指之间留下了无限解释的空间。作者像在制作一道神秘的谜题，热情邀请读者参与进来，向理解者敞开意义存在的无限可能。

审美理解是理解者带着自身的历史性、前见和视域去观照文学作品，在观照的过程中与作者的视域相融合，能动地对作品进行体验和欣赏，寻求和探定作品的意义。理解并非重构和复制，而是一种读者带有自身的标识和偶然性因素的创造过程。这个过程会且必然会超越作者。理解者的前见和视域不同，对同一作品的诠释亦会不同。作者的写作意图为作品意义的实现奠定了基础，而通过文本和读者之间的潜在对话才能实现辩证理解。对话过程中，文本和读者的地位是平等的，也是一直互动的。

　　哲学解释学认为，理解是一种"视域融合"。每个人都是处在一定情境中，每个人独特的情境就是其理解世界的立足点。以此立足点出发，他所能理解的范围就形成其"视域"，即观点、理念或立场。视域是一个变动的概念，而非静止。理解对象有其特定视域，理解者也有其特定视域，因为历史性的主观存在，两者的视域不可避免地会有差异，而不会完全重合。面对这个差异，如何进行理解？古典解释学秉承客观性原则，尽力清除理解者的视域，无限贴近理解对象，进入其原有视域中。哲学解释学则认为，两个视域并不是截然对立只能取其一的关系。清除理解者视域完全进入理解对象，或者清除理解对象的视域完全以理解者视域为主导，都不能说明理解的真正过程。应该是理解者从自身视域出发，与对象的视域结合，生发成一个不同于两者任何一个的新的视域，即"视域融合"。理解必须要考虑对象的视域，同时也必然结合理解者的前见和视域，体现了对象含义和理解存在的渗透联系。伽达默尔对理解对象的视域和理解者的视域之关系的论述中，其主张的"融合"既没有完全抛开理解对象这个出发点——如果完全抛开将导致解释的极端主观性，也没有全然舍弃理解者这个能动力量——如果全然舍弃将导致解释的过度考据。两者的融合所生成的新的视域，才是理解对象存在的方式。伽达默尔的"理解"，在理论上论证了解释的相对性和多样性。

　　狄尔泰一直避免主观性，追求达成理解的客观有效性。与之相对的，伽达默尔承认了主观的必要性。由此，作品意义是读者在自己拥有的历史现实性上进行的孤独探求，以审美理解把艺术真理所具有的历史性和主观性发掘出来。理解者自身的视野被充分承认和允许。这个过程以作品为基础，尊重作者的视域，同时又充分重视了理解者的创造性解释。每种解读都被允许，因为没有一个统一的标准答案。象征主义戏剧意义的模糊性与多义性形成了读者理解的无限张力。读者的创造力和想象力被激发，审美注意很自然集中到戏剧中去，在主动理解的同时实现创造感的满足。象征主义戏剧创造了作者和读者的距离，但总体来说还是遵循了基本的心理规律，读者有兴趣去探知新的戏剧内容和形式的同时，也具备这种能力。作品的产生只能属于一个时代，但对它的解读却可以在其产生之后的任何时代。不同时代的人以不同的视域与作者的视域结合，从而得出不同的理解，作品也不断被赋予新的意义。审美理解的多样性造就了象征主义戏剧文本意义的无限可能性。动态的理解过程才是发现艺术真理的过程，这个理解打破了文本的静止，也打破了审美主体的孤立。在二者之间架起动态的桥梁，只有通过哲学解释学意义上的理解，真正的戏剧意义才会实现，艺术真理也才会被发现。

总之，以经验主义真理观的视角来观照文本意义阐释问题，象征主义戏剧的意义阐释将着重点从文本本身转移到交流过程。任何理解都是对象与认知主体的互动，具有不可避免的体验性。无论是莱考夫的经验主义真理论，还是哲学解释学对理解主体性的强调，都将意义建立在理解的基础上。由此，意义被视为一个动态的过程，这一过程在多重因素的作用下发生，充分支持了作者和读者之间的交流与互动。由以上论述可以看出，经验主义真理论与哲学解释学对于理解的阐释，共同支持了读者也即受喻者的认知主体性。从这个意义上说，本书对于象征主义剧作中隐喻的分析也是具身的体验性的，仅仅是一种解读可能而已。

结　语

　　象征主义戏剧一个极为重要的特点就是象征手法的全方位运用。人物、主题、结构、语言等这些基本的文学要素都充满了浓厚的象征意味。对于象征如何构建的问题，认知隐喻理论提供了新的有价值的解读视角。

　　本研究以象征主义戏剧为对象，着眼于隐喻探讨，既注意了象征主义戏剧作为人类文学创作中的一部分，与一切文学作品共享共同的基本隐喻及基本隐喻所蕴含的认知习惯，也注意了作者的个人情感和独特认知，将共通的认知机制和独特的个人认知相结合。所以研究主要分两个层面：基本隐喻层面和诗性隐喻层面。基本隐喻是日常生活中人们使用的具有基础性的隐喻，它与人们经验密切相关，对事物理解、情感表达、人际交流、文化传承等起着十分重要的作用，几乎已经沉淀在人们的无意识中。离开了这些基本隐喻，人们的社会将无法有效地运转。这些基本隐喻形成了任何文学作品包括象征主义戏剧的基石。诗性隐喻是文学作品中经过对基本隐喻的延伸、展开和组合而形成的具有独创性的隐喻。它包含着作者个人的独特认知，是一种与日常语言不同的个性化创造，由此营造了一个想象奇特、多姿多彩的文学世界。基本隐喻是诗性隐喻的基础，诗性隐喻是基本隐喻的变形。

象征主义戏剧流派的作品表面看来远离现实，充满神秘色彩，运用了大量看似非常主观的象征，但这些象征仍是建立在约定俗成的基本隐喻的基础上。戏剧作品的语言和日常语言一样，都是以认知为基础。戏剧一定是作者作为一个生物人和社会人，以自身经验为依据并遵循共同认知习惯而进行的创作。离开了体现共同认知的隐喻，戏剧就不能被读者所理解，作者和读者之间就失去了交流的基础。本研究重点考察了易卜生戏剧中的容器隐喻和"热情是火"等基本隐喻；梅特林克戏剧中的容器隐喻和"理解是光明"等基本隐喻；克洛岱尔戏剧中的"生命是旅程"的基本隐喻；安德列耶夫戏剧中的"生命是火焰""生命是光"等基本隐喻；泰戈尔戏剧中的"人是植物"等基本隐喻以及叶芝戏剧中关于循环的隐喻寓言等。由此可以看出，约定俗成的基本隐喻是象征主义戏剧的创作基础。基本隐喻体现了人们共同的认知习惯，揭示戏剧意义的认知基础，是作者和读者能够进行沟通交流的前提。

在此基础上，本研究还考察了象征主义戏剧隐喻运用的独特性。如果只是重视戏剧作品中体现一般认知习惯的基本隐喻的存在，就无法区分文学作品的语言与普通语言的差别。象征主义戏剧作为一个有着鲜明特点的流派，在对基本隐喻进行延伸、展开和组合创作出诗性隐喻的过程中也有明确倾向性，从而实现了作者思想和观念的倾向性。经过分析，归纳出了象征主义代表性作家对基本隐喻到诗性隐喻的运用和处理规律。易卜生、梅特林克、克洛岱尔、安德列耶夫、泰戈尔以及叶芝都将独特认知注入到基本隐喻之中，将其变成自我的言说。易卜生的诗性隐喻中，人们最终寻找到的真正自由是精神的自由。梅特林克的诗性隐喻中，死亡只是命运中的应有之义，是通往新生的大门。克洛岱尔的诗性隐喻中，人通过上帝的指引获得了精神的洗礼和新生。安德列耶夫的诗性隐喻中，人以不屈的意志来迎接既定的命运，建立起生命的意义。泰戈尔的诗性隐喻中，人通过自我更新和世代繁衍，将个人的有限与世界的无限相结合，达到永恒。叶芝的创作中，通过循环来实现理想的人格和理想的世界秩序，拯救处于困境中的人们。进而归纳这些作家们对基本隐喻到诗性隐喻的运用和处理的共同倾向——这些诗性隐喻均致力于消解对死亡的畏惧，打破对人生有限性的恐慌，向往神秘的未知，以求达到永恒的彼岸。与其他流派相比，象征主义戏剧对死亡后的未知世界刻画最为确定。"生存，即是遗忘死亡；死亡，即是遗忘生存。死亡是永生，因为死亡是生命。"① 诗性隐喻的反复出现建立起了一个象征世界。在这个象征世界中，作家们对人类的关怀从来不是着眼于现实问题的解决，不是着眼于社会斗争的走势，而是要为灵魂重新找到信仰，是一种神秘主义信念下的理想主义。这些共同倾向

① 梅特林克等：《沙漏：外国哲理散文选》，田智等译，三联书店 1992 年版，第 17 页。

就造就了这一流派内不同作家不同戏剧作品中象征的相似内涵——指向精神重建和灵魂救赎，充满理想主义。

通过对象征主义戏剧隐喻的认知研究，有助于揭示象征是怎样以隐喻为基础来形成。隐喻是体验的具体的，象征是抽象的整体的，大量的反复出现的隐喻就形成了一部作品的象征意义。象征主义戏剧作为戏剧的一个流派，象征运用看似随心所欲，但这种象征是来自约定俗成的基本隐喻的变形，与日常语言一样，体现了人惯常认知的力量，受到普遍认知机制的支配和制约。同时象征主义戏剧在对基本隐喻的运用上又有独特的特质，戏剧中关于人物、主题、结构、语言等的象征意义均是建立在基本隐喻的基础上，并通过隐喻的变形、拓展和组合来实现的，注入了自身倾向性，使其成为新鲜的诗性隐喻。虽然每位作家常用的基本隐喻不同，但他们对基本隐喻进行的变形却呈现出相同的特点，那就是共同指向精神和灵魂，在对当时社会感到失望、悲哀的同时也饱含对未来的热望。这种意在精神高蹈的隐喻运用形成了不同于其他戏剧流派的特质。

当然，此后的戏剧流派也存在象征，但区别在于象征主义戏剧的象征是表现精神的升华，是对人类得到救赎的热切愿望，而此后的戏剧流派的象征大多是表现精神的欲望和放纵的颓势，是对人类存在意义的解构。这些戏剧流派间象征意义的区别就由隐喻的不同运用来完成，具体体现在由基本隐喻到诗性隐喻变形过程中所体现出的倾向性是不同的。

囿于篇幅，本书讨论的基本隐喻很有限，目前讨论的主要是关于生命和死亡的隐喻。因为生命和死亡对每个人来说都是最为重要的命题，也是真诚严肃的文学作品必然要探索的问题。象征主义戏剧对此给出了颇具特色的答案，那就是精神是超乎于生命和死亡的存在，精神可以得到永恒，"永恒即是静止的空间里那静止的时间——永恒因无限而静止，永不变动，因为上下左右的万物皆是永恒。就此而言，只要我们活着，时间和永恒、空间和无限，就只存在于我们的灵魂里"①。以理想精神之永恒来拯救目前精神之堕落，以灵魂之救赎来规避现实问题的存在，这种隐喻运用的倾向性和目的性是象征主义戏剧的特质来决定的。象征主义戏剧执着于精神追求，既有着对现实世界的最彻底的悲观，又有着重建未来的最强烈的渴望。正如梅特林克所言："人拒绝相信他只是过客，于是便身遭一切不幸。作为一个永不离开的过客，他永远不会放弃那不解的迷梦……"② 无论如何，这种建构的愿望让象征主义流派在戏剧史上独树一帜，成为精神高蹈的一面旗帜。

需要说明的是，无论是隐喻的建构过程还是隐喻的解读过程，都充满了认知主体性。作品的接受其实是作者的认知主体性和读者的认知主体性相碰撞的过程。读者要动用自身的记忆、经验、情感、社会阅历等对隐喻做出理解。这种理解是具

---

① 梅特林克等：《沙漏：外国哲理散文选》，田智等译，三联书店 1992 年版，第 24 页。
② 梅特林克等：《沙漏：外国哲理散文选》，田智等译，三联书店 1992 年版，第 28 页。

身的也是体验的。由此，应该以开放的态度来看待读者理解诗性隐喻时可能出现的的多样性。

　　本书存在很多不足，如囿于时间和篇幅，探讨的基本隐喻的数量很有限，对于其他很多生活中经常使用的基本隐喻没有涉及，分析的作品数量也很有限，这些在一定程度上影响了结论的普遍性。另外，以概念混合理论来探究戏剧创作还只是一个初步尝试，尚未形成更清晰的思路。这些问题以及其他存在的问题将力图在下一步的研究中得到解决。

　　狄俄尼索斯仪式上酒神颂是庆祝新生之歌，它表达的是神祇复活的希望和庄稼丰收的憧憬。如在德尔斐发现的一首关于酒神的颂诗，将酒神的诞生与天地万物的繁盛结合在一起，酒神的死而复活带来的是无尽的希望：

> 酒神圣诞日，
> 春光共徜徉。
> 群星欣然舞，
> 苍生皆欢畅。①

　　这首酒神颂诗或许在一定程度上可以显示出象征主义戏剧的缥缈又诚挚的愿景。

---

① 简·艾伦·哈里森：《古代艺术与仪式》，刘宗迪译，三联书店 2008 年版，第 64 页。

参考文献

一、中文参考书目

1. 艾伦·理查德森：《文学与认知研究：总体概况》，何辉斌译，《认知诗学》2017 年第四辑。

2. 陈庆勋：《艾略特诗歌隐喻研究》，上海人民出版社 2008 年版。

3. 封宗信：《文学语篇的语用文体学研究》，清华大学出版社 2002 年版。

4. 何辉斌：《文学疆域的拓宽和思维观念的颠覆——论特纳的〈文学的心灵〉》，《当代外国文学》2009 年第 1 期。

5. 何辉斌：《认知视野中的叙事普遍性》，《外国文学》2012 年第 2 期。

6. 何辉斌：《英国浪漫主义诗歌的认知研究——论理查德森的〈神经系统中的崇高〉》，《外国文学》2015 年第 2 期。

7. 胡壮麟：《认知隐喻学》，北京大学出版社 2004 年版。

8. 胡壮麟：《隐喻翻译的方法与理论》，《当代修辞学》

2019 年第 4 期。

9. 胡俊：《艺术·人脑·审美——当代西方神经美学的研究进展、意义和愿景》，《文艺理论研究》2015 年第 4 期。

10. 黄辉辉：《贝克特戏剧中的存在图式与隐喻建构》，《江西社会科学》2014 年第 11 期。

11. 黄也平、付刚：《隐喻—象征—神话：西方诗学的一个重要视域》，《文艺评论》2015 年第 7 期。

12. 蒋展、何辉斌：《空间与思维——以特纳的空间认知理论解读〈天路历程〉》，《东北大学学报（社会科学版）》2015 年第 5 期。

13. 卡西尔：《符号·神话·文化》，李小兵译，东方出版社 1988 年版。

14. 刘正光：《隐喻的认知研究：理论与实践》，湖南人民出版社 2007 年版。

15. 刘绍忠：《戏剧认知文体学研究的新突破——评〈贝克特戏剧文本中隐喻的认知研究〉》，《当代外语研究》2013 年第 10 期。

16. 刘婷婷：《隐喻语言构建机制新探》，《外语教学与研究》2020 年第 3 期。

17. 蓝纯：《认知语言学与隐喻研究》，外语教学与研究出版社 2005 年版。

18. 李炳全、张旭东：《具身认知科学对传统认知科学的元理论突破》，《南京师大学报（社会科学版）》2014 年第 6 期。

19. 李叶：《文学认知的"形式知觉模式"与"期待视野"》，《齐鲁学刊》2015 年第 5 期。

20. 马清华：《隐喻意义的取象与文化认知》，《外语教学与研究》2000 年第 4 期。

21. 彭增安：《隐喻研究的新视角》，山东文艺出版社 2006 年版。

22. 乔治·莱考夫、马克·约翰逊：《我们赖以生存的隐喻》，何文忠译，浙江大学出版社 2015 年版。

23. 琼·拜比：《语言、使用与认知》，李瑞林、贺婷婷译，商务印书馆 2020 年版。

24. 秦语甜：《英汉时空隐喻表征的共性与个性》，《华北电力大学学报》2020 年第 2 期。

25. 束定芳：《隐喻学研究》，上海外语教育出版社 2000 年版。

26. 沈家煊：《概念整合与浮现意义》，《修辞学习》2006 年第 5 期。

27. 司建国：《认知隐喻、转喻视角下的曹禺戏剧研究》，中山大学出版社 2014 年版。

28. 孙毅：《认知隐喻学多维跨域研究》，北京大学出版社 2013 年版。

29. 王晓潞：《汉语隐喻认知与 ERP 神经成像》，高等教育出版社 2009 年版。

30. 王虹：《戏剧文体学——话语分析的方法》，上海外语教育出版社 2006 年版。

31. 王文斌：《概念整合理论研究与应用的回顾与思考》，《外语研究》2004 年第 1 期。

32. 王正元：《概念整合理论的发展与理论前沿》，《四川外语学院学报》2006 年第 6 期。

33. 韦勒克、沃伦：《文学理论》，刘象愚、邢培明、陈圣生、李哲明译，江苏教育出版社 2005 年版。

34. 汪少华：《从时间隐喻看隐喻的双重性》，《外语与外语教学》2006 年第 2 期。

35. 吴念阳：《隐喻的心理学研究》，上海百家出版社 2009 年版。

36. 谢之君：《隐喻认知功能探索》，复旦大学出版社 2007 年版。

37. 肖坤学：《论隐喻的认知性质与隐喻翻译的认知取向》，《外语学刊》2005 年第 5 期。

38. 熊沐清：《文学认知研究的新拓展——〈牛津认知文学研究指南〉评述》，《当代外国文学》2015 年第 4 期。

39. 熊沐清：《外国文学研究"认知转向"评述》，《英美文学研究论丛》2019 年第 2 期。

40. 许宁云：《隐喻与象征关系的认知符号学阐释》，《社会科学家》2010 年第 7 期。

41. 岳好平、汪虹：《基于空间合成理论的情感隐喻分类及认知解读》，《外语与外语教学》2009 年第 8 期。

42. 岳好平：《英汉情感隐喻的认知研究》，湖南人民出版社 2010 年版。

43. 亚里士多德：《诗学》，罗念生译，中国戏剧出版社 1986 年版。

44. 张沛：《隐喻的生命》，北京大学出版社 2004 年版。

45. 张沛：《意象·象征·神话：隐喻诗学的谱系研究》，《东方丛刊》2003 年第 1 期。

46. 张尧均：《隐喻的身体：梅洛-庞蒂身体现象学研究》，中国美术学院出版社 2006 年版。

47. 张冬瑜：《基于语义资源和认知视角的隐喻识别与应用》，科学出版社 2019 年版。

48. 邹智勇、薛睿：《中国经典诗词认知诗学研究》，武汉大学出版社 2014 年版。

49. 周红：《英汉情感隐喻共性分析》，《四川外语学院学报》2001 年第 3 期。

50. 赵艳芳：《认知语言学概论》，上海外语教育出版社 2001 年版。

51. 赵婷：《英汉"时间"隐喻比较研究》，《海外英语》2020 年第 1 期。

52. 朱全国：《文学隐喻研究》，中国社会科学出版社 2011 年版。

二、英文参考书目

1. Barranger, Milly. *Understanding Plays*. Boston: Chape Hill, 1990.

2. Bizup, Joseph and Kintgen, Eugene. "The Cognitive Paradigm in Literary Studies." *College English* 55 (1993): 841-57.

3. Blair, Rhonda. *The Actor, Image, and Action: Acting and Cognitive Neuroscience*. London: Routledge, 2007.

4. Carroll, Joseph. "The Deep Structure of Literary Representations." *Evolution and Human Behavior* 20 (1999): 161-73.

5. Coulson, Seana. *Semantic Leaps: Frame-shifting and Conceptual Blending in Meaning Construction*. Cambridge: Cambridge University press, 2001.

6. Culpeper, Jonathna. "A Cognitive Approach to Characterization: Katherina in Shakespeare's The Taming of the shrew." *Language and Literature* 9. 4(2000): 291-316.

7. Dancygier, Barbara. *The Language of Stories: A Cognitive Approach*. Cambridge: Cambridge university press, 2012.

8. David, Ross. *Critical Companion to William Butler Yeats.* New York: Facts On File, 2009.

9. Deane, Paul. "Metaphors of Center and Periphery in Yeats.The Second Coming." *Journal of Pragmatics* 24(1995): 627-42.

10. Easterlin, Nancy. *A Biocultural Approach to Literary Theory and Interpretation*. Washington, D.C: Johns Hopkins University Press,

2012.

11. Elizabeth, Hart. "The Epistemology of Cognitive Literary Studies." *Philosophy and Literature* 25 (2001): 314-34.

12. Fauconnier, Gilles. *Mental spaces: Aspects of Meaning Construction in Natual Language*. Cambridge: Cambridge University Press, 1994.

13. -----. *Mapping in Thought and Language*. Cambridge: Cambridge University Press, 1997.

14. Fauconnier, Gilles and Turner, Mark. "Conceptual Integration Networks." *Cognitive Science*22. 2(1998): 133-87.

15. -----. *The Way We Think: Conceptual Blending and The Mind's Hidden Complexities*. New York: Basic Books, 2002.

16. Freeman, Donald. "According to My Bond: King Lear and Re-cognition." *The Stylistic Reader: from R.Jacobson to the Present*. Ed. J. J. Weber. London: Arnold, 1996: 280-98.

17. -----. "Catch [ing] the Nearest Way: Macbeth and Cognitive Metaphor." *Journal of Pragmatics* 24(1995): 689-708.

18. -----. "The Rack Dislimns: Schema and Metaphorical Pattern in Antony and Cleopatra." *Poetics Today*20. 3(1999): 443-60.

19. Freeman, Margaret. "Metaphor Making Meaning: Dickinson's Conceptual Universe." *Journal of Pragmatics*24(1995): 643-66.

20. -----. "Poetry and the Scope of Metaphor: Toward a Cognitive

Theory of Literature. " *Metaphor and Metonymy at the Crossroads: A Cognitive Perspective.* Ed. Antonio Barcelona. Berlin and New York: Mouton de Gruyter, 2000: 253-81.

21. Gardner, Howard. *The Mind's New Science: A History of the Cognitive Revolution.* New York: Basic Books, 1985.

22. Grady, Joseph. " Blending and Metaphor. " *Metaphor in Cognitive Linguistics.* Ed. R.W. Gibbs & G. J. Steen. Amsterdam: John Benjamins, 1999.

23. Herman, Vimala. *Dramatic Discourse: Dialogue as Interaction in Plays.* London: Routeledge, 1995.

24. Hobbs, Jerry. *Literature and Cognition.* Stanford: Center for the Study of Language and Information, 1990.

25. Hockett, Charles. " The Meaning of the Body: Aesthetics of Human Understanding by Mark Johnson. " *Metaphor&Symbol* 23. 4(2008): 292-97.

26. Hogan, Colm. *The Mind and Its Stories: Narrative Universals and Human Emotion.* Cambridge: Cambridge University Press, 2003.

27. Johnson, Mark. *The Body in the Mind: The Bodily Basis of Meaning, Imagination, and Reaction.* Chicago: University of Chicago Press, 1987.

28. Kovecses, Zoltan. *Metaphor and Emotion.* Cambridge: Cambridge University Press, 2000.

29. Lakoff, George. *Women, Fire, and Dangerous Things: What*

Categories Reveal about the Mind. Chicago: The University of Chicago Press, 1987.

30. Lakoff, George and Johnson, Mark. *Metaphors We Live By.* Chicago: University of Chicago Press, 1980.

31. -----. *Philosophy in the Flesh: The Embodied Mind and Its Challenge to Western Thought.* New York: Basic Books, 1999.

32. Lakoff, George and Turner, Mark. *More than Cool Reason: A Field Guide to Poetic Metaphor.* Chicago: The University of Chicago Press, 1989.

33. Lutterbie, John. *Toward a General Theory of Acting: Cognitive Science and Performance.* New York: Palgrave Macmillan, 2011.

34. McConachie, Bruce. *Engaging Audiences: A Cognitive Approach to Spectating in the Theatre.* New York: Palgrave Macmillan, 2011.

35. McConachie, Bruce and Elizabeth, Hart. *Performance and Cognition: Theatre Studies and the Cognitive Turn.* London: Routledge, 2007.

36. Richardson, Alan. " Cognitive Science and the Future of Literary Studies. " *Philosophy and Literature* 23 (1999): 157-73.

37. -----. *British Romanticism and the Science of the Mind.* Cambridge: Cambridge University Press, 2001.

38. Rokotnitz, Naomi. *Trusting Performance: A Cognitive Approach to Embodiment in Drama.* New York: Palgrave Macmillan,

2011.

39. Sanchez, Barcelona. "Metaphorical Models of Romantic Love in Romeo and Juliet." *Journal of Pragmatics* 24(1995): 667-68.

40. -----. *Metaphor and Metonymy at the Crossroad*. Berlin: Mouton de Gruyter, 2000.

41. Semir, Zeki. *Inner Vision: An Exploration of Art and the Brain.* Oxford: Oxford University Press, 1999.

42. Semino, Elena and Culpeper, Jonathan. *Congnitive Stylistics: Language and cognition in text analysis.* Amsterdam: John Benjamins Publishing Company, 2002.

43. Spolsky, Ellen. *Gaps in Nature: Literary Interpretation and the Modular Mind.* Albany: State University of New York Press, 1993.

44. Starr, Gabrielle. *Feeling Beauty: The Neuroscience of Aesthetic Experience.* Amsterdam: The MIT Press, 2015.

45. Steen, Gerard. *Understanding metaphor in literature: An Empirical Approach.* London: Longman, 1994.

46. Stockwell, Peter. "The Metaphorics of Literary Reading." *Liverpool Papers in Language and Discourse* 4(1992): 52-80.

47. -----. *Cognitive Poetics.* London: Routeledge, 2002.

48. Thompson, Ann and Thompson, John. *Shakespeare: Meaning and Metaphor.* Iowa City: University of Iowa Press, 1987.

49. Turner, Mark. *Death is the Mother of Beauty: Mind, Metaphor, Criticism.* Chicago: University of Chicago Press, 1987.

50. -----. *Reading Minds: The Study of English in the Age of Cognitive Science.* Princeton: Princeton University Press, 1991.

51. -----. *The Literary Mind.* Oxford: Oxford University Press, 1996.

52. Young, David. *The Action to the Word:Structure and Style in Shakepearean Tragedy.* New Haven: Yale University Press, 1990.

53. Zunshine, Lisa. *The Oxford Handbook of Cognitive Literary Studies.* Oxford: Oxford UP, 2015.

责任编辑：武丛伟

图书在版编目（CIP）数据

象征主义戏剧的认知隐喻研究／马慧 著 . — 北京：人民出版社，2021.11
ISBN 978 - 7 - 01 - 023820 - 3

I.①象… II.①马… III.①象征主义 - 艺术流派 - 戏剧文学评论 IV.① I106.3

中国版本图书馆 CIP 数据核字（2021）第 196727 号

象征主义戏剧的认知隐喻研究
XIANGZHENG ZHUYI XIJU DE RENZHI YINYU YANJIU

马 慧 著

人民出版社 出版发行
（100706 北京市东城区隆福寺街 99 号）

中煤（北京）印务有限公司印刷 新华书店经销

2021 年 11 月第 1 版 2021 年 11 月北京第 1 次印刷
开本：710 毫米 ×1000 毫米 1/16 印张：20.25
字数：200 千字

ISBN 978 - 7 - 01 - 023820 - 3 定价：60.00 元

邮购地址 100706 北京市东城区隆福寺街 99 号
人民东方图书销售中心 电话（010）65250042 65289539

版权所有·侵权必究
凡购买本社图书，如有印制质量问题，我社负责调换。
服务电话：（010）65250042